U0631016

拉维尔斯坦

[美] 索尔·贝娄 著　　张 群 译

文匯出版社

图书在版编目（CIP）数据

拉维尔斯坦 / （美）索尔·贝娄（Saul Bellow）著；
张群译 . — 上海：文汇出版社，2023.3
ISBN 978-7-5496-3867-3

Ⅰ . ①拉… Ⅱ . ①索… ②张… Ⅲ . ①长篇小说 – 美
国 – 现代 Ⅳ . ① I712.45

中国版本图书馆 CIP 数据核字（2022）第 150653 号

RAVELSTEIN
Copyright © 2000 The Estate of Saul Bellow
This edition arranged with The Wylie Agency (UK), Ltd.
Simplified Chinese edition copyright © 2023 by Dook Media Group Limited
All rights reserved.

中文版权 © 2023 读客文化股份有限公司
经授权，读客文化股份有限公司拥有本书的中文（简体）版权
著作权合同登记号：09-2022-0623

拉维尔斯坦

作　　者 / ［美］索尔·贝娄
译　　者 / 张　群

责任编辑 / 陈　屹
特约编辑 / 高　洁　　张敏倩　　夏文彦
封面设计 / 陈绮清

出版发行 / 文汇出版社
　　　　　上海市威海路 755 号
　　　　　（邮政编码 200041）
经　　销 / 全国新华书店
印刷装订 / 河北中科印刷科技发展有限公司
版　　次 / 2023 年 3 月第 1 版
印　　次 / 2023 年 3 月第 1 次印刷
开　　本 / 880mm×1230mm　　1/32
字　　数 / 178 千字
印　　张 / 8

ISBN 978-7-5496-3867-3
定　　价 / 65.00 元

侵权必究
装订质量问题，请致电 010-87681002（免费更换，邮寄到付）

RAVELSTEIN

Saul Bellow

献给我心中美丽的女人。

献给贾妮斯，没有这颗星星的指引，我将寸步难行。

献给真诚的罗茜。

目　录

说来奇怪，人类的恩人居然要想方设法取悦于人。至少在美国时常是这样的。不管是谁，要想主政这个国家，就得绞尽脑汁哄老百姓开心。南北战争期间，人们对风趣的林肯就颇有微词。林肯大概觉得，幽默风趣总比一本正经、不苟言笑要好。可评论家们却批评他不够稳重，连他的战争部长都管他叫猿猴。

　　我们这代人的品位和思想都是在揭露者和讽刺者的影响下形成的，这其中，亨利·路易斯·门肯[1]最负盛名。我高中的朋友们都爱看《美国信使》。他们阅读门肯写的报道，追踪斯科普斯案[2]的审判进展。门肯对威廉·詹宁斯·布莱恩[3]、美国南部基督教流行地

1　亨利·路易斯·门肯（H. L. Mencken, 1880—1956），美国记者、作家、文化评论家、语言学者，对二十世纪二十年代的美国小说产生了巨大影响。他曾先后为《先驱报》《巴尔的摩太阳报》等报刊工作，之后与戏剧评论家乔治·简·内森共同创办了以讽刺美国生活、政治和习俗而闻名的《美国信史》（The American Mercury）杂志，在美国校园中产生了很大影响。作为语言学者，其著名的代表作为《美国语言》（American Language）。——编者注（本书脚注如无特别说明，均为编者注）

2　又称斯科普斯猴子审判。1925年，一位名叫斯科普斯的高中教师被指控违法讲授"进化论"，对其的审判过程吸引了全美的注意。门肯说服美国顶尖律师克莱伦斯·达罗，让其免费为斯科普斯做辩护，并亲自到审判现场进行追踪报道。本案最终引发了一场关于进化论真实性的全美范围的持久辩论。

3　美国政治家、律师，曾任美国国务卿，也是斯科普斯案中原告方的辩护律师。

区以及美国的愚民百姓，向来没有好脸色。替斯科普斯辩护的克莱伦斯·达罗，代表着科学、现代和进步。在达罗和门肯看来，信奉特创论[1]的布莱恩，注定是农业地区的一个荒谬现象。用进化论的术语讲，布莱恩是生命之树上的一个枯枝。他提出的银本位币自由铸造[2]实在是滑稽可笑，同样可笑的还有他在国会发表的那些过时的演说，以及在内布拉斯加农场盛大晚宴上狼吞虎咽的吃相。门肯说，布莱恩吃得太多了，结果把命给吃掉了。他的那些特创论思想，在斯科普斯案审判时遭到了人们的百般嘲弄。布莱恩就像那些会滑翔的爬行动物——翼手龙，会进化成能飞会唱的温血动物——小鸟。这个想法犹如天方夜谭，可后来居然成真了。

我以前喜欢随手摘抄门肯作品里的锦言妙语，足足抄了一大本，后来又添加了一些讽刺作家和自嘲作家的隽言慧句，比如威廉·克劳德·菲尔兹、查理·卓别林、梅·韦斯特、休伊·朗[3]、参议员德克森[4]等，甚至还有一页是关于马基雅维利的幽默感。对民主社会里的智慧和自嘲，我自有考量，不过不想把你们扯进来。别担心，那个摘抄本已经丢了，我很开心，也不想去找。虽然有时我还会想起，可那就像脚注，不过是思想的一种延续罢了。

我对脚注总是情有独钟。我觉得，脚注要是做得好，做得巧

---

1 英文为 Special Creation，也译作神创论。该理论认为世界万物都是由至高无上的神创造的。

2 英文为 Free Silver monetary standard，指十九世纪晚期，美国政府提倡无限制地铸造银币，使银币成为法定货币，这一举动被称为自由银币运动（Free Silver Movement）。布莱恩是此运动的支持者，并以发表支持自由银币运动的"黄金十字架"演讲而闻名。

3 四者均为美国著名演员。

4 指埃弗雷特·麦金利·德克森，美国政治家。他以男中音和华丽的演讲风格而著称，此处作者将其与诸位演员并列在一起，意在讽刺。

妙，会帮助文章省掉一大堆废话。我发现此刻就是在用一个长长的脚注，开启一个严肃的话题——快速切转至巴黎，转到克利翁大酒店[1]豪华顶楼套房。此刻，六月初，早餐时分。主人是我的好友拉维尔斯坦教授，阿贝·拉维尔斯坦。我和太太也住在这家酒店，就在顶楼套房的下面——六楼。太太还在睡觉。我们下面一层（这跟我的话题没什么关系，可我还是忍不住要提一句），就在刚才，整个楼面被迈克尔·杰克逊及其随从包下了。晚上，杰克逊要在巴黎一家大礼堂演出。不出几分钟，他的法国粉丝们就会蜂拥而至，翘首齐声高呼：迈克尔·杰克——逊！迈克尔·杰克——逊！警察组成的人墙拦住了他们。酒店内，要是顺着大理石楼梯从六楼望下去，你会发现一群杰克逊的保镖，其中有一个在玩《巴黎先驱报》上的填字游戏。

"太棒了，是不是，居然遇到和这位流行歌王有关的欢乐场面。"拉维尔斯坦说。教授今天早上心情特别好，因为通过和酒店管理层的关系，他终于住进了炙手可热的顶楼套房。这可是在巴黎——在克利翁大酒店呀。花一大笔钞票在这里享受一次，再也不住龙街上那家叫"飞龙"的臭烘烘的旅店了——管它叫什么呢——也不住圣父街医学院对面的学院宾馆。克利翁大酒店可是富丽堂皇之至，豪华奢侈至极，没有一家酒店能与之比肩。第一次世界大战后，美国参加和谈[2]的要员们就下榻在这里。

"棒极了，对吧？"拉维尔斯坦快速地打着手势说。

我承认，确实如此。我们下面就是巴黎市中心——协和广场、

---

1 法国著名豪华酒店，世界各国名人政要在巴黎的首选下榻之地，也是克利翁名媛舞会的举办地。
2 指巴黎和会。

方尖碑、橘园美术馆、众议院、塞纳河、河上壮观的大桥、宫殿、花园等。毫无疑问，这些都是风景名胜。但是，今天从拉维尔斯坦住的豪华套房里放眼望去，这些景观显得尤为赏心悦目。要知道，仅去年一年，拉维尔斯坦就负债高达十万美元，或许更高。以前他常和我打趣，说他就是一个"偿债基金"。

他常说："我在像这个基金一样偿债——你知道这个金融术语吗，奇克？"

"偿债基金？大致知道一些。"

想当年，他没有走大运的时候，没人质疑他的种种需求，比如阿玛尼西装、LV箱包、美国买不到的古巴雪茄等；再比如，登喜路配饰、万宝龙纯金钢笔、巴卡拉或莱俪水晶器皿，用来盛酒款待客人，或由他人盛酒来招待。拉维尔斯坦人高马大的——块头大，但不是很壮——可一干杂务事手就抖，这倒不是他身子骨弱的缘故，而是因为满身都是力气，再加上操之过急，所以一用力便会颤抖。

好了，他的朋友、同事、学生，还有崇拜者们，现在不用再自掏腰包，满足他购买奢侈品的习惯了。谢天谢地，他现在可以自己去买詹森银器、斯波德或坎佩尔陶器，不用再绞尽脑汁地和学术界的朋友们进行交易了。这些都是陈年往事了。如今，他发财了，腰缠万贯。他写了一本书，把自己的思想公之于众。这本书充满激情、智慧和挑衅，难以卒读，却很畅销，以前卖得不错，如今依然很抢手，在东西半球，在赤道南北，都很热销。这本书可谓一挥而就，但写得很认真，没有屈从压力，也没有鼓噪宣传，没有骗人的智力把戏，也没有**替什么教义辩护**，更没有贵族派头。他完全有权像现在这样，一边享受服务员为我们准备早餐，一边俯视巴黎。他智慧过人，成了百万富翁。他能把你的所思所想变成文字，而且一字不差，用的还是你的语言，绝不含糊。这可不容易啊！他因此而名利双收。

今天早上，拉维尔斯坦穿着一件蓝白相间的和服。这件衣服是他去年在日本讲学时主人馈赠的礼物。当时，人家问他最喜欢什么，他说想要一件和服。这一件和服，日本古代将军穿起来会很合适，一定是特别定做的。他身材高大，但不是很有风度；宽大的和服穿在他身上，松松垮垮的，一半都敞开着；他的两条腿特别长，线条则不敢恭维；内裤耷拉着，也没提上来。

"服务员跟我讲，迈克尔·杰克逊不在克利翁大酒店里吃饭。"拉维尔斯坦说，"他有自己的厨师，乘着他的私人飞机跟着他到处飞。天哪，这可要把克利翁大酒店大厨的鼻子给气歪了。他的厨艺可是一流啊，足以招待理查德·尼克松和亨利·基辛格。他是这么说的。还可以招待一大群国王、皇帝、将军、首相，等等。可这个衣着华丽的小猴子居然不屑一顾。《圣经》里不是有这样的记载吗：'双脚残疾的国王们，寄居在他们征服者的餐桌下，靠桌上掉下来的残羹剩饭度日。'"

"我想是有的。我还记得他们的大拇指都被剁掉了。可这和克利翁大酒店、跟迈克尔·杰克逊有什么关系？"

阿贝笑了，说对此不敢肯定，因为这在他脑子里只是一闪而过。楼下传来粉丝们阵阵的尖叫声，巴黎的青少年——少男少女们在齐声尖叫，同时混杂着公共汽车、卡车和出租车的喇叭声。

这一历史性的场面构成了我们的背景。我们喝着咖啡，欢度愉快的时光。拉维尔斯坦兴致勃勃，可我们还是压着嗓门儿，因为阿贝的朋友尼基还在熟睡。在美国时，尼基有个习惯，就是爱看他的家乡新加坡拍摄的功夫电影，一看就看到凌晨四点。在这里，他照旧是熬到大半夜才睡觉。服务员将推拉门一个个都关了起来，以免惊扰尼基的好梦。透过窗子，我不时地瞥见尼基浑圆的手臂，一层又一层乌黑的长发披在光洁的肩膀上。尼基相貌堂堂，三十出头了，可依旧孩子气十足。

服务员送来野草莓、奶油糕点、果酱罐，还有我打小起就一直将其叫作酒店银器的小坛小罐。拉维尔斯坦一面向嘴里塞着小圆面包，一面在账单上草草地签了名。我吃饭比较斯文，而拉维尔斯坦吃东西、说话，让你感觉像是什么生物在活动，他在给身体提供食物，给思想添加养料。

今天早上，他又敦促我要走进公众视线，不要老关在自己的小天地里，用他的话说，就是要把兴趣转到"公众生活和政治上来"。他要我尝试写写传记，我答应试试。根据他的要求，我写了一篇小传记，是关于约翰·凯恩斯描写德国战后赔偿问题的争议以及解除一九一九年盟军的封锁。看到我写的文章，拉维尔斯坦很高兴，但不是非常满意。他觉得我的文章修辞不当。我回答说，过分注重文学修辞，会大大削弱作者的创作兴趣。

我完全可以那么去做。我的高中有位英文老师，名叫莫福德（我们管他叫"疯子莫福德"），他要我们阅读麦考利对鲍斯威尔的《约翰逊传》的评论。我不知道，这是莫福德的主意呢，还是学校董事会制定的教学大纲规定的。麦考利的这篇文章是十九世纪《大英百科全书》向他约的稿子，由河畔出版社出版，是美国教科书版本。读完后，我一下子就对华丽的辞藻产生了强烈兴趣。在这篇文章中，麦考利本人对人生的看法以及文中约翰逊的"丰富"思想，我读得如痴如醉。此后，我又读了不少客观评论麦考利的文章，它们批评他那种过于矫揉华丽的维多利亚式风格。可我对麦考利的这种风格就是情有独钟，这个毛病至今未改，我也不想去改。真得谢谢他，我今天依然能够看见可怜的约翰逊身体抽搐着，一边摸着街上的一根根路灯杆向前走，一边吃着变质的肉和发酸的布丁。

传记到底怎么写，这是个难题。约翰逊亲自给朋友理查德·萨维奇写的回忆录，是个不错的范例。当然，还有普鲁塔克。我跟一位希腊学者提起普鲁塔克时，这位学者有些不屑，说他"充其量只是个作家"。可要是没有他，《安东尼与克莉奥佩特拉》能写得出来吗？

接下来，谈谈奥布里的《名人小传》。

可我不想罗列所有的名单。

我以前尝试跟拉维尔斯坦这样描写莫福德先生：疯子莫福德一看就是个酒鬼——因为他有一张酒鬼式的红脸，可他上课时从未喝得醉醺醺的。他每天穿的都是那套大减价时买的西装。他不想了解你，也不希望你了解他。他那对醉意浓浓的蓝眼睛深不可测，从不正视任何人。凌乱的眉毛下，一双眼睛不是盯着墙壁、窗外，就是瞧着课本。那个学期，我们跟着他读了两部名著，麦考利的《约翰逊传》和莎士比亚的《哈姆雷特》。尽管约翰逊有淋巴结核，又全身水肿，而且衣衫褴褛，但依旧广交朋友，著书立说。就像莫福德要上课，听我们背诵课文一样："这个世界的所有需要，对我来说，似乎没有一件不让人身心疲惫，断烂朝报，枯燥乏味，徒劳无益。"他剃着一头短发，让人望而生畏，脸总是红红的，双手喜欢扣着背在后面，一副枯燥乏味、徒劳无功的样子。

我这样描述莫福德，拉维尔斯坦不大感兴趣。我干吗要请他想象我记忆中的莫福德是什么样子呢？但是，阿贝鼓励我写凯恩斯的文章，这是对的。凯恩斯可是一位震古烁今的经济学家、政治家，其《凡尔赛和约的经济后果》名扬天下。他给布鲁姆斯伯里文化圈[1]的朋友们又是写信，又是写备忘录，报告自己战后的种种经历，尤其是战败国德国和同盟国领导人——克里孟梭、劳合·乔治以及美国人——之间围绕战争赔偿问题如何讨价还价。拉维尔斯坦这个人不大赞美别人，这一次却称赞说，我写的那篇记述凯恩斯给朋友便笺的文章，堪称一流。在拉维尔斯坦看来，作为经济学家，哈耶克的地位要比凯恩斯高。他说，凯恩斯夸大了同盟国的严正要求，结果便宜了德国将军，让纳粹成了最终受益者。《凡尔赛和约》对德国的惩罚严重不足。希特勒一九三九年发动第二次世界大战的目的，与一九一四年德皇发动的第一次世界大战毫无二致。不过，撇开这个严重的过错，凯恩斯还是很有个人魅力的。他上的是伊顿公学和剑桥大学，接受的又是布鲁姆斯伯里团体的熏陶，社交和文化修养自然不俗。他那个时代的伟大政治培养了他，成就了他。我猜想，私生活里他是把自己看成了乌拉诺斯[2]式的人——英语中同性恋的委婉说法。拉维尔斯坦提到，凯恩斯曾经娶过一位俄罗斯芭蕾舞女演员。他还跟我解释说，乌拉诺斯是阿芙洛狄特[3]的生父，可这位爱与美之神没有生母，她是大海泡沫孕育出来的。他对我讲这些事，并不是认为我对此一无所知，而是觉得，在特定的时候，我该把思想转到这些问题上。所以，他提醒我说，乌拉诺斯是被泰坦神克罗诺斯杀害的，他的精子流进了大海。这是个神话故事，不知怎么和德国赔偿扯上了关系，也不明白和当时仍在遭受封锁的德国人

1　指布鲁姆斯伯里团体（the Bloomsbury Group），英国二十世纪初一个以伦敦布鲁姆斯伯里地区为活动中心的文人团体，著名成员有弗吉尼亚·伍尔夫。

2　古希腊神话中的第一代神王和天空之神。

3　古希腊神话中爱与美的女神。

忍饥挨饿有什么联系。

拉维尔斯坦敦促我撰写有关凯恩斯的文章，是有其原因的。他记得最清楚的是，德国银行家如何无力满足英、法两国的那些要求。法国人一心想要德皇的金库，要求德国必须马上交出金子来。而英国则说，给硬通货也行。德国的谈判代表中有个犹太人。劳合·乔治勃然大怒，令人吃惊地做出各种动作，羞辱那个犹太人，比如一会儿点头哈腰、弯腰驼背、一瘸一拐，一会儿又随地吐痰、怪声怪气、弓腰撅臀，甚至还迈着八字步，戏仿犹太人走路。凯恩斯把这些嘲笑动作，向布鲁姆斯伯里文化圈里的朋友们，一五一十地进行了描述。拉维尔斯坦对这个文化圈的文人墨客没有什么好感。他讨厌他们一副装腔作势的模样，也厌恶他们诡谲怪异的举止，更不喜欢他称之为"同性恋的行为"。这帮人喜欢流言蜚语，这一点他不能指责，也不想指责，因为他自己也是这样的人，而且特别喜欢散布流言。不过，他说那帮人不是什么思想家，只是一群附庸风雅之徒，其影响极坏。后来，苏联国家政治保卫局，或者苏联人民内务委员会，二十世纪三十年代在英国成功招募的那些间谍，都是这个圈子培养出来的。

"可你写劳合·乔治恶意戏仿youpin写得很漂亮呀，奇克！"

Youpin是法语，意思是"犹太佬"。

"谢谢。"我回答。

"我压根儿也不想多管闲事，"拉维尔斯坦解释说，"只是想帮帮你，这个我想你不会反对吧。"

当然，我明白他是什么动机。他要我为他写传记，同时要帮我摆脱那些恶习。他觉得我整天关在自己的世界里，应该要回归社会。"关得太久了！"他老是这样说。我亟须接触政治——但不是地方或政党政治，甚至也不是什么国家的政治，而是像亚里士多德或柏拉图所理解的那种扎根于我们本性中的政治。一个人的本性是无法悖逆的。我向拉维尔斯坦坦言，阅读凯恩斯的文献，撰写那篇文章，就像是在度假，十分愉悦。重归人类，去沐浴人性。有好几次人流高峰时，我专门跑去乘地铁，跑进满座的电影院里——去沐浴我所说的人性。就像一头牛必须要舔一舔盐一样，有时我也异常渴望身体上的接触。

"对于凯恩斯、世界银行、他的布雷顿森林协议以及他对《凡尔赛和约》的猛烈批评，我都有自己的看法，只是没有好好整理。我对凯恩斯可谓了如指掌，用字谜游戏填对他的名字都不在话下。"我说，"很高兴，你引起了我对他备忘录的关注。他的布鲁姆斯伯里文化圈里的朋友们，一定非常想了解他对巴黎和会的印象。多亏了他，他那帮朋友才能近距离地了解世界历史。我猜想，林顿·斯特雷奇和弗吉尼亚·伍尔夫，绝对要知道内幕消息。他们代表着英国社会更高的利益，有责任——一个艺术家的责任——知道。"

"那么犹太人那一边的利益呢？"拉维尔斯坦问。

"关于这一点，凯恩斯不是很开心。你或许还记得，他在巴黎和会期间结交的唯一朋友，就是德国代表团里的一个犹太人。"

"是呀，可他们才不会去关注一个像劳合·乔治这样默默无闻的人呢，这帮布鲁姆斯伯里的家伙。"

但是，拉维尔斯坦深谙志同道合者组成的朋友圈的价值。他自己就有这样一个圈子，成员都是自己以前教过的政治哲学课程的学生和毕生的好友，其中大多数都像当年达瓦尔教授训练他那样培养出来的，使用的都是他们圈子里的语言。拉维尔斯坦教出来的年纪大一点儿的学生，现在有些已经在国家级报社里担任要职，还有一大批供职于国务院。有些学生不是在军事学院里教书育人，就是担任国家安全顾问。有一个是保罗·尼采[1]的弟子，还有一个是持不同政见者，在《华盛顿时报》担任专栏作家。有些已经威名远扬，个个消息都很灵通。他们组成了一个紧密的圈子、一个团体。拉维尔斯坦经常从他们那儿获得大量报告。一回家，他就抓起电话，和弟子们一聊就好几个小时。他好不容易才没有透露出他们的秘密，最起码没有把他们的姓名说出去。就算是今天，在克利翁大酒店顶楼套房里，他也是把移动电话夹在赤裸的双膝之间。身上的日本和服从腿上滑了下来。他的腿比牛奶还白，小腿肚子一看就是个久坐不起的人——腿骨又细又长，腿肚肌肉松松垮垮，一点儿也不浑圆。几年前，他得过一次心脏病，医生告诫他必须要锻炼。所以，他买了一套昂贵的运动服和一双高级运动鞋。他拖着沉重的脚步，在跑道上没跑几天就放弃了。锻炼身体不是他喜欢的活儿。他把自己的身体当作交通工具在使——就像一辆摩托车，贴着科罗拉多大峡谷的边缘狂奔。

"劳合·乔治那样做，我并不很奇怪。"拉维尔斯坦说，"这个家伙就是一个小浑蛋，生性好斗。二十世纪三十年代，他跑去拜访希特勒，离开时对希特勒赞不绝口，说他简直是一个完美无缺的政治领袖，不管何事，他想干立马就干，果断迅速，向来有条不紊，从不无事自扰，执政风格与议会政体形成了鲜明对比。"能听到拉维尔斯坦这样谈论他所称的伟大政治，真是让人开心。他经常

---

1 美国政府高级官员，曾为六位美国总统工作，是二战后美国对苏联遏制政策的主要设计者。

对罗斯福和丘吉尔进行思考，对戴高乐推崇备至。他这个人，只要打开话匣子，往往就收不住。就说今天吧，他又谈起劳合·乔治如何"尖刻"。

"尖刻是好事呀。"我说。

"就语言而言，英国人可比咱们强，特别是他们的力量开始衰竭时，语言便成了自我激励的重要工具。"

"就像哈姆雷特提到的荡妇，必须借用语言袒露心扉。"

拉维尔斯坦天生一颗聪明的脑袋，头发已经所剩无几。谈起重大声明、重要问题、社会名流来，他总是轻松自如，可以纵横几十年、横跨好几个时代、超越几个世纪。然而，他对梅尔·布鲁克斯那样的艺人也非常熟悉，就像他谙熟经典名著一样。他可以从古希腊历史学家修昔底德的巨大悲剧，一口气谈到布鲁克斯饰演的摩西。"他是带着诫命从西奈山一路下来的。上帝原本是授予他二十条诫命，可看到一群以色列小孩儿围着金牛犊嬉戏，有十个诫命从梅尔·布鲁克斯的怀里掉了下来。"拉维尔斯坦酷爱卡茨基尔[1]的这些文娱节目，他在这方面颇有天赋。

我这样描述凯恩斯，拉维尔斯坦非常满意。他记得丘吉尔称赞凯恩斯富有远见，能够预测未来——阿贝很喜欢丘吉尔。要说远见，经济学家米尔顿·弗里德曼的能力，那可是没几个人能与之相提并论。不过，弗里德曼只是个自由市场经济的狂热分子，文化上则是一个平庸之辈。凯恩斯则不同，他智力超群，文化修养极高。然而，他对《凡尔赛和约》的看法是不对的，表明他政治上不成熟。说起政治，拉维尔斯坦可谓深谙此道、见解独到。

---

1 美国纽约州一个小镇。

阿贝在华盛顿"人脉"很广，总是电话不断。我开玩笑说，他一定是在幕后操纵着一个影子政府。他笑了笑，承认确有此事，可那笑容像是说，他觉得这很正常，是我少见多怪。他说："我过去三十年培养出来的学生，至今一个个还是离不开我。多亏了电话，我们可以不断地进行研讨。正是有了这些讨论，他们把二三十年前学到的柏拉图、洛克、卢梭或尼采等人的思想、理论，有效地用到了他们在华盛顿每天处理的那些政策问题上。"

　　能博得拉维尔斯坦的肯定，那可是一大幸事。因此，他的学生总是不断来找他——这些男人如今一个个都四十出头了，其中有些在海湾战争中担任过要职，和他电话一通就是个把钟头。"这些特殊的关系对我来说至关重要——重于一切。"对于唐宁街或者克里姆林宫的一举一动，拉维尔斯坦必须要有所了解，这就跟弗吉尼亚·伍尔夫必须要阅读凯恩斯关于德国战争赔偿的私人报告一样，都是很自然、很合理的。拉维尔斯坦的见解或观点，对政策的制定说不准有时候产生了影响。但是，这一点不重要。重要的是，他应该用某种形式，继续负责对以前的这帮老学生进行政治教育。他在巴黎也不乏追随者。在法国高等研究院上过他的课的学生，从莫斯科完成使命回来，也给他打来电话。

　　他们关系亲密，相互信任，还有性的友谊。他家有张宽大的黑色皮沙发，他常坐在里面接电话。电话边上有块电子控制板，他用起来得心应手。可我就不行，我对高科技一窍不通。拉维尔斯坦不一样，尽管手还会抖，用起这些仪器来却操控自如，就跟魔法大师普洛斯彼罗似的。

　　不论怎么打，他现在都无须为电话账单担心。

　　但是，我们现在还在克利翁大酒店的顶楼套房里。

"你天赋很高，奇克。"拉维尔斯坦说，"可你写虚构作品，没有多少虚无的东西，这样很不好。你应该更像塞利纳那样，去写虚无主义的喜剧或闹剧。那个遭人白眼的女人对她男朋友罗宾逊说：'你干吗就不肯对我说"我爱你"？你和别人有啥不同？你那个玩意儿不是跟人家一样可以勃起吗？什么？衣服不脱？'在她看来，爱情就是勃起。但是，罗宾逊是个虚无主义者，只会在一种情况下坚守原则，就是在屈指可数的几件举足轻重的问题上决不撒谎。他可以尝试各种淫秽、下流的东西，但最终会和那些东西全部划清界限。结果，他被这个满腹屈辱的流浪女人给开枪打死了，因为他就是不肯说'我爱你'。"

"塞利纳的意思是说，这样写他就真实可信了，对吗？"

"这意味着作家应该写出你的喜怒哀乐。这些都是人类在寻找的东西。罗宾逊的这种情况是中世纪戏剧的再现。那些戏剧表现的，往往都是恶毒至极、无耻透顶的罪犯再次投向圣母寻求帮助。不过，在这一点上毫无异议。你是怎么写凯恩斯的，我想让你就怎么来写我，而且要写得更加全面。你对凯恩斯太客气了，写我的话你可不要这样，想多尖刻都行。你看上去不像是个人见人爱的宝宝呀，你写我，或许能把自己给解放出来。"

"从什么当中解放出来？"

"随便什么，只要是束缚你的——一把悬在你头顶上的达摩克利斯之剑。"

"不对。"我纠正说，"是傻瓜克利斯之剑。"

要是在餐馆这样对话，其他客人准以为我们俩是在讲色情笑话，寻欢作乐。"傻瓜克利斯"，这是拉维尔斯坦式的幽默噱头。他笑得前仰后合，就像毕加索的名画《格尔尼卡》中那头受伤的马似的，向后仰着。

拉维尔斯坦给我留下了一笔遗产。这是个创作主题——他想他正在给我提供一个主题，这也许是我平生遇到的最好的一个，也可能是唯一真正重要的。不过，这笔遗产意味着他将先我而死。要是我死在他前面，他肯定不会为我写回忆录的，充其量只会在追悼会上朗读一页简短的讣告，再要他做些别的，想都别想。然而，我们还是密友，没人有我们这么亲密。我们笑谈死亡。当然，死亡的确加强了喜剧色彩。我们一起欢笑，这是事实，但这不意味着我们的笑是出于同样的原因。拉维尔斯坦把那些最严肃的思想写进一本书里，居然成了百万富翁，想起来就好笑。这个资本主义社会的天才，竟然能把自己的思想、观点和学说变成一件价值连城的商品。别忘了，拉维尔斯坦可是一位教师，不是把自由市场经济吹得神乎其神的保守分子。他有自己的政见和道德观，不过我没兴趣去阐述，这会儿我更是不想提及。这里我只想三言两语介绍一下。他是位教育家，把自己的思想汇集成书，变成了大富翁。他挣钱快，花钱也快。就在刚才，他还在考虑签订一份五百万美元的出书合同。巡回做学术报告又能赚上一大笔。他毕竟是个学识渊博之人，这一点毫无异议。你也必须学识渊博，方能充分领悟其作品的复杂性和现代性，评估出它对人类的价值。在社交场上他可能显得孤僻古怪，可一站到讲台上，他就会鸿篇大论，而且有根有据，一清二楚。大众把接受高等教育看作一种权利。这样的看法白宫也认同。学生就像是"满是鲭鱼的大海"，每年要缴的学费平均高达三万美元，可学生们学到了什么呢？大学太放任，管理太松散，早已没有了当年严格的清教主义。根据相对论理论，在圣多明各是对的东西，到了帕果帕果就错了。因此，道德标准千万不能绝对化。

现在，拉维尔斯坦不再跟享乐过不去了，也不反对爱情。相反，他认为爱情可能是人类最大的幸福。一个人克制欲望，必然会导致心理畸形，无法享受人间最美好的东西，必将抱疾而终。我们都有一种与生俱来的生物模式，它置灵魂于一边，强调纵情享乐对缓解（生物静力学和生物动力学）压力是何等的重要。关于性欲，我不打算在这里解释阿里斯托芬、苏格拉底或是《圣经》里的那些教诲，这个问题你们得去请教拉维尔斯坦，因为他认为耶路撒冷和雅典是两大文明的发祥地。我则不大喜欢这两个地方。祝你们好运。我可是年纪大了，当不了拉维尔斯坦的弟子了。我现在想要说的就一句话：即便是白宫和唐宁街，都不敢怠慢拉维尔斯坦半点儿。撒切尔夫人邀请他周末到契克斯首相别墅里做客。我们的总统也没有怠慢他。里根总统邀请他出席晚宴，拉维尔斯坦花了一大笔钞票，买来礼服、皮带、钻石饰纽、黑漆皮鞋等。《每日新闻》的一位专栏作家形容说，对拉维尔斯坦而言，花钱犹如站在风驰电掣般的火车车尾平台上抛撒东西一样。拉维尔斯坦哈哈大笑，拿出那张报纸给我看。这件事令他乐不可支。当然，我不会为同样的原因而兴高采烈。控制这个国家的强大势力选中的是他，又不是我。

　　虽然我岁数比拉维尔斯坦大许多，可我们依然是密友。我们俩都有大二学生那种学识浅薄却又自命不凡的臭德行。在这一点上我们俩不分上下，平分秋色。我的一个老熟人说，我比任何一个有权选择单纯生活的成年人都还要单纯，就好像我刻意要单纯幼稚似的。再说，事实上一个人再怎么幼稚，也不会忘记自己的利益。就连头脑异常简单的女人都知道，什么时候要与难以相处的丈夫划清界限——知道何时必须把存款从他们共同的银行账户里悄悄地取走。我没有特别注意要保护好自己。但幸运的是——或者说也可能不是非常幸运——这是一个物质丰富的时代，世界上所有文明的国家都享受着锦衣玉食的生活。从物质层面上讲，历史上从未出现过今天这样的盛况，这么一大批人口都能丰衣足食，免遭饥饿和疾病之苦，人们无须为生存苦苦挣扎。从这部分中解放出来，人们变得单纯、幼稚了。我这样说的意思是，人们可以不受约束，任凭自己的想象驰骋。根据不成文的协议，你开始接受那些肯定被篡改过的条文。别人都是通过这些条文来展现自己的。你阉割了自己的批判力，扼杀了自己的精明智慧。你自己还没有意识到，就向一位妇女支付一笔天价费，协议离婚。而这位妇女曾不止一次地宣称，自己非常单纯，对钱之类的问题一窍不通。

　　要想了解拉维尔斯坦这样的人，最好的办法或许就是从他生活的点点滴滴入手。

　　在这个六月的早晨，我来到拉维尔斯坦在巴黎下榻的顶楼豪华套房。我来不是讨论我要写的传记，而是来采集他父母和他童年的生活情况。这些情况我写作用到多少就收集多少，决不多打听一句。现在，我对他生活经历的基本情况了解得差不多了。拉维尔斯坦的故乡是俄亥俄州的代顿市。母亲毕业于约翰·霍普金斯大学，精力充沛。父亲是一家全国性大型组织的地方代表，由于工作不是很出色，被发配到了代顿市。这个家伙矮矮胖胖、神经兮兮的，身为人父，经常歇斯底里，对子女管教甚严。每次体罚小阿贝，他都命令儿子脱光衣服，然后从腰间抽出皮带一阵猛抽。阿贝对母亲敬重有加，对父亲则恨之入骨，对姐姐鄙夷不屑。可你再瞧瞧凯恩斯，对克里孟梭的家族史，他几乎只字未提。克里孟梭饱谙世故，愤世嫉俗，对德国人深恶痛绝，缺乏信任。他戴着一副灰色羔羊皮手套坐在谈判桌前。我们不去管手套什么的——我的意思是说，我们不是在探讨心理传记。

再说了，拉维尔斯坦今天上午没心情谈论自己的童年往事。

协和广场上，早晨的清新渐渐退去。下面大街上车少人稀，六月的夏日越来越热；阳光下的我们，脉搏越跳越弱。经过起初的一番心潮起伏，一股强烈的满足感从心头油然而生。一件件没有得到有效处理的荒谬之事证明，心生满足感是对的。正是因为这一切，拉维尔斯坦，一个学者，一个邋里邋遢的政治哲学教授，成了巴黎达官贵人社交圈里的座上客。圈中既有住在克利翁大酒店里的阿拉伯石油大亨们，也有下榻于丽兹大酒店的首席执行官，还不乏在莫里斯酒店夜宿的花花公子。我们晒着阳光，谈话停了一下，拉维尔斯坦耷拉着脑袋，一时间沉默不语。不过，他扬起两道弯弯的眉毛，张嘴还想说，可一时间什么也没说出来。看着他光秃秃的头，你感觉上面还有造型师的指印。此时，他好像身在异处，思绪时断时续。一双眼睛虽然睁着，但很可能没有看着你。他睡眠很浅，很少能一觉睡到天亮。所以，对他来说，尤其是天气暖和的时候，昏昏沉沉，打个盹儿，或是小睡一会儿，都是很正常的，不足为奇。这时，他长长的双臂耷拉着垂在椅子两边，双脚大小不一，一只比另一只大三个尺码，样子怪怪的。当然，这不仅仅是睡眠不沉的原因，还有精神上的因素，比如激动、痛苦、兴奋导致的紧张等。

拉维尔斯坦今天早上感到疲惫，或许是昨晚盛宴款待我们的缘故。他在玛德莲广场上的卢卡斯·卡尔通饭店特别设宴。菜一道接着一道，把它们全部消化下去，一定会把你累个半死。主菜是鸡，是伴着蜂蜜、用黏土裹着烤出来的。这是一道古希腊时期的菜，菜谱是不久前考古学家在爱琴海上的一处历史遗址考古时发现的。

至少有四个服务员伺候我们享受这道美味佳肴。**侍酒师**站在一旁替我们斟酒，身上的钥匙链别着他的工作牌。每道菜都配有相应的红酒。其他几位服务员像表演杂技似的，在餐桌上重新摆放瓷盘、银制刀叉。拉维尔斯坦看上去异常兴奋，笑声不断，说话都结结巴巴，连续说话时总是这样——每次开口说一个长句的分句前，都会说"这个……啊，这个……啊，这个……啊这是欧洲最美味的佳肴；这个……啊，这个……啊奇克对法国疑心重重。他，这个……啊，认为，这个……啊……这个啊，一九四〇年，人们蒙受了奇耻大辱——胜利的希特勒得意地跳起吉格舞，从那以后，美食成了法国人唯一值得炫耀的东西。在萨特的笔下，在对美国的厌恶里，这个……啊在对斯大林的崇拜上，在哲学和语言学理论里，奇克随处可见**腐烂的法兰西**。这个……啊阐释学——他说，**和声阐释学**是音乐家幕间休息吃的小三明治。不过，你不得不承认，在别处你是吃不到这么美味的食物的。看见没有，罗莎蒙德红光满面，这个女人一边在享用美食佳肴，一边在欣赏这个……啊；这个……啊；这个……啊餐馆里的陈设。还有尼基，一个美食家——这个你不会不承认吧，奇克？"

是的，我承认。尼基正在一家瑞士酒店管理学校参加培训。我能说的就这么一丁点儿，因为我这个人不善于回忆那些鸡毛蒜皮的细节。尼基可是一个经过认证的领班。他穿上领班长礼服，俨然一个模特。他向拉维尔斯坦和我展示礼服时，准备好哈哈大笑，同时摆出一副职业的尊严。

今天的晚宴是拉维尔斯坦专门为我举行的。这是他感谢朋友奇克的一种表达方式，谢谢奇克在他撰写那本畅销书过程中所给予的帮助。他说，创作那本书的想法一开始是我提出来的。要不是我催他写，永远都不会有这本书的。阿贝总是十分大方地承认说："是奇克鼓励我写的。"

美国是冷战的赢家，是世界上唯一的超级大国，但其城市内部乱象丛生，相应地，人们的精神世界也是错乱压抑的。这是三言两语概述美国的一种方法，也是拉维尔斯坦的小说和文章要告诉我们的内容。他带你从古代到启蒙运动时期，然后——经过洛克、孟德斯鸠和卢梭，直到尼采、海德格尔——再到现在，到集团公司，高科技的美国，美国的文化、娱乐、出版、教育制度、智库、政治等。他向你描绘了这个大众民主及其典型的——悲哀的——人类产品。他不论上课还是演讲，都是听众如云。他一会儿咳嗽、结巴、抽烟，一会儿大呼、大笑。他要学生站起来开展辩论，鼓励他们进行一对一的对决，从而观察他们，锻炼他们。他不会像宗教卫道士那样问"你以后在哪里度过来生？"这样的问题，好像世界末日马上要降临似的，而是会问，"在这个现代民主社会里，你用什么满足自己的灵魂需求？"

这个高个子家伙已经秃顶（你总觉得他花白的头皮、传递的威严、头上的凹痕有一种威胁之感），喜欢穿细条纹或细白条花纹西装。他不会跨上讲台，傻乎乎地列举什么时代发展的正确顺序（信仰时代、理性时代、浪漫主义革命等）让你觉得索然无味，也不会炫耀自己是个大学教授，或是校园里的叛逆者，煽动革命行为。他认为，二十世纪六十年代发生的那些罢课和接管校园事件，导致美国严重倒退。他既没有通过营造自由讨论的氛围去讨取学生的欢心，也没有像善于表演的老师那样，叫嚷"狗屎！""肏！"之类的污言秽语招惹学生的厌恶——实际上这是在取悦学生。他身上没有一点儿校园狂徒的影子。他的弱点十分明显。他非常清楚，他终将葬送在自己的过失和缺点中。但是，完蛋前，他要把柏拉图的洞穴理论写给你看，让你知道自己的灵魂几乎空空如也，而且还在加速萎缩，速度越来越快。

天资聪颖的学生都很喜欢他。他的课总是座无虚席。所以，我马上想到，他只需把**讲课内容**记录下来就可以了。对拉维尔斯坦而言，写本畅销书是世上再容易不过的事了。

而且，非常坦率地说，一听到拉维尔斯坦那些破事我就心烦，比如不满意工资，拜占庭式的借钱习惯，与他人做交易，订计划，抵押财富，他的詹森茶壶、坎佩尔古董盘子等。那只漂亮的詹森茶壶，作为五千美元贷款的抵押品，落进了他的一个博士生塞西尔·莫尔斯的手里达五年之久（这个博士生最后又以一万美元的价格将茶壶卖给了某个商人）。五年来，拉维尔斯坦一直跟我讲这个故事，我听了很是恼火，兴趣索然。我责问他："这烦人的争论、讨厌的茶壶，还有你那些令人厌恶的奢侈品，你还要让我忍受这一切多久？阿贝呀，你要是过着寅吃卯粮的日子，就像一个贵族，穷困潦倒，却还要追求奢侈品，沦为欲望的牺牲品，那你为什么不想方设法提高自己的收入呢？"

我记得，听到我这么说，拉维尔斯坦立马就抬手捂住耳朵。那双手白皙绵软，耳朵却粗糙不堪。"什么——难道要我去登记提供陪护服务不成？"

"瞧瞧你，又不大会陪人跳舞，受雇陪人家吃饭聊天也许还行，一晚赚个一千美元什么的。还是不行，我心里想着你最合适做的还是写书，就以你实际上课的讲稿为素材，写出来的书一定很畅销。"

"是呀，"他说，"就像菲尔丁笔下那个可怜的亚当斯牧师，跑到伦敦去印刷自己的布道词。牧师需要钱，可除了布道词，他没东西可卖。他把布道词都写了下来，可我根本就没有什么讲稿呀。奇克，你这个建议只适合送给著作等身的作家。你这么一说，我倒是想起了评论家德怀特·麦克唐纳。他有个朋友，叫威内茨基，现在破产了——这家伙对财务一窍不通。他对这个穷光蛋说：'威内茨基，你手头要是这么紧，干吗不卖掉手中的一份债券？谁都会这么做的呀。'可他压根儿也没想到，威内茨基**根本就**没有债券。麦克唐纳有，但他没有。"

"麦克唐纳在这方面与玛丽·安托瓦内特王后倒是很像。"

"一点儿不错！"拉维尔斯坦大叫，并哈哈大笑，"这个……啊，是个令人压抑的陈年笑话，讲的是一个流浪汉。他遇到一个上了年纪的阔太太，对她说：'夫人，我三天没吃东西了。'老太太回答说：'是吧，真可怜，那你得强迫自己吃呀。'"

"我弄不懂你怎么就没想起来这么做呢。"我对拉维尔斯坦说，"你要做的就是拟订一份计划，这样你至少可以先拿到一小笔预付款，起码也有两千五百美元吧，我猜可能会接近五千美元。计划要写的书就是一个字不写，你也可以拿这笔钱来还债，这样你还可以再借。你有什么损失呢？"

他欣然接受这个绝妙的建议。从出版商那儿骗来几千美元，既能摆脱债务，转身又可以去借钱，这个买卖太诱人啦！从思想道德上讲，他绝不是那种猥琐的小人。他可没有指望从我这番乌托邦式的洗脑中得到什么好处。玩这种小把戏、小诡计，他早已习以为常，玩得得心应手，而且还不乏冷嘲热讽，以展示自己具有崇高的境界与宽阔的视野。于是，他写好提纲，寄出去，签上合同，结果预付款立马就汇来了。虽然那把价值连城的詹森茶壶永远也回不来了，但是拉维尔斯坦的信用额度却重新打开了。他给远在日内瓦的尼基汇去一笔钱，尼基用来买了一套新的詹弗兰科·费雷牌[1]服装。尼基天生就喜欢享受，像个王子似的，穿着打扮也确实有几分像。在拉维尔斯坦的眼里，尼基是个才华横溢的年轻人，完全有权这么表现自己。这不是什么时尚或自我表现的问题，我们这里谈的是年轻人的天性，不是什么策略。

就连阿贝·拉维尔斯坦自己都觉得吃惊，后来发现自己竟然真的写起了那本签了合同的书。他的朋友们，还有他教过的第三、第四代学生，一个个也很惊讶。他们中有些人是不赞成这样做的。他们反对拉维尔斯坦将自己的真知灼见就这样通俗化、这般廉价地出售。不过，教书，即便教的是柏拉图、卢克莱修、马基雅维利、培根或是霍布斯等，本身就是一项通俗化的工作。千百年来，这些人的伟大思想被印成书籍，对他们的深奥思想一无所知的普通大众，得以接触它们。所有优秀的教科书都有深奥的思想。他对此深信不疑，并且这样教导学生。我想必须得提一提这一点，但也就是提一下而已。要知道，即便是最简单的人，也有其深奥难懂、神秘莫测的一面。

那天晚上在卢卡斯·卡尔通饭店还有一件怪事，就是晚宴后送上一杯红酒就结束了晚宴。我们去那里享受美味佳肴，再次感受到家常便饭与美食有着天壤之别。拉维尔斯坦掏出他的法国支票簿。从前他在巴黎可从未开过账户。多年来，他只是一个游客而已，顶多算是一名崇拜法兰西文明的中等水平的消费者——他的预算可是压力重重——要想进一步提高消费，非破产不可。在太平洋彼岸，

1　意大利设计师品牌。

在我们自己的国家，我们也有同样的隐忧。你不仅是一名犹太人，而且还是一名美国人，可从某种意义上讲，又不是。然而，不妨设想一下，你把手伸进口袋里，想同财主一样掏出一笔不菲的小费，却发现除了毛茸茸的衣服线头，里面空空如也。但是，今晚，拉维尔斯坦异常开心，用颤巍巍的手开出了支票。现在，服务员送来账单时端上了一盘松露巧克力。罗莎蒙德打开自己的随身小包，把上面裹着一层可可粉的巧克力，全部包起来塞进包里。看见这一幕，拉维尔斯坦禁不住哈哈大笑。"全部拿走！一个也别留下！"他笑着说，活脱脱一个犹太喜剧演员。他像夜总会的演员似的提高沙哑的嗓门儿说："这些都是可以吃的纪念品，你每吃一粒，都能回味起今晚的美味佳肴。你可以把这一切在日记里记下来，别忘了把你是怎样毫无顾忌、如何毫不掩饰地将那些巧克力装进包里也记下来哦。"

你要是举止出格，拉维尔斯坦反而会对你留下好印象。后来，他偶尔会对罗莎蒙德说："别在我面前装出一副用惯了花边餐巾纸、很有教养的大家闺秀的样子。我看到你在卢卡斯·卡尔通饭店把那些巧克力偷偷地装进了自己的包里。"实际上，他倒是挺喜欢这种小偷小摸、无伤大雅的不端行为。从他种种的偏好中往往就能看出他的真实思想。就拿刚才这个例子来说吧。拉维尔斯坦的真实思想是，一个人的品行要是自始至终都那么端正，往往是有严重问题的。再说，拉维尔斯坦本人也很喜欢好吃的东西——他称之为**甜食**。下班回家的路上，他时常光顾杂货店，买一袋小孩爱吃的糖果。他很喜欢甜果冻，不吃到肚子撑了绝不撒手，尤其爱吃柠檬味的半月形果冻。

罗莎蒙德将松露巧克力洗劫一空，这个举动之所以那么惹眼，是因为她是一个年轻貌美的姑娘，而且又有教养，彬彬有礼，聪明伶俐。拉维尔斯坦非常开心地发现，这样的女子竟然爱上了一个像我这样的老头。他说："有一种女人，天生就喜欢老男人。"就像我前面说的，拉维尔斯坦就是喜欢不循规蹈矩，尤其是在爱情方面。他把渴望爱情看得很高。正如阿里斯托芬所说，追求爱情、坠入爱河，是渴望找回失去的另一半自我。其实，这句话压根儿就不是阿里斯托芬说的，而是出自柏拉图，是柏拉图在一次演说中讲的。那个演说与阿里斯托芬有关。人类伊始，据说男人和女人都长得圆鼓鼓的，就跟太阳和月亮似的。他们既是男性，又是女性，拥有两套性器官。有时，两个器官都是男性的。神话是这样传的。这些人深感自豪，十分满足。他们公然藐视奥林匹斯山上的众神，结果遭到众神的惩罚，被劈成两半。这便是人类遭受的肢解之痛。从此，一代又一代人都在寻找那失去的一半，盼望重新成为一个完整之人。[1]

我自认不是什么学者。和我同时代的所有或大多数同学一样，我也读过柏拉图的《会饮篇》。我感到那真是一种美妙的享受啊！是拉维尔斯坦督促我重读的。不是字面意思上的**督促**。可你要是一直和他待在一起，就得回头反复不断地重读《会饮篇》。人得要受苦受难，得被百般蹂躏，人是残缺不全的。宙斯是个暴君，奥林匹斯山上暴政肆掠。受苦受难的人类，首要任务就是要找回那失去的一半。千秋万代过去了，可人类还是没有找到那真正的另一半。宙斯将小爱神厄洛斯赐予人类作为补偿，或许是出于他自身的政治考虑吧。人类找回那迷失的一半看来是没有希望了，于是纵情于性，暂时忘却自我。然而，肢解之痛在人类的脑海里始终不能忘怀，而

1　这一段关于人类的观点出自柏拉图的《会饮篇》。

且永远挥之不去。

不管怎么说，那天晚上我们一直待到午夜过后才离开饭店。马路对面的花店里兰花绽放，分外夺目。花店灯火通明，万紫千红，我们忍不住穿过空荡荡的街道走了过去。厚厚的橱窗玻璃上有一条垂直的口子——上面镶着两道铜边线——让花香飘入玛德莲广场，驱散上面的一氧化碳气味，更增添了法兰西迷人的诱惑力。拉维尔斯坦提醒我说，玛德莲教堂是举行国葬的地方，可以前教堂门口经常聚集着一群妓女。

这就是我要告诉你的拉维尔斯坦。你要是不知道这些，你就无法理解他。一个人，心灵要是没有渴望，那无异于一只旧的汽车内胎，也许只有夏天到了海边才能用一用，别无他用。热情奔放的男女，尤其是年轻人，都会全力追求爱情。相比之下，那些资产阶级则终日笼罩在暴毙的恐惧中不能自拔。通过这种可能是最简单的办法，你便会了解到什么问题对拉维尔斯坦来说是举足轻重的。

我把拉维尔斯坦说得这么简单，感觉对他有失公允。其实他是个非常复杂的人。我们都在寻找自己的另一半，他真的认同这个观点（苏格拉底将之归为阿里斯托芬）吗？对他来说，真正能够打动他的，莫过于这种追求的实际例子。而且，他在自己认识的每一个人身上，不断地观察有没有这种追求。说来奇怪，一个大学教授，居然把自己研讨班上的学生们看成演员，正在演出这部令人震惊的永恒戏剧。这些学生走进班级时，他采取的第一个行动就是命令他们忘掉自己的家庭。他们的父亲全是商店店主，不是在印第安纳州的克劳福兹维尔，就是在伊利诺伊州的庞蒂克。这帮儿子认真阅读《伯罗奔尼撒战争史》《会饮篇》《费德罗篇》，并且苦思冥想很久。他们压根儿也没想到，没过多久他们就会熟知古希腊的尼西亚斯和亚西比德，而且熟悉程度要超过运牛奶的火车或是廉价杂货店。渐渐地，拉维尔斯坦还设法赢得了他们的信任。他们把自己的隐私都讲给他听，而且不加一丝隐瞒。拉维尔斯坦因此对他们了如指掌，真令人啧啧称奇。他很喜欢聊天，从某种程度上讲，他由此获得了所需信息。他不仅训练这帮学生，还塑造他们，将他们编成不同的小组、小小组。编组是按照他认为的恰当方法，按性别将学生分成不同的种类。有些会成为丈夫和父亲，有些则可能变成非异性恋——这里既有正常的、不正常的、思想深刻的、趣味十足的、赌徒、投机者，又有天生就成为学者的、具有哲学天赋的、还有恋人、苦干者、官僚分子、孤芳自赏者、风流鬼等。他对这一切都进行了大量思考。他对自己的家庭恨之入骨，早已断绝了来往。他告诫学生们，上大学是来学习知识的。言下之意，他们必须要摆脱父母给他们灌输的那些思想。他会引导他们进入一种千姿百态、丰富多彩的高质量生活，一切听从理性——千万不能过那种枯燥无味、毫无生气的生活。他们要是运气好，又聪明好学，而且心甘情愿，拉维尔斯坦很可能会送给他们一件礼物，一件他们渴望能够得到的最珍贵的礼物，引导他们阅读柏拉图，给他们讲解迈蒙尼德的奥秘，教授他们如何正确理解马基雅维利，怎样熟悉莎士比亚高尚的人性——一直讲到尼采及之后。这不是他要开设的课程——这比课程要灵活、随性得多。总的来看，他这样随性而为，授课效果很好。虽然这些学生中没有一个像拉维尔斯坦那样知识渊博，但他们大多数才华横溢，出类拔萃，着实令人欣慰。他希望他们个个都是无与伦比的。他甚至非常喜欢那些怪异、变态的学生——再怎么怪异，再怎么变态，他都能接受。当然，他们必须掌握所学专业的基本知识，而且要谙熟于心。"这**家伙**怪不怪？"他时常这样谈起自己的学生，"你有没有收到他的最新力作《历史主义和哲学》选印本？我告诉他要将它放在你的信箱里。"

我看了，但那给我的感觉就像是蚂蚁动身去翻越安第斯山脉，心有余而力不足。

拉维尔斯坦敦促自己的那帮年轻学生要抛开自己父母思想的影响。可是，在以他为中心的这个师生圈子里，他自己却一步一步地扮演起了一个父亲的角色。当然，他们要是不喜欢这样，他会毫不犹豫地把他们赶出去。可他们一旦成为他的心腹，他就会为他们规划未来。他常跟我说："阿里和那些学生一样聪明，你喜欢和他同居的那个爱尔兰姑娘吗？"

"嗯，我没怎么见过这姑娘。她看上去确实很聪明。"

"聪明只是一个方面。她居然放弃自己法律方面的事业，跑来师从于我。而且，她还有一对硕大的乳房。她和阿里同居已经有五年了。"

"那么她在他身上进行了合法的投资。"

"我明白你的意思，尽管你这样比喻阿里，听起来他就像一件财产似的。别忘了，他可是一个穆斯林，有一个金字塔式的、教规严格的埃及家庭……这是我要说的意思。"他想知道穆斯林是不是不大恋爱。长期以来，他对热恋一直是兴趣盎然。但是，中东地区的风俗依然是包办婚姻。"尽管如此，埃德娜凭借一己之力，可以打垮任何一座金字塔。"他也研究过埃德娜，对学生们的男女关系费了不少脑筋。"她一看便知是个很有思想的姑娘，而且还是位大美女。"

我前面说过，我们原本打算今天讨论我准备写的那本回忆录。可是，今天不是个好日子，不适宜讨论传记细节。"回头想想，"

阿贝说，"我真不愿意再回首自己的童年生活——我母亲毕业于约翰·霍普金斯大学，精力充沛，是班上的高才生。父亲则是个冥顽不化的家伙，就因为我没能成为美国大学优等生荣誉学会会员，总是看我不顺眼。我就算得了最好成绩，那又有什么了不起的呢？必修课能得B和C，已经是相当不错了。然而，无论我干得多么出色——比如应邀去耶鲁大学或哈佛大学做学术报告——我那个老爹最后还是要当面骂我，骂我没能成为大学优等生荣誉学会的会员。他那个脑子犹如佐治亚州的沼泽地——奥克弗诺基沼泽地，上面闪耀着神经质的光芒。他是一个失败者，十足的失败者，不过也有某种深藏不露的优点——只是藏得太深，人们再也无法察觉。"

拉维尔斯坦停了停，接着又说："我想，今天上午最好去圣奥诺雷街[1]逛逛……"

"或者想想上午还有什么事情要做。"

"罗莎蒙德今天要很晚才会起床的。昨天的晚宴那么美妙诱人，我们可把她给累坏了——一位秀色可餐的女士和三位魅力十足的男士一起共进晚餐。一点钟之前待在这里，只会打搅你妻子。我在浪凡专卖店看中一件运动外套，想听听你的意见。我跟售货员说上午会顺道过去。可我今天早上有点儿困——刚才还打着盹儿呢。我最讨厌这种无精打采的样子了……"

我们走出房间。离开的时间很巧，电梯走到下面的几个楼层时打开了，恰巧碰到迈克尔·杰克逊带着保镖们走了进来。只见他穿着一身缀满金属饰片的亮闪闪衣服，黑底，闪着金色——很紧身，也很合身。他的卷发是刚做的。他面带淡淡的笑容，很纯洁。你情

---

1 巴黎著名大街，曾是贵族聚居地，汇集了众多奢侈品店和古董店。

不自禁地细细打量起他，看看他脸上有没有整容的痕迹。我感觉，他那个神情是希望有所变化。金童子下凡尘埃间，像个清扫烟囱的童工。

拉维尔斯坦身材高大，不亚于杰克逊的任何一位保镖——甚至比他们还要高，不过没他们壮实。他很喜欢这个短暂的巧遇。他好像是——全身都充满了喜悦。

到了一楼大厅，保镖们像蛙泳似的为杰克逊清开一条路。大厅里人很多，外面更多，警察组成人墙，外面的大街上人山人海。我们挤成一团，被人流挡在了金色警戒线的后面。巨星一边向外走，一边向成千上万失声尖叫的粉丝优雅地挥手致意。阿贝·拉维尔斯坦被挡在绳子外面，可一点儿也不介意。今天的巴黎和它应该的样子没什么差别。亲手设计凡尔赛宫的法国皇帝们，指导建筑师们建造了帝都这个壮观的公共广场。今天，拉维尔斯坦就置身在这个环境里。他是这个新秩序里的贵族，揣着信用卡和支票簿，一心想花掉自己的金钱——要是有比克利翁大酒店更豪华的酒店，阿贝一定会住到那儿。如今的拉维尔斯坦可是地位显赫，用信用卡支付账单，然后把账记到他在美林银行的账户上。他很少核实银行寄来的对账单。这本来不该是尼基的事，可每次都要他来核实。尼基之所以这么做，唯一目的就是要保护阿贝。还真是多亏了他，否则发现不了新加坡的那个大骗子。有人在新加坡盗用阿贝的维萨信用卡消费，账单高达三万美元。"签名明显是伪造的，"阿贝说，好像并不是很恼火，"信用卡公司会处理的。现在，国际电子诈骗越来越多。当才华横溢的研究人员还在实验室里研究如何保持高科技领先时，骗子们就已经学会了走在高科技的前面，就跟善于发明创新的细菌骗过了药剂一样。校园里的小天才要比五角大楼里的那帮大家伙聪明多了。"

走在圣奥诺雷大街上,拉维尔斯坦兴高采烈。我们逛了一家又一家商店。

法语称浏览商店橱窗为lèche-vitrines——舔玻璃。这需要悠闲自得、不急不躁,可光是早餐我们就吃了大半个上午。尽管如此,我们还是在那些陈列袜子、领带的橱窗前慢悠悠地溜达,在衬衫定制店前闲逛。后来,我们稍许加快了脚步。我跟阿贝说,看到这些昂贵的名牌商品我心里十分紧张。实在是太诱人了,这四面八方到处都是诱惑,我简直都不想走了。

"我注意到了。"拉维尔斯坦说,"自打结了婚,你穿衣服的水准便直线下降。以前你可是个公子哥哟!"

他话语里透着一丝遗憾。他时不时地给我买条领带——是我自己绝不会买的那种。这些礼物领带让我非常难堪,因为它们是在提醒我,我衣着过时了。不仅如此,这里还有一个原因。拉维尔斯坦身材比我高大多了,演讲总能引人入胜。因为身材高大,他穿起衣服来也更有派头。这一点我做梦都不会质疑。仪表堂堂的男人就该是高高大大的。悲剧性的英雄也必须有伟岸的身材。我虽然很久没读亚里士多德的作品了,但依然记得他在《诗学》中讨论的这些内容。

圣奥诺雷大街处处洋溢着法兰西历史和政治的辉煌——都是法兰西文明的特别见证——我由此想起了音乐厅里上演的那部古老的喜剧《赌城风流史》。有一个浪子在布洛涅森林里自由自在地溜达。他温文尔雅,周围人自然会好奇地盯着他。

不论什么事,只要不是发生在巴黎,或者没有引起巴黎人的注意,那都不叫事。这条规矩,是那个像燃烧的老壁炉的巴尔扎克起初定下来的。凡是未经巴黎验证过的，都等于不存在。

当然，拉维尔斯坦太了解现代世界，对这个旧风俗可能不大会认同。记住，拉维尔斯坦可不是一个平凡之辈，在他的私人指挥室里，摆放着一台台电话，键盘复杂，室内灯火通明，最先进的立体声音响播放着早期乐器演奏的帕莱斯特里纳的音乐。唉，如今的法国已不再是评判的中心、启蒙的基地，也不是网络空间的重地。法国再也吸引不了世界上杰出的知识分子和其他的文化**精英**。法国已经**辉煌**过了。戴高乐就跟一头长颈鹿似的，一副趾高气扬、不可一世的样子。丘吉尔说起他时爆料，英国当初援助**法兰西**，居然被视为一种冒犯。这个傲慢好战的家伙凝视着后现代世界的树梢，实在无法忍受他的国家需要援助之类的念头。

阿贝的脑子里向来不乏好词好句，来描绘、记录各个时代。"'法兰西要是没有军队就不能称之为法兰西了'——这也是丘吉尔的名言。"我和阿贝一样，对谈话也很感兴趣。但我谈不来，只是喜欢听他谈古论今。拉维尔斯坦在这方面要比我强千万倍。再说，他对伟大政治一向怀有浓厚的兴趣。当然，如今的法国已经没落了，一无所有，只剩下派头了。他们把派头发挥到了极致，装模作样，明知废话连篇，却依旧喋喋不休。他们依然擅于套近乎，而且本领高超。还有烹饪，依然享誉世界——就比如昨天在卢卡斯·卡尔通饭店吃的那顿晚宴。巴黎的每个**区**都有新鲜菜市场、香喷喷的糕点店以及冷切**猪肉店**。对了，还有漂亮的内衣展、令人害羞的床上用品。"过来，快到我怀里来吧，我给你巧克力吃。"把人们的隐私、活生生的人及其需求，堂而皇之地当众展示，真是妙不可言。纽约那些精美的通俗杂志纷纷效仿，可从未成功过……对了，还有法国的街头生活。"美国住宅区的大街上几乎不见人影。

可这里呢，依旧是人声鼎沸。"拉维尔斯坦说。

拉维尔斯坦，这个不守规矩的家伙，确实爱耍一些有关性的恶作剧。他非常喜欢那种**暧昧不清**的艳遇，含糊其词、模棱两可。巴黎仍旧不失为某些行为或者说不端行为的理想天堂。走在街上，拉维尔斯坦一路欢笑，一路讲解。他结结巴巴，不是因为身体虚弱，而是由于讲得太多。享誉全球的巴黎之光聚焦在他那光秃秃的头顶上。

"我们去的地方还有多远？"

"别性急，奇克。你让我觉得我们总是有比现在更重要的事情要做。"

我没有为自己辩护——连想都没有想。我们的目的地是浪凡专卖店，就在前面。可一路上我们这家店逛逛，那家店瞧瞧，就给耽搁了。验光师们见到拉维尔斯坦，总是拉着他不让走，结果他对每一种镜架都了如指掌。眼镜店里的顾客可不止他一个。根据一项调查，美国女性平均每人有三副太阳镜。"喂，别跟我扯什么不是生活必需品！"——可怜的李尔王就曾为追求多余的必需品进行过辩护。阿贝酷爱眼镜，也作为礼物买来送给别人。他就送过我一副，是折叠型的，可以放入一个小盒子，装进口袋里。有一次在做意大利面酱汁时，他不慎把一副隐形眼镜的镜片给掉了进去，气得他发誓再也不戴这玩意儿了。那天晚上，他刚好请我和罗莎蒙德到他家做客。我们还事后诸葛亮，拿它和他开玩笑呢——或者说，隐形眼镜的镜片，人吃下去能消化吗？就像人们所说的，这硬邦邦的铁块就让鸵鸟去消化吧。

"你有二十多件外套了吧，看看这件浪凡牌的有什么不同？"我本想问他的，可我非常清楚，浪费与节约、慷慨与吝啬，其中的种种区别，阿贝的脑子里不要太清楚哟。他可是个灵魂高尚的人，这些品质应有尽有。我只是不想引起这个话题罢了，再说，今天上午他也没这个兴致。

不久前，还是在中西部的时候，他手头拮据，抱怨衣服太少。我带他到市中心去找我的裁缝杰苏阿尔多，为他量身定做了一套西装。他走进杰苏阿尔多店里的阁楼间，从一家著名的苏格兰纺织厂生产的布料中，挑中一块色泽鲜艳的法兰绒面料。我们试穿了三四次，我觉得最后做出来的成品很漂亮。这件衣服花了我不少钱。当时，我有本书正登上畅销书排行榜，虽然排位比较靠后；尽管它一直也没攀升到中等以上的名次，可我已经相当满意了。对于一个出生于大萧条时代的孩子来说，有这样中等规模的回报，足以令我乐不可支。我的标准都是在穷困潦倒的二十世纪三十年代建立起来的。一千五百美元本该可以买一套最好的西装了。即便是在做花花公子的日子里（我有一小段时光被称为时尚达人），我也没有买过五百美元以上的西装——这可是当时刚刚通过律师资格考试的学生们才能出得起的价格。后来，他们成了律师事务所的合伙人，就不再光顾杰苏阿尔多裁缝店了，而是找更高级的裁缝店，那里的顾客不是医生、职业运动员，就是江湖骗子。

关于在杰苏阿尔多店做的那件西装，拉维尔斯坦和我还进行了一番争论。"听着，奇克。"拉维尔斯坦说，"那件西装的真正价值不在裁剪——不在工艺……"

"你回家穿上时还和尼基一道嘲笑它呢。你就穿过那一次，是为了逗我开心，后来就再没穿过……"

"坦率地讲，我认为它不适用。"

"**适用**一词不大贴切。你们两个该不至于塞个假人在里面吧。"

拉维尔斯坦是个烟鬼，抽完一支，赶忙又点上一支。只见他身子往后扭着，大概是为了避开打火机的火苗，也可能是因为他笑得太厉害了。缓过劲之后，他说："好了，又不是浪凡那样的名牌。你是想帮我做点儿什么，奇克，你为人很慷慨。尼基是第一个这样夸你的人。不过，杰苏阿尔多确实是落伍了。他现在做的衣服像是给黑手党穿的似的，而且还不是给黑手党头目，而是给小卒子，给下三烂流氓们穿的。"

"那**我**穿的全是这样的衣服喽。"

"你对时尚不感兴趣，又不在乎什么品牌。你应该把付给杰苏阿尔多的钱给我，然后我再加一点儿，好买上一件高档一点儿的裁剪精细的衣服。"

我们两个对彼此非常坦诚，说话直截了当，不用担心是不是冒犯了对方。两个人都没有什么难以启齿的隐私，也没干过什么肮脏的勾当，或是违法乱纪的坏事。他要是发现我没有心理准备，接受不了指责，他就不会使用严词批评我。我时常能够感受出来这一点。当然，我也没有那样对他。我们都有各自的缺点和不良恶习。我对他如同对自己一样，会坦诚相告、毫不隐瞒。这样做，我感到一身轻松。他更有自知之明，我自愧不如。不过，我俩每次私下讨论问题，结果都不错，文明、有趣，还不乏一些虚无主义的色彩，挺开心的。

"生活未经审视，或许不值得去过。可要是对一个人的生活进行审视，他可能巴不得一死了之。"我这样对他说。

拉维尔斯坦听了十分高兴，禁不住哈哈大笑，笑得仰面朝天。

春日的巴黎令人流连忘返，我还不想离开。

浪凡店里卖的那件高级外套是用漂亮的法兰绒做成的，质地精良、光滑柔顺。华丽的颜色让我想起了拉布拉多猎犬——金黄色，连褶皱都是那么的光彩夺目。"看见了吗，《名利场》以及其他一些印刷精美的时尚杂志，都在刊登这些高档外套的广告。广告中的那些服装模特，个个不修边幅，粗野不堪，瞧那神情，不是操着皮肉生意的同性恋，就是彻头彻尾的强奸犯，终日无所事事——什么也不会干，只会炫耀那令人恶心的自恋癖，而且还引以为荣。"你甚至连做梦也不会想到，这样的衣服竟然穿在一个笨拙的知识分子身上。他的胸部或许已经有了肥膘，腰部也有些赘肉。实际上，这件衣服看上去挺舒服的。

我劝拉维尔斯坦买下这件浪凡牌外套。

售价四千五百美元。拉维尔斯坦是用自己的维萨金卡付的款，因为他当时还不清楚自己的里昂信贷银行卡里还有多少钱。维萨信用卡公司会保护用户不受骗上当，确保用户按照交易当天的官方外汇汇率付款。

来到大街上，拉维尔斯坦问我，在大白天的强光里，那件外套的颜色看上去怎么样。我回答说，好看极了。他听了后非常满意。

接下来我们又去了苏尔卡名品店。拉维尔斯坦在那里仔细查看了他定做的几件衬衫。这些衬衫会用结实的塑料盒一件件包好，派专人送到克利翁大酒店。随后，我们又去了莱俪水晶器皿店的展示厅。他想到那里看看灯具，准备给家里的墙壁和天花板上配一些壁灯和吊灯。

"我们用半个小时去格罗特帽子店看看吧。"

在格罗特帽子店里，我实在控制不住，给自己买了一顶男式绿色灯芯绒软呢帽。阿贝要我必须买下来。"我很喜欢你戴上它的样子，果断一点儿，买了吧。你应该充分地展现自己。"他说，"奇克，你他妈的太节俭了，这和你的身份不相符，因为你关注的人，都觉得你这个家伙狂妄自大，不可一世。你要是惜钱如命，那我就来掏钱给你买……"

"我父母家里有几张绿色沙发，"我说，"虽然都是二手货，可全是天鹅绒的。我自己来付……我买它是因为它勾起了我童年的回忆。"

"六月天里戴这玩意儿太沉了。"

"好了你，我希望十月份我还活着。"

拉维尔斯坦穿着新买的浪凡外套走在利沃利街上。我们的左边是宏伟的卢浮宫和公园，每个拱廊里都游客如云。

"皇家广场，"拉维尔斯坦随手一指，"狄德罗以前每天下午快到黄昏时，就会到这个广场上来散步，这儿也是他和拉摩的侄子进行对话的地方。"虽然那些对话[1]很有名，但是他一点儿也不喜欢那个侄子——一名音乐老师、一个寄生虫。那小子自命不凡，根本不把狄德罗放在眼里。他身材更加高大，总喜欢板着一张脸，在历史，尤其是在道德史和政治理论史方面，受过很好的教育。有一种人一向有条不紊，视野开阔，做事条理清晰。这种人总是深深地吸引着我。不像拉维尔斯坦，说起话来只会"这个……啊，这个……啊"的，条理不清。我们在美国有一个好友，他很喜欢跟我们说："条理本身就是一种无穷的魅力。"就相当于说"音乐是迷人动听的一样"什么的。

这时，我们恰好在谈论这样一个魅力四射的人，他叫拉克米尔·科贡，或曾经叫这个名字。拉克米尔的长相酷似《34街奇迹》

---

1 指狄德罗的长篇小说《拉摩的侄儿》。

中饰演圣诞老人的演员埃德蒙·格温，可没有一丝圣诞老人的慈祥。这家伙很危险，脸红赤赤的，眼睛血红，目光凶狠，满脸怒气。他同圣诞老人一样，也是从烟囱中下来的，可目的是来找碴儿添乱的。

拉维尔斯坦和我都不想吃午饭——昨晚卢卡斯·卡尔通大饭店那十道大餐，撑得我们到今天晚餐前都没有食欲——只是坐下来喝点儿咖啡。拉维尔斯坦又开了一包万宝路香烟。来到他经常光顾的花神咖啡馆[1]，他点了杯**浓缩咖啡**。咖啡馆里的服务员将咖啡装好端给他。他端杯的大手的手指要是抖的话，并不是他神经出了问题，而是过分激动的表现，咖啡因的作用微乎其微。

他说："拉克米尔是我此前的一个老师。当时，他在伦敦经济学院任教，后来又去了牛津大学。在那里，他加入了英国籍。此后，他总是花一半时间待在英国，一半时间待在美国。他这个人很严肃，总喜欢给自己找不自在。不过，我对他感激涕零——比如，我现在的工作就是他所施与的。当时我被流放到明尼苏达州，是他帮我搞到我想要的这份工作……"

"跟你想要的**差不多**……"

"不错。我是教授，却没有教授席位，真是绝无仅有。我为大学贡献了这么多年……学校管理部门给我的唯一席位，就是一把电椅。"

好在拉维尔斯坦从不计较，也不会因此而痛苦烦恼。这儿不是谈论这些问题的地方，我以后也许会谈这个话题，也可能不谈。总之，我不该在这里说件事。我**说过**，我要一点一滴地向你们介绍

1　巴黎著名咖啡馆，存在主义的启蒙地，超现实主义的诞生地。

拉维尔斯坦。

拉维尔斯坦在餐桌上看上去有些古怪。你要熟悉他的进餐习惯。他们系的创始人的妻子，格里夫太太，曾经对他说，永远别再指望她请他吃饭了。格里夫太太自身就是个富婆，又有很高的文化修养，经常在家款待社会名流，比如R. H. 托尼、伯特兰·罗素、法国新托马斯主义大佬，这个大佬的名字我记不清了（是叫马里坦吗？），以及众多的文人雅士，特别是法国的文人。阿贝·拉维尔斯坦当时还是个资历较浅的教师，也获邀参加了一个招待T. S.艾略特的午餐会。阿贝·拉维尔斯坦告别时，玛拉·格里夫对他说："你竟然直接对着瓶子喝可乐，T. S.艾略特一直在看你——满脸惊骇。"

这件事是拉维尔斯坦自己说出来的，同时说出来的还有已故的格里夫太太的一些事情。她出生于一个大富豪家庭，丈夫是一位著名的东方学专家。"自我美化的人，往往都会吹嘘自己有多么特别的重要，而且会一直这样吹下去，"拉维尔斯坦说，"直到编出一个令人眼花缭乱的幻想故事。这些人将自己装扮成迷人蜻蜓的样子，在绝对虚幻的氛围中飞舞、飘逸。然后，他们写散文，写诗歌，写关于他们自己的著作……"

"在招待贵客——一个极其重要的来宾的午宴上，缺乏教养的犹太人举止……"我说。

"你让T. S.艾略特怎么看我们呀！"

但不知为何，我就是不信整个事情的原委仅仅是他对着瓶嘴喝可乐。（首先，干吗要在餐桌上放一瓶可乐呀？）教职工的太太们都知道，只要拉维尔斯坦来赴宴，晚宴后她们就得清扫好半天——洒的、溅的、弄碎的，餐巾用得脏分分的，餐桌下掉的是一块块熟肉，听到笑话后忍不住发笑而喷出去的酒，桌上的菜尝了一口不好吃就往地上扔。女主人要是有经验的话，就会在他的座位下面铺一张报纸。拉维尔斯坦并不介意，他从不关注这种事情。当然，我们每个人都有各自的方法了解正在发生的事情。阿贝也很**清楚**——他知道什么要专心致志，什么应该漠不关心。讨厌阿贝的用餐习惯，并不是说要承认自己心胸不够坦荡。

拉维尔斯坦打趣说："她不许任何一个犹太佬在**她家的**餐桌上吃相那么难看。"

她的丈夫格里夫教授倒是没有这种偏见。他身材高大，表情严肃，举止端庄得体，不过他那神情好像总给人一种心猿意马的感觉，感觉他关注那些更遥远、更有趣的东西——我的意思是比拉维尔斯坦更有趣。格里夫教授的眼睛很小，彼此又隔得很开，不过看上去和蔼可亲、宽容大度。头发从中间一分为二，一看就是一位博学的先生、著名的学者。他的朋友大多是法国人，而且个个都是豪门出身，比如姓名里带有波旁[1]六世——不是法兰西科学院院士，就是院士候选人。格里夫的太太和家佣们——洗衣工、厨师、客厅女侍——把格里夫照顾得无微不至。格里夫夫妇绝不是一对平庸的学者夫妻——他们在伦敦就像在巴黎的自己家中一样，舒心惬意。在圣特罗佩或诸如此类的地方，斯科特·菲茨杰拉德夫妇曾经和他们是近邻。格里夫和太太不是那种靠傍名人显要抬高自己身份的平庸夫妻。他们是一对富裕的爵士时代[2]的美国夫妇。他们认识毕加索，还认识格特鲁德·斯泰因。

出于某种原因，拉维尔斯坦和我在花神咖啡馆谈起了格里夫夫

1　波旁王朝曾经统治法国、西班牙、意大利等国。

2　一般指一战（1918年）以后、经济大萧条（1929年）以前的这段时间。

妇。每次遇到特别开心的日子，我下午就会昏昏欲睡——天气越好，人就越犯困。环顾四周，风恬日暖，阳光灿烂——可以说生活欣欣向荣，万物茁壮成长——可这一切令我痛苦不已。我这个人，一向无力享受美好的、欢天喜地的生活时光。我从未向拉维尔斯坦透露过这个毛病，不过他可能已经感觉出来了。他像是为了我好，时常把话题引向这方面。

"格里夫非常喜欢皇家桥酒店——这是他的最爱，就在附近。"拉维尔斯坦说，"而且，我告诉你，格里夫太太去世时，他很伤心，赶到巴黎来吊唁她，还带来了她写的手稿，想为她出一本文集。为此，他还专门请来拉克米尔·科贡帮忙——拉克米尔当时在牛津大学。"

"拉克米尔干吗要过来？"

"他欠那个老教授的人情呗。这说起来话可长了。当时，拉克米尔要被解雇，是格里夫挺身而出救了他。格里夫保护了他——给了他一个避身之地。这件事发生在学界那帮蠢货把拉克米尔奉为'杰出人才'之前。总之，拉克米尔到了巴黎，也住在皇家桥酒店，虽然没有住套间。每天早上他都准时报到，忙着整理玛拉·格里夫的文稿。可格里夫呢？每天早上不是说'我感冒了，玛拉今天不会让我工作的'，就是说'我要去理发了，要不然玛拉又要说我过了该理发的时间了'，再不就说自己有约会，去见一个拉罗什富科[1]或是一个波旁六世之类的人。拉克米尔只好一个人整理玛拉的笔记，审阅她那让人发狂的文章。不过，他对玛拉的日记自始至终都兴趣盎然，因为日记中经常提到他：'又是那个令人厌恶的犹太小

---

1 法国一个最古老的家族。

子拉·科贡'，或者'我得拼足全身力气，去忍受赫伯特保护的这个讨厌家伙科贡，这家伙的犹太人的德行越来越浓，越来越卑鄙可恶，越来越让人无法忍受——瞧他那副犹太佬面孔，厚颜无耻，到处找女人鬼混……'。"

"这些都是科贡亲口告诉你的？"我问道。

"不错，是他说的。他情不自禁地乐了起来。他说，格里夫太太与维尔迪兰夫人[1]毫无二致——一心想挤入上流社会。这种人一旦受到教化，就会更加容不得犹太人。"

"但是，严肃庄重的人都不会和格里夫太太一般见识的。"我说。

"你认识她吗，奇克？"

"她去世后我才进的学校。格里夫是个好男人，待人特别慷慨大方，总说'我的亡妻'，随即又笑着补上一句，她从不守时[2]。他的第二个太太是个风姿绰约的大美人——有些人就是会选女人，总是越选越好。事实证明，这位夫人意志坚强，慷慨大方，聪明伶俐。他曾经邀我共进晚餐。他用正规的法国人方式，打电话问我是否讨厌'有色人种'。招待的客人是一位来自马提尼克岛的美丽女士——丈夫是一位著名的艺术史学家。是不是**那个**利伏尔德，写《塞尚传》的？"

"你总是很走运，可你很少充分利用这种运气。"拉维尔斯坦说。

这种话我已经听惯了。拉维尔斯坦认为我天赋异禀，天资聪

---

1 《追忆似水年华》中一个千方百计挤入上流社会的角色。
2 "我的亡妻"英文原文是"my late wife"，格里夫教授此处玩了个语言游戏。

明，只是没有受过什么教育，单纯幼稚，主动性不足，性格内向。他说，和好友在一起，我就会思如泉涌，滔滔不绝。他对学生们讲，没有任何一个重要的问题不是我思考过的。此话不假，但是对于这些重大的问题，我除了思考、思考，又能怎样呢?

听了我的建议，拉维尔斯坦成了富翁。昨晚的庆祝宴之后，罗莎蒙德对我说："这本该是一个隆重的场合，阿贝将自己满腔的感激之情和热情，全部投进了卢卡斯·卡尔通饭店的酒会里——雅典式用餐、饮酒、交谈。"学术上，她曾经是拉维尔斯坦的忠实粉丝，精通希腊语。师从拉维尔斯坦做学问，你得会用希腊文阅读色诺芬、修昔底德以及柏拉图。

罗莎蒙德描绘她老师的方式令人发笑，可她对老师的看法我是认同的。与大多数善于观察的人不同，她的思路十分清楚。这体现出罗莎蒙德具有超凡出众的才华。不过，她还爱上了拉维尔斯坦，对他崇拜得五体投地。

服务员又端来一杯咖啡，阿贝已经喝了三杯浓缩咖啡了。拉维尔斯坦的一双大手笨拙地抓起杯子，端到嘴边。要是谁肯打赌，我非下大赌注不可。他新买的外套翻领上溅了一大块咖啡污渍。这种事总是防不胜防——唉，没办法。他仰着脖子，还在喝。我一声不吭，根本没提他在浪凡牌外套上溅了一大块棕色污渍。要是换了别人，可能立马就意识到有什么事发生了——这个人可能嗜钱如命，穿着四千五百美元一件的昂贵衣服，就会觉得有责任加倍爱惜。拉维尔斯坦戴的领带也全是名牌，不是爱马仕，就是杰尼亚，可上面满是香烟灰烫的洞。我劝他改戴领结。因为领结戴在领下，不会被弄脏。他也明白这个道理，可他是不会去买那种做好的现成领结的。他怎么也学不会打那个蝴蝶犬结（他这么称它）。"我手指老是抖。"他瞧着手指说。"啊，天哪！"他终于发现了新买的浪凡牌外套翻领上的咖啡污渍，惊呼道，"我他妈的又弄脏了。"

听到他的惊呼，我憋住没笑出来。

这个时候得要拿定主意了。喝咖啡居然能喝到身上，实在是好笑。可这就是拉维尔斯坦，是他不雅吃相的典型例证。他刚才还在这么说自己呢。不过，我并不认为这有什么好笑的。我安慰说，这些污渍应该可以去掉，并委婉地建议他："克利翁大酒店的洗烫服务部大概可以清除掉。"

"你觉得可以吗？"

"他们要是清除不了，别处也没人能够搞定。"

要跟上拉维尔斯坦的思维节奏，你得具备一些专业本领。人家教你该怎么做，跟你自己特别想怎么做，是有区别的，这一点你该弄明白。有些思想家认为，每个人都是敌人，彼此充满了恐惧和仇恨，人与人相互仇视，引发战争。这就是人性，天性使然。萨特曾在他的一部喜剧中告诉我们，地狱是"他人"——顺便说一句，阿贝很讨厌萨特，对他的思想也是厌恶至极。哲学不是我的擅长。不错，在学校里我是学过马基雅维利和霍布斯，自我感觉还能参加电视上的智力测试节目骗骗人。总之，我学得很快，我从拉维尔斯坦身上学到了很多东西，因为我在一心一意地跟着他学习。我很"珍惜"他，我的一位熟人教我这么说。

很显然，我提起克利翁大酒店里的洗烫服务，目的是安慰阿贝，安抚他不要为身上溅了花神咖啡馆里最浓的咖啡到崭新的外套上而发愁。可阿贝并不想要我为这件事安慰他。他倒是希望我最好嘲笑他一番，取笑他乱吐乱溅，做事莽撞，粗心大意，耻笑他笨手笨脚，喜欢激动。他爱看搞笑剧、传统歌舞、杂耍，爱读有伤感情的评论，爱听原汁原味的笑话，行为举止莽撞无礼。所以，对我的软弱无力、慷慨相助、妥善处理的动机——我那愚蠢的善意，他并不抱什么好感。

阿贝不相信什么善意。学生要是达不到他的要求，他就会说："我错看你了，这里不适合你。你别再跟着我了。"这种拒绝很伤学生的自尊心，可他才不管那么多呢。"他们最好是恨我，这样会磨炼他们的思想。要采用什么有效的治疗方法啦，这种话我们他妈的扯得太多了。"

拉维尔斯坦说，各色各样的学生都跑来烦我，浪费我的时间。"去读一读关于亚伯拉罕·林肯的那些好书吧，"他劝我说，"看看人们在美国南北战争期间是如何缠扰林肯的，不停地同他商谈工作，讨论有关战争的合同、商量特许经销权、磋商领事任命、交流疯狂的军事思想，等等。作为美国人民的总统，林肯认为，同这些寄生虫、哈巴狗、推销商打交道，是他的义务。他一直身处血河之中。战争需要采取各种措施，这迫使他独断专行——知道吗，他不得不取消人身保护令，因为他有一个这个……啊、这个……啊更高的目标，就是要阻止马里兰州投靠南方联邦。"

当然，我的需求与拉维尔斯坦的不同。干我这个工作的，得要深思熟虑，必须把各种模棱两可的情况都考虑清楚——作判断时要不露锋芒。这种谨慎与克制，也许比较幼稚，但也不完全如此。从技术角度讲，尽管你对正当的法律程序了如指掌，但也不能随意就把一个人给注销掉，也不能随心所欲地将他打入地狱。

另外，正如拉维尔斯坦所发现的，我这个人又喜欢冒险——异常喜欢。用他的话说，喜欢冒"天大的风险"。"总之，很难再找到像你这么不小心的人了，奇克。一想起你的生活，我便情不自禁地相信起**命运**来，你的**命运**已定。你这个家伙真是什么风险都敢冒。也许你压根儿还没冒过这个……啊风险。不过，我想要说的是，你的这个指挥系统漏洞百出。"

然而，拉维尔斯坦偏偏就喜欢这种荒诞。"只要有危险，你就不会去选择安全。你就是人们过去说的那种无所畏惧的人，人们还在用以前的这种词。当然，我们都是好人，都讨厌鲜明的个性，也不喜欢有缺陷的人格。现在，暴力之所以泛滥，恐怕是因为我们都发现自己精神有毛病，进而失去耐心。看见人们被自动武器打死、被汽车爆炸炸死、被拖上绞架绞死、被抽筋剥皮制成标本，心里就会有种满足感。我们非常讨厌必须考虑每个人遇到的问题——恐怖剧中模拟的毁灭场景，这帮杂种觉得根本不够刺激。"

拉维尔斯坦喜欢将长长的双臂举到光秃秃、亮闪闪的头顶上，大喊大叫，很是滑稽。

我突然想起来，拉维尔斯坦这样评价我，有一种愤世嫉俗之嫌。他自己却不是一个愤世嫉俗之人，也不喜欢玩世不恭。他像他们来时一样，慷慨大方——犹如一个水库，是他教授的学生们获取力量的源泉。许多学生都是怀揣众人的美好设想投奔到他的门下，认为他应该帮助他们，让他们分享他的伟大思想。他当然是不肯让自己成为别人利用和享有的对象——被一帮不稼不穑之徒任意享用。"我可不是萨拉托加温泉里的水管子，任由纽约布朗克斯区的犹太佬们在夏天用杯子，免费从中享用生命之水——医治大便不畅，治疗动脉硬化。我不是一件免费商品，也不是大众的免费赠品，**绝对不是**！实话告诉你，这奇效之水实际上是致癌物，伤肝，特别伤害胰腺。"说到这里，他哈哈大笑——可这不是开心一笑。

即便人们不乘公交汽车和火车去萨拉托加享用泉水，他们在布鲁克林区弗拉特布什或得克萨斯州布朗斯维尔市吃的、喝的，同样也是致命的。香烟、食品保鲜剂、石棉、庄稼喷洒的农药——还有厨房里厨师在打理生鸡时手上携带的大肠杆菌——这些东西都很危险，而且数不胜数，你怎么罗列得过来呢。"没有什么比对死的恐惧更能刺激人们追究物质享受了。"拉维尔斯坦常这样说。他用一种怪异的方式，对人们进行这番简短的非布道式说教。这让我想起了布娃娃似的舞蹈演员和二十世纪二十年代的小丑们，他们衣衫褴褛，挥舞着软弱无力的长臂，浓墨重彩的脸上画着满面笑容。由此可见，拉维尔斯坦这个人，是全神贯注的严肃神情与插科打诨的戏谑态度"共存"——借用二十世纪政治学这句术语来说。不是他的朋友，是看不到他这一面的。遇到严肃场合，他的举止能够做到完美无缺的地步。他这么做，不是迫于学界那帮吹毛求疵者的压力，而是因为他有重要的问题需要考虑——那些关乎我们生存目的的问题，比如怎样合理安排人类灵魂——在这一点上他与任何思想最深刻、学识最渊博的教师一样，态度也是毫不动摇、真心真意的。拉维尔斯坦精力充沛，严厉苛刻。尽管如此，讲授柏拉图对话时，他时常也会手舞足蹈地开起玩笑来。

他有时会说："不错，我扮演的是**小丑**。"

"给滑稽演员演配角。"

"演滑稽小丑。"

我们俩都在法国住过。法国人是真正有教养、有素质的人——或者说曾经如此。他们在二十世纪遭受了重创。尽管如此，他们依旧酷爱美、安逸、阅读和交流。他们并不鄙夷动物需求——人的本能。我一直在这样替法国人说好话。

不管走在哪条街上，你都能买到法式长棍面包、**大尺寸内裤**、啤酒、白兰地、咖啡**或熟食**。拉维尔斯坦是个无神论者，但这并不能说无神论者就不该受到圣教堂的影响，也不能阅读法国思想家帕斯卡的作品。对一个文明的人来说，世上再也找不出如巴黎这般的背景和气氛。就拿我来说，我时常感到自己遭到巴黎人的欺诈和鄙视。我认为，不能把维希政权[1]完全归结为纳粹占领的结果。对于维希政府与纳粹合作，以及法西斯主义，我自有一套想法。

"我不知道你这是犹太人的使性谤气呢，还是对别人的友好欢迎如饥似渴，"拉维尔斯坦说，"也可能是你觉得法国人忘恩负义。实际上，巴黎比底特律、纽瓦克或哈特福德要好多了，要证明这一点，我相信易如反掌。"

这不是什么大的原则问题，只是我们之间的一个小小分歧而已。阿贝在巴黎结交了一帮非常好的挚友。**学校和研究所**对他都是热情欢迎。他用自己的法语，以法国为题去那里发表演讲。多年前，他来到巴黎求学，师从著名的黑格尔学派哲学家、高级官员、培养了整整一代富有影响力的思想家和作家的亚历山大·科耶夫。他们中有许多都是阿贝的好友、崇拜者和读者。在美国，在自己的故乡，他却是一个富有争议之人，树敌众多，在社会科学家和哲学家中间尤为突出，超出了任何一个正常人所能承受的范围。

然而，我不是专家，对这些事我知之甚少。阿贝·拉维尔斯坦和我是密友，我们住在同一条街上，几乎天天见面。我经常应邀参加他的专题研讨会，和他的研究生们探讨文学。过去，我们国家还有一个很大的文学社团，医生和律师依然是"有学问人的职业"，可现在你再到美国城市，再想和那些医生、律师、商人、记

1　二战时，法国投降后，纳粹德国扶持法国政府建立的政权，首都在法国小城维希。

者、政客、电视名人、建筑师、贸易商等，一起讨论司汤达的小说或是托马斯·哈代的诗歌，那简直就是天方夜谭。当然，你偶然也会遇到一个人读过普鲁斯特，或是碰到一个怪人，能够整页整页地背出《芬尼根的守灵夜》。但我想说，他问我《芬尼根的守灵夜》时，我却想替他在疗养院里预留好一间病房。宁愿跟着安娜·利维娅·普鲁拉贝尔[1]一起走进永恒，也不要看辛普森一家人在电视上蹿来蹿去。

我不知道该用什么词才能准确描绘出拉维尔斯坦家那套宽敞、漂亮的公寓——他的中西部大本营。描绘成避难所，这不大恰当，因为阿贝可不是一个逃亡者，也不是什么隐居者。实际上，他在美国的生活环境很好：站在窗前，这个城市尽收眼底。到了晚年，他虽然很少乘坐公共交通出行，但对周围的道路依然一清二楚，说起当地话来仍然流利地道。走在大街上，时常有黑人青年拦住他，询问他穿的西装或轻便外套，戴的男式软呢帽。这些青年人对高级时装了如指掌，同他畅谈费雷、浪凡、杰明街[2]上的衬衫裁缝店。"这帮花花公子，"他解释说，"都酷爱高级时装。阻特装[3]以及诸如此类的粗制滥造的衣服，都已过时了。他们对汽车也是如数家珍。"

"说不准他们还了解两万美元的手表呢，他们也知道手枪吗？"

拉维尔斯坦笑了。"就连黑人妇女在街上也会拦住我，夸赞我西装裁剪工艺好。"他说，"这是她们直觉的自然反应。"

---

1 《芬尼根的守灵夜》的女主人公。
2 伦敦市中心一条销售男士用品的特色街，因而也被称为"男人街"。
3 二十世纪四十年代流行于爵士乐迷等类人中的服装，以上衣过膝、宽肩、肥大裤腿和狭窄裤口为特征。

听到行家们如此赞美，他心里热乎乎的——都是高雅的热爱者。

黑人青少年们的这番崇拜，帮助拉维尔斯坦抵消了同事、那帮教授们对他的嫉恨。他写的书很成功，很畅销，弄得那些教授一个个火冒三丈。他在书中揭露了他们接受的教育，其制度是多么的失败，历史决定论是多么的肤浅，遭受欧洲虚无主义的影响是多么的容易。他的观点归纳起来就是，你在美国可以获得一流的技术训练，但博雅教育却江河日下，几乎萎缩到消失殆尽的地步。高科技改变了现代世界，我们都沦为高科技的奴隶。老一代人为了子女教育，不断存钱。攻读一个学士学位，学费居然涨到了十五万美元。拉维尔斯坦相信，父母花在这方面的钱，犹如被抽水马桶抽走了一样。除了航天工程、电脑设计之类的课程，美国大学根本谈不上什么真正的教育。美国大学的生物学和物理学确实一流，博雅则一塌糊涂。哲学家悉尼·胡克则对拉维尔斯坦说，哲学已经完蛋了。"我们不得不跑到医院去，想方设法为我们的研究生们寻找医学伦理方面的工作。"胡克无奈地说。

拉维尔斯坦的著作没有一点儿胡言乱语的内容。他真要是个喋喋不休、夸夸其谈的人，那别人就很容易不把他放在眼里。实际上，他通情达理，知识丰富，著作观点鲜明，引经据典，论证有力。所有傻瓜都联合起来反对他（就像斯威夫特抑或蒲柏很久以前描述的那样）。这帮愚蠢的教授，他们要是握有联邦调查局那种权力，一定会把拉维尔斯坦作为"要犯"，放入通缉布告栏里，就像我们在联邦大楼里看到的那些通缉令一样。

拉维尔斯坦经常绕开那帮教授和学术界，和大众面对面地进行交流。毕竟，有数以千百万的人在等着他签名呢，其中有许多是大学毕业生。

拉维尔斯坦的同事们暴跳如雷，对他进行猛烈攻击。他说他感觉自己就像是一个遭到纳粹分子重重包围的美国将军——是在雷玛根[1]对吧？他们命令他投降，他回敬说："去你妈的！"当然，拉维尔斯坦很沮丧。可有谁不呢？他压根儿也没指望学术界会站出来一个巴顿将军，向他伸出援助之手。他能依靠的是朋友们，当然，他培养的一届又一届研究生也坚定地和他站在一起，此外还有真理和原则的鼎力支持。他的作品在欧洲很受欢迎，只是英国人有些不把他放在眼里。英国的大学也是吹毛求疵，批评他书中的希腊语使用不当。可是，接到玛格丽特·撒切尔的邀请，到契克斯首相别墅欢度周末时，他还是感到"异常地开心"（契克斯犹如天堂一般，阿贝更喜用法国人而非美国人的表达方式。他不说"追女人""玩女人"，也不说"花花公子"——而说"讨女人喜欢的男人"）。就连那些才华横溢的左翼青年作家，也成了他坚定的支持者。

在契克斯别墅，撒切尔夫人请他欣赏提香的一幅油画：一头饲养的狮子被困在网中，一只老鼠正啃咬网上的绳子，试图放走狮子。（这是一则伊索寓言？）这个细节在阴影处，隐藏了好几个世纪，不为人知。二十世纪最伟大的人物之一、政治家温斯顿·丘吉尔，亲自用画笔重现了这个神秘老鼠的形象。

从英国回来后，阿贝在他家的会客室（不是客厅）里跟我讲述了这一切。他自己也收藏了一些法国油画，画家虽然名气不大，水平却卓尔不群，有些画可谓美轮美奂。最大的一幅异常血腥，画的是朱迪斯与荷罗孚尼的人头。朱迪斯揪着荷罗孚尼的头发，而荷罗孚尼的眼睛则半睁半闭，向上翻着；朱迪斯的表情倒是十分平静、

1　二战时期，德军和美军曾为争夺雷玛根大桥而激烈争斗。

纯洁、神圣。[1]我有时候在想，荷罗孚尼压根儿也不知道是被什么东西砸死的。还有一些死法比这个更血腥。我时常问拉维尔斯坦，为什么要挑选这幅画挂在会客室里。

"没什么特别的原因。"

"我们看到的一切，都用弗洛伊德的语言描绘了出来。那么，究竟是什么变得琐碎不堪了呢？是他的语言，还是我们的观察？"

"你可以永远拒绝别人的同化影响。"拉维尔斯坦说。

他不喜欢美国人所谓的"视觉艺术"。油画就挂在那儿，墙壁本来就是用来悬挂画作的，而创作油画也是为了挂在墙上。他的公寓里装饰奢华，必须挂上一些合适的油画才相配。当财源广进时，他会说，把"旧"的东西全部扔掉，换成新的。实际上，那些东西一点儿也不旧，只是买的时间长了一点儿，价格便宜了一些罢了。即便没有滚滚而入的钞票，只有大学发的薪水，他依然向朋友借钱，购置了高级沙发、高档意大利真皮家具等。他的作品荣登最佳畅销书榜首后，他把旧的东西全部送给了鲁比·泰森。这位黑人妇女每周两次来为他家保洁除尘。不仅如此，他还自掏腰包，亲自安排卡车把东西运到她家。他亟须腾出空间购置新家具，所以旧东西越早搬走越好。

说实话，鲁比的保洁工作十分轻松，只是擦擦拉维尔斯坦家的银器，洗洗蓝白相间的坎佩尔餐具、拉利克水晶盘和玻璃杯而已，不需要做任何熨烫工作——拉维尔斯坦的衬衫都是交由美国信托上门服务洗熨的。这家服务公司还为他洗涤西装，彼此间生意往来十

---

1 朱迪斯，《伪经》及天主教核定英译本《圣经》中的一篇《朱迪斯记》里的人物，又叫作友弟德；荷罗孚尼，基督教《次经》中的故事人物。此处指的画作可能是《朱迪斯杀死荷罗孚尼》。

分频繁——只有领带除外，他的领带全是通过航空快递到巴黎，由一位丝绸专家专门处理。

新的地毯和家具源源不断地送来——换下来的所有家具，如餐厅里的全套家具、瓷器柜、床架等，鲁比很可能又全部转送给了女儿、孙辈们。她是个笃信上帝的老太太，接电话时一副正统的南方人模样。她对主人忠心耿耿，打理家务尽心尽力。对于她，拉维尔斯坦可谓清清白白，从未有过一丝非分之想，没想过要和这位可敬的黑人老妇发生什么亲密的关系，进行心灵的倾诉。再说了，她已在这个大学周围工作半个多世纪了，脑子里有许许多多教职工家里秘而不宣的秘密可以跟他说。拉维尔斯坦就爱听流言蜚语，她刚好可以满足他这个嗜好。他憎恨自己的家庭，一直不遗余力地劝导自己门下那些才华横溢的学生与家庭断绝关系。他的学生们，正像我说的，必须要匡正那些毒害人的错误观念，以及那些无知父母强行灌输给他们的"标准化的不切实际的思想"。

这里表述上出现了一点儿困难。你不要把拉维尔斯坦与校园里的"自由卫士"混为一谈，这些战士在我读书的年代随处可见。他们的工作就是要让你认识到资产阶级的教养，而你们接受的教育恰恰又要你们摆脱这些教养。这些思想自由的教师积极以身示范，时不时把自己看成革命者。他们嘴上说着年轻人的胡言乱语，头上扎着马尾辫，脸上蓄着胡须。他们不是博士、嬉皮士，就是性开放者。

这些行为、做派，拉维尔斯坦一点儿也不沾边——要想从他身上学，那可是白费力气。如果不研究、不学习、不像他那样，在他已故的导师、著名而又富有争议的费利克斯·达瓦尔指导下从事深奥而又艰苦的阐释工作，那么你就不可能达到他那个境界。

我经常努力把自己设想为一个来自俄克拉何马州、犹他州或加拿大曼尼托巴省的天资过人的青年，应邀到拉维尔斯坦的公寓里，参加一个私密的学习小组。我乘电梯上楼，到他家门口发现大门洞开，拉维尔斯坦住所给我留下的第一个印象是——一张张宽大的古董东方地毯（有时绒毛都磨掉了）、一件件墙上的挂件、一尊尊古典的小雕像、一面面明亮的镜子、一张张透明的玻璃橱、一只只法国的古董餐柜、一个个莱丽卡枝形水晶吊灯、一件件墙壁上的固件。起居室里的黑皮沙发又矮又宽又深，前面放着一张咖啡桌，玻璃桌面大约有四英寸[1]厚。有时，拉维尔斯坦随手将自己的财物摊在上面——纯金的万宝龙钢笔、两万美元的手表、用来切割走私的哈瓦那雪茄的金色小工具、装满万宝路香烟的特大号烟盒、登喜路打火机、沉甸甸的方形玻璃烟灰缸——长长的香烟，他抽了一两口就神经兮兮地掐灭——里面堆满了烟灰。墙边立着一个台子，有点儿斜，上面放着一台精巧的电话装置，有很多按键——这是阿贝的指挥台，他亲自操作，十分内行。这台电话的使用频率很高，华盛顿来电不断，来自巴黎和伦敦的电话也是一个接一个。有些电话是来自他巴黎的一些密友，和他聊一些私密的事情——性丑闻。他的学生都对他了如指掌，一看到他夹着香烟的手指做出手势，就会知趣地离开。他问的问题很尖刻，也有些下流。听对方回答时，他光秃秃的脑袋仰靠到皮靠垫上，双眼时而向上，目不转睛，神情专注；嘴巴下垂，微微张着——脚上穿着一双平底鞋，脚底合并在一起。他一直在播放罗西尼的音乐碟片，声音放到最大。他特别爱听罗西尼的音乐，还喜欢十八世纪的歌剧。意大利的巴洛克音乐必须要用原始的古老乐器演奏。他不惜重金，买来高保真音响设备。音箱

1　约合10.16厘米。

一万美元一只，他都不觉得贵。

拉维尔斯坦住的是个三层公寓楼。他住在中间；楼上和楼下，不管是不是喜欢，都得听弗雷斯科巴尔迪、科雷利、佩尔戈莱西的音乐，必须听歌剧《意大利女郎在阿尔及尔》。邻居过来敲门抱怨，他却笑嘻嘻地说："没有音乐，你就无法享受生活赐予的美妙，忍一忍，听一听，对你们有好处。"尽管如此，他还是答应在上下楼层之间增加隔音材料。他确实请来了一个防噪声工程师。"我花了一万美元买来木棉材料，可这些房间还是**不隔音**。"邻居们把问题一个个列出来交给他，可房客们提的这些问题他全爱莫能助。他列出爱莫能助的原因，准备向邻居们进行解释。他给每户写了一行文字——小资产阶级型，被内心恐惧左右而不能自制，可每个人又有一颗神圣的自尊心，一直在想方设法说服大家接受他们的自我形象；这些性格（这个术语要比"灵魂"一词好——你可以应付这些性格，可要洞察这些人的灵魂却是一件可怖之事，你得敬而远之）真是索然无趣、精于算计。他们活在世上只是为了追求荒谬、图慕虚荣——对社会不忠，对**城邦**不爱，缺乏感恩之心，也没有为之献身的东西。其原因，你记住，就是人们都热衷于悖逆道德而行之。赫然屹立在我们眼前的那些充满英雄主义气概的伟人，与行走在大街上的那些人——我们这些正常的、"普通"的同代人——截然不同。拉维尔斯坦对每天接触的人都要评头论足一番。其中既有强烈的热爱，又不乏无限的愤怒。他常提醒我说，"愤怒"这个词在古希腊史诗《伊利亚特》的首行里就赫然出现——**愤怒的阿喀琉斯**。从这里，你可以看到支撑拉维尔斯坦拥有如此真诚信念的支持力量。人类中最伟大的英雄们，还有哲学家，向来都是无神论者，永远也不会有例外。紧随哲学家之后的是诗人和政治家，再有就是伟大的历史学家，比如修昔底德，再比如军事天才恺撒大帝——"有史以来最伟大的人物"——恺撒大帝之后便是马克·安东尼。他是恺撒的短暂继任者，"地球上三大支柱"之一，视爱情高于帝国政治。拉维尔斯坦酷爱古希腊罗马，更喜欢雅典，对耶路撒冷敬仰有加。

这些都是拉维尔斯坦基本的设想，也是他从事教师职业的基础。我叙述他的生活，要是遗漏了这些内容，那我们看到的就只有他的种种怪癖和缺点，他挥霍无度，疯狂购物，追求高档家具、服饰，爱慕虚荣，喜欢插科打诨，喜爱开怀大笑，穿着宽大的毛皮衬里高级皮外套，**犹如战士行军**一般，走在四方院子里——我知道，除了他，只有一个人有这种外套。他叫格斯·亚历克斯，一名职业杀手和暴徒，他就穿着这样一件做工精美的貂皮长外套。当时，他在住所附近的湖滨大道上遛小狗。

人们过去常说，拉维尔斯坦最喜欢的学生，去他那儿"充电"获取知识——他风趣幽默，笑料十足。然而，这种风趣或曰搞笑，只是一种表象而已——实际上却传达了一种勃勃生机。不管多么稀奇古怪，学生们从他那儿获取了能量。这种能量随即传播开来，广为流传，广泛运用。

我尽量用事实说话。拉维尔斯坦是依照自己的思想在生活。他拥有真正的知识，并能记录下来，还注明资料的来源。他以此帮助别人，阐明思想，**采取行动**，如果可能，他还要保证人类的伟大与高尚，不能让资产阶级富庶的生活毁灭殆尽等。拉维尔斯坦的生活没有一丝平庸，他无法接受枯燥乏味，不能容忍压抑消沉，忍受不了低落的情绪。他遇到的都是些健康方面的麻烦。有段时间，他牙齿很不好。大学里的医务室劝他去种牙。假牙通过牙龈种到牙槽中，嵌入颌骨里。牙医笨手笨脚，弄得拉维尔斯坦痛苦不堪，害得他整整一个晚上在地板上走来走去。后来，他索性把种进去的假牙拔出来，谁知道这比种牙还要痛。

"这个过程牙医就像木匠打家具似的来对付人的大脑。"他对我说。

"你该去波士顿看，那里的口腔医生水平应该是最好的。"

"千万不要把自己交到那些蹩脚的专家手里，否则你就会成为他们这个……啊**技术**祭坛上的牺牲品。"

拉维尔斯坦对卫生保健不是很有耐心，没有数过自己每天点上多少支香烟。大多数香烟点上了，不是忘了抽就是掐断了，丢在首席执行官用的玻璃烟灰缸里，看上去就像粉笔似的。身体器官随之便发生问题，生理上自然会出现一些不好的现象——心脏和肺部发黑，有问题了。然而，拉维尔斯坦的人生目的并不是为了延年益寿。生活中，我们每时每刻都面临着危险、极限和短暂的死亡性昏迷的威胁。他咳嗽时，你可以听到呼噜呼噜声，就像矿井底部的水坑里传上来的回声。

阿贝种牙一事，我不想再追问下去了。我猜他还会时不时地有疼痛感。这种疼痛，我想部分因素是由心理引起的。

拉维尔斯坦的生活习惯和作息时间都缺乏规律，所以晚上睡眠总是不足。他经常备课到深夜。给来自俄克拉何马、得克萨斯或俄勒冈的学生们讲解柏拉图的对话，你不仅要具备深奥的专业知识，还要有特别的授课技巧。阿贝不爱睡懒觉，而尼基则喜欢通宵看中国功夫惊悚片，然后睡到下午两点才起床。阿贝和尼基都是篮球迷，他们必看美国广播公司转播的每一场芝加哥公牛队比赛，很少错过。

遇到重要的篮球比赛，拉维尔斯坦便会把毕业生们邀请到家里来一起观看。他点来比萨，两个外卖小哥双手捧着一盒盒比萨，用脚踢了踢门。门厅里弥漫着热腾腾的牛至、番茄、烤芝士、意大利辣香肠、凤尾鱼等味道。尼基拿起一把锋利的滚切刀，负责分切比萨。他把一块块比萨放到纸盘里，传给大家。罗莎蒙德和我吃的则是三明治。这可是拉维尔斯坦用颤抖的双手亲自做出来的。他一边心情迫切地做着，一边兴高采烈地叫着。给大家端上饮料时，他有点儿像作秀，表演自己的高超技巧。他端着一个托盘，上面是倒着满满饮料的玻璃杯。他像在高空走钢丝一样，走到一半突然停了下来。这种时候，你可不要同他开玩笑。

　　阿贝通常将手提电话放在衣服口袋里。我记不清当时他在等谁的电话。或许是他的一个知情人士，要向他透露布什总统最后决定结束伊拉克战争的内幕消息吧。不知为什么，我印象中的布什总统是——长长的脸、又高又瘦——时不时地要打断篮球场上的赛前准备工作。场上观众爆满，灯火通明，五彩缤纷，迈克尔·乔丹、斯科特·皮蓬、霍勒斯·格兰特正在为投篮做热身。布什先生个子也很高，可动作没有那么潇洒——这跟伊拉克战争或许没有关系，可能是因为别的什么危机。你知道电视是怎么评论的吗？战争犹如NBA比赛，你根本分不清楚——体育运动、超级大国的魅力、高科技军事作战，凡此种种，拉维尔斯坦无一不是感同身受。如果说他能畅谈马基雅维利，又能想出对付失败敌人的锦囊妙计，那是因为他是老师，是一个地地道道的老师。电视上还出现了科林·鲍威尔将军和国务卿贝克的身影。接着，体育馆内巨大的灯光变暗了——不一会儿又华灯齐放，颇富戏剧性。

　　这一切让你想起了希特勒的舞台总设计师阿尔伯特·施佩尔。

他曾经组织和举办过群众表演：举办体育运动和举行法西斯群众集会，是相通的。拉维尔斯坦的那帮学生，个个精通篮球。当然，他们看出来迈克尔·乔丹是个篮球天才。拉维尔斯坦感到自己和篮球艺术大师乔丹之间有一种深厚而重要的关系。他常说，黑人在篮球和爵士乐方面对这个国家的高尚生活作出了突出贡献——这是美国的特色。美国篮球的后卫和前锋世界一流，堪比西班牙的斗牛士、爱尔兰的男高音，或是俄罗斯尼金斯基[1]式的芭蕾舞演员。总而言之，那天晚上，布什总统给美国带来了一场军事胜利。拉维尔斯坦高度评价了美国黑人军人，赞美他们为这个国家、为美国军队增添了无上的荣耀——他们接受电视采访时谈吐多么出色，专业技术多么娴熟，对工作多么了如指掌。就凭这一点，他给予五角大楼高度的评价。

出于种种原因，拉维尔斯坦对军人喜爱有加。说起美国飞行员在北越的遭遇，他充满了感情。这位飞行员不断地猛击自己的脸，打得鼻青脸肿，有意对着囚禁的牢房墙壁撞断自己的鼻子。他这样自残，是因为他被要求和其他囚犯一起，到胡志明市电视台露面，谴责美国帝国主义。

在家中的篮球派对上，拉维尔斯坦一面将一块块比萨传给他的研究生客人们，一面不时地扭过光秃秃的脑袋，瞥一眼身后彩色屏幕上鏖战正酣的比赛。他的那帮人、他的团队成员、他的信徒们，还有刻意模仿他的人，穿着打扮都和他一样，抽的也是万宝路牌香烟。通过这些娱乐，他们发现，童年时代的球迷俱乐部与知识的乐土是一脉相通的。而拉维尔斯坦就是他们的摩西，就是他们的苏格

---

1 著名波兰裔俄罗斯芭蕾舞者和编舞家。

拉底，正带领他们向这块乐土不断前进。迈克尔·乔丹现在是美国人的偶像——他吃过的苹果核，小孩们都要藏起来留作纪念。即使现在到了二十世纪，儿童们仍可能发起十字军圣战。报纸说，乔丹具有"超人"的能力，能够摆脱对方的防守，悬在空中，悬空时间之长，足够换手运球，而且动作从容，让你看得真真切切——一个年收入高达八千万美元的男人，不仅是个偶像，还是个让亿万人民感动的英雄。

拉维尔斯坦教授的这些年轻人，自然而然地把他奉为知识界的乔丹。他给他们讲解修昔底德的非凡力量和高度敏锐性，又向他们分析亚西比德在远征西西里中所扮演的角色，精彩绝伦，无人可及——这个人，在研讨班上详细解读柏拉图的《高尔吉亚篇》，他能够真真切切地看见印第安纳州加里城里的钢铁厂、灰土堆、街上的垃圾，还有水上来回穿梭的铁矿运输船——这个人，就像乔丹一样，也能在空中悬浮；这个人，性格乖僻，思想怪异，特别爱吃一分钱一粒的糖果，爱抽走私的哈瓦那雪茄。这样的人，本身就是一个荷马式的奇才。

拉维尔斯坦，这个主人，现在又端上芝士拼盘，对大家说："来一大块佛蒙特的切达奶酪……怎么样？"他的手指老是控制不住地抖。他笨手笨脚地拿起刀，对着味道超浓的五磅重的圆形卡博特切达乳酪切了下去。

拉维尔斯坦裤子口袋里的移动电话要是响的话，他会走到一边，和中国香港或是夏威夷的什么人交流一两句。他的一位情报员打电话来通报消息。这并没有触犯什么保密规定。他既没有听到过什么绝密，也没有四处去打听。他最开心的是看到自己教出的学生被任命到重要岗位上。现实生活证明，他的判断往往都是准确的。

他常常拿着电话走开，然后回来告诉我们："科林·鲍威尔和贝克都劝说总统，不要直接派兵去巴格达。明天布什会宣布这个消息。他们担心出现一些人员伤亡。他们派遣了一支精锐部队，展示了最先进的高科技战争，任何血肉之躯都休想抵挡。可是，他们竟然还保留着那个独裁政府，自己却偷偷地溜走了……"

拉维尔斯坦能够获得内幕消息，并感到异常满足，就像劳伦斯诗中描写的那个孩子一样。那小孩儿坐在"热情而巨大的黑色钢琴"下，在"令人兴奋的、激昂的琴弦声中"，聆听母亲演奏钢琴。

"喂，这是国防部的最新消息……"

我们绝大多数人都知道，他主要的消息来源是菲利普·戈尔曼。戈尔曼的父亲也是位教授。他曾强烈反对菲利普参加拉维尔斯坦的那个专题研讨班。那些令人尊敬的政治理论教授曾对老戈尔曼说，拉维尔斯坦不是一个循规蹈矩的老师，居然引诱自己的学生，诱导他们堕落。"学生家长接到警告，要提防同性恋师长。"拉维尔斯坦说。

当然，老戈尔曼为人死板，儿子如他所愿没有从事工商管理，他却没有一丝感激，阿贝这样说。"嘿，菲利普现在可是国务卿最信任的顾问。这个孩子智慧过人，理解伟大政治的真正含义，而统计员则普普通通，不足挂齿。"

拉维尔斯坦执教长达三十年之久，培养了一大批学生，年轻的菲利普就是其中之一。他的学生们不是成为历史学家、教师、记者、专家，就是当上了公务员、智库成员。他培养（教导）出了三四代研究生。而且，这些年轻的学生，个个对他十分痴迷，不仅迷恋他的学术思想、精彩的教学，而且还效仿他的行为举止，努力模仿像他那样说话、走路——无拘无束、桀骜不驯、锋芒毕露，想方设法做到和他一样才华横溢。也是这帮年轻人——那些有能力享受高消费的——还像他一样，买的衣服不是浪凡的就是爱马仕，也去杰明街上的腾博阿瑟服装店（我把店名改成"亲亲嘴儿&舔舔屁股服装店"[1]）定做衬衫。他们抽烟也像拉维尔斯坦那样怪模怪样，播放的碟片和他的也是一模一样。拉维尔斯坦改变了他们爱听摇滚乐的口味，现在他们改听莫扎特、罗西尼，或更古典一点儿的阿尔比诺尼和弗雷斯科巴尔迪（"用原始的古老乐器演奏"）。他们卖掉了珍藏的甲壳虫乐队和感恩之死乐队的碟片，改听玛利亚·卡拉斯唱的《茶花女》。

"菲尔·戈尔曼谋得内阁职位是迟早的事，对国家来说是一个天大的幸事。"拉维尔斯坦的学生们生活在一个衰败的时代——第四次现代性浪潮，他却给这些小伙子提供了优质的教育。他们获得信任，可以接触保密信息。这些都是国家机密，即便是对打开他们认识"伟大政治"之眼界的老师，自然也不会泄露。你可以看到，责任担当促使他们改变了自我。他们的思想变得更加坚定、更加成熟。他们守口如瓶是绝对正确的。他们很清楚，他们的老师很喜欢蜚短流长。可是，对于自己的重要秘密、隐私和具有危险性的信息，他则秘而不宣，知道的人屈指可数。在他看来，教书这个工作很诡异。面对事实，你不能广而告之，但如果不是众所周知，又无法获得真实的生活。因此，你必须做出慎重的选择。巴黎有两个人和他私交甚密，大西洋这边还有三个，我算其中一个。他请我写《拉维尔斯坦传》时，如何书写他的愿望，他去世后我决定在多大

1　腾博阿瑟的英文（Turnbull & Asser）与亲亲嘴儿&舔舔屁股的英文（Kisser & Asser）拼写相似。

程度上据实而写——或者说我的性情和情感导致我对这些事实抱有怎样的偏见，又如何去表达我自己的复杂观点——这一切全由我来决定。我猜想，他觉得这些都无关紧要，因为他将不在了。人死了，名声也就无足轻重了。

可以肯定的是，小戈尔曼把情报透露给拉维尔斯坦之前都进行过编辑，不会有内容超出第二天新闻发布的事实。但是，他又很清楚，给老教授传送这些内部情报，他别提有多开心。所以，出于对老师的敬重和深厚感情，他向拉维尔斯坦通报。他还知道，拉维尔斯坦有大量的历史和政治方面的信息需要更新和保留。这些信息远至柏拉图和修昔底德——或许更远一些，远到摩西。这些伟大政治家们个个都有治国之策——从马基雅维利到西弗勒斯，再向前到卡拉卡拉。而且，要必须确保海湾战争的最新决策——显然是由有限的几个政治家，如布什和贝克做出的，将决策转变成尽可能真实的军队行动的画面——能够载入我们这个文明的政治史。拉维尔斯坦说，年轻的戈尔曼领悟了伟大政治，他脑子里想的就是这种事情。

只要有机会，拉维尔斯坦就会随便找一个站得住脚的借口，越过大西洋飞到巴黎去。当然，这并不是说他在中西部的都市里过得不开心。他在这所大学里师从著名学者达瓦尔，获得了学位，对它倍感亲切。他是个地地道道的美国人。

我从小是在这所城市里长大的。拉维尔斯坦一家人直到二十世纪三十年代末才从俄亥俄州搬到这里。我从未见过他的父亲。拉维尔斯坦跟我描绘说，他就像一个木偶恶魔，个子不高，火气挺大，神经过敏，刻板固执，身份卑微，却行如暴君，对孩子管教甚严，动不动就对他们大呼小叫，就像在表演一部没有幕间休息的疯狂的家庭剧。

大学往往通过入学考试，招收高中毕业生入校。拉维尔斯坦十五岁就被大学录取了，从此摆脱了父亲，摆脱了他同样深恶痛绝的姐姐。正如我所说的，他喜欢母亲。不过，读大学时，他和拉维尔斯坦家的人全部切断了联系。"我真正的精神生活是从这儿开始的。对我来说，没有哪里比学生宿舍更好了，我在那儿有一张床位。艾略特曾说：'在租住的房子里死去。'我看不出这有什么可丢人的。难道在自家房子里死去，就能死得好一点儿？"

尽管如此，毫无妒忌之心（我从不知道拉维尔斯坦妒忌过谁）的拉维尔斯坦，还是特别喜欢舒适的环境，喜欢想象自己住在一栋豪华的公寓楼里。以前这幢楼里住着的全是美国社会中享有特权的中上阶层白人教授。在这所大学较小的校园里待了二十年后，他回到这所大学当全职教授。他在一幢让人满心欢喜的公寓里想方设法弄到了一套四室的公寓。公寓房间的窗户大多是面对黑乎乎的院子。不过，越过院子，就能看见西面校园里的哥特式建筑、印第安纳石灰岩尖塔、实验室、学生宿舍、办公大楼。他可以凝望着教堂的塔楼——一座截去了顶部的俾斯麦巨型雕像，塔楼上的钟声回荡在校园的上空，传到了校园之外。拉维尔斯坦成为全国知名人物后（同时也是国际知名人物——他狂喜不已，不无自豪地说，仅著作的日文版的版税就"高得吓人"），他搬进了当地最好的公寓。公寓四周，放眼望去，全是美景。即便是已故的格里夫太太住的房子，环境也不过如此吧。这位太太在款待T.S.艾略特的午宴上，还嘲笑过他直接对着瓶嘴喝可乐。

令人感到十分好奇的是，他住的地方给人一种修道院、休养所的味道。走进大门便是低矮的拱形天花板，客厅四周的墙面上镶着桃花心木板，电梯就像是狭窄的忏悔室。每家公寓都有一个窄小的石板门厅，门厅上方装着一盏哥特式的照明灯具。拉维尔斯坦家门前的楼梯平台上经常放着一件家具，是买了新家具的时候给换下来扔掉的——五斗橱、小型衣柜、雨伞架，还有一幅描绘巴黎的画作，一开始他对这幅画还心存疑虑。说起收藏的马蒂斯和夏加尔的油画，他可没法与格里夫夫妇比。这对夫妻早在二十世纪二十年代就开始收藏那些名画了。不过，要是论起厨房设备，他却远远胜过他们。他从一家餐饮设备公司买来一台浓缩咖啡机，装在厨房里。这家伙把洗涤池占得严严实实，像发生了爆炸似的，喷着热蒸汽，发着咝咝声。我拒绝喝他的咖啡，因为这个咖啡是用经过氯化处理的自来水冲出来的。这台商用咖啡机很大，弄得洗涤池无法使用。好在拉维尔斯坦从来也不用洗涤池——唯有咖啡是重要的。

拉维尔斯坦和尼基铺的是普达狮牌亚麻床单，盖的是经过完美加工的安哥拉山羊皮。他清楚地知道，买这些奢侈品都是可笑之举。人们指责他荒唐，他却我行我素。他并不想长命百岁。我常想，他同荷马一样，认为英年早逝比较好。在世几十年，终有一死，何必要处处克制自己呢？再说，拉维尔斯坦天赋过人，视野开阔，想怎么活就怎么活。这不仅仅是有钱——作品畅销，带来巨额意外收入——就能搞定的问题，还得有能力才行。这种能力通过拉维尔斯坦在一场场思想交锋中已经得到了验证——他获得的地位、他挑起的论战、他与牛津大学那帮古典文化学者和历史学家展开的论战。他对自己信心满满，就像戴高乐说的犹太人那样。他非常喜欢辩论。

罗莎蒙德和我住在街北面的一栋楼里。这栋楼会让你想起马其诺防线。我们的房间可不像拉维尔斯坦的那个公寓——布置得就跟修道院似的，富丽堂皇，豪华奢侈。这些房间就像鸽子笼似的，我当时急于找个栖身之所，找了好久。我被从家里轰了出来——我的家在上城，结婚十二年后，我被赶出了家门。还算幸运，我在一栋形如碉堡的混凝土小楼里找到了一个栖身之地。顺着这里直走下去，就到了拉维尔斯坦的家，距离他那个中西部哥特式铁大门和穿着制服的门卫大约有五十码[1]——我们可没有门卫。

我有的，只是走在这些洒满斑斑点点阳光的人行道上，和走过我朋友们曾经住过的房子的五十年。四十年前，一个叫阿贝克龙比小姐的人住在这里，现在住着的是一个日本神学人员。阿贝克龙比小姐是个画家，她嫁给了一个人见人爱的嬉皮士盗贼。这个家伙擅于不断表演攀爬二楼入室盗窃，以此取悦同伴。附近每一条街上都有临街的居室，供朋友居住——卧室的边上都有窗户，这是他们去世的地方。还有许许多多，有些我想不起来了。

到了我这样的年纪，你就不要再抱太多幻想了。当然，假若你生活积极，那就另当别论。总体而言，我是积极的。不过，还是有差异，而且这些差别只有死了才会消失。

拉维尔斯坦认为，我这个人对真理是既简单直率，又严肃认真。他说："你从不撒谎自欺欺人，奇克。或许，你一时半会儿不愿承认，但终究会认可我这个看法的。这可是个优秀的品德。"

我虽然在大学圈子里待了有好几十年，长期以来，有些教职员工甚至把我看成他们的老同事，可我并不是一个教授。搬回学校附近没几天，我有一次出门散步。这是个阳光明媚的日子，气候干燥，天气寒冷，晴空万里。我碰到一个熟人，叫巴特尔。他是一名

1　约合45.72米。

教授，英国人，正穿着一件又薄又旧的轻便外套，在寒冷的大街上阔步行走。他六十多岁，人高马大，红光满面，浑身是肉。冰冷的大脸，冻得像敦实的红甜椒；头发又密又长，有时会让我想起燕麦片盒子上的贵格会教徒形象。他的热量很足，足以把两个人的身子焐热。他双肩高耸，这才看出来气温已是零摄氏度之下——耸着肩膀，两手插在外套口袋里——只有大拇指露在外面；他的双脚贴在一起。他不是我们通常说的什么"爱好运动的人"，却总是穿着一双时髦的鞋子。

据说巴特尔知识渊博（人们这么说，我不得不信——我怎么会知道他是不是精通梵文和阿拉伯文呢？）。他不是牛津或剑桥大学毕业的，他是英格兰一所地方性红砖大学[1]培养出来的产物。

遇到他这种情况，你就不能简单地说，你碰见了一个长发飘逸、戴帽子都嫌多余的巴特尔教授。巴特尔参加过第二次世界大战，是个伞兵，也是一位飞行员。他曾经驾机护送戴高乐将军飞越地中海。除此之外，他退役后还是一个著名的网球选手，还在中南半岛上教过交际舞。他走起路来健步如飞，跑起步来速度惊人。曾经有一个人行凶抢劫，就是被他追上去抓住的。他冲上去就是一拳，狠狠地打在抢劫犯的肚子上，结果弄得警察不得不叫来救护车。

巴特尔是拉维尔斯坦最喜欢的人之一，他也喜欢阿贝这个好老头。不过，要说清楚巴特尔对拉维尔斯坦究竟是什么看法，那是不可能的。巴特尔强健的脑门儿后面，那个大脑到底是怎么想的，无从知晓。他的脑门很有力量。脑门儿下，眉骨突出，眉毛笔直，与

---

1 指在大英帝国的维多利亚时代，创立于英格兰六大重要工业中心城市并于第一次世界大战前得到英国皇家许可的六所大学。

挺拔的鼻梁垂直相交，和紧闭的双唇相得益彰——一张凯尔特国王式的嘴。经过训练，他完全可以成为一名奥运会级别的举重运动员。这家伙真是健壮如牛——可为何要练得这么强壮呢？巴特尔不去发挥自己的天赋，而是一心要把自己变得精明、奸猾——行动都是马基雅维利式的秘密行动，隐秘、复杂而又大胆。他的目的也许是要向一个保持中立的院长施加影响，通过他向教务长传一句话什么的，从而打击一下系主任。没有人对这种阴谋诡计的存在产生过怀疑，更不会有人费心调查谁是幕后的操纵者。拉维尔斯坦把这一切都向我作了解释。他不停地大笑，嚷嚷："这个……啊，这个……啊。"他说："他跑过来和我讨论各种各样的个人、异常私密的个人这个……啊问题，但他对自己背后干的那些事却只字未提。"

只要稍加鼓动，拉维尔斯坦就会透露出巴特尔——或者别人——的秘密。他会借用我们一位已故朋友的话说："我说这些，并非耳食之言，而是社会历史。"

他真正的意思是说，个人特有的嗜好是属于社会的，属于公共范畴，就像空气或其他免费商品一样，可以尽情享用。对于日常生活，他总会不失时机地进行心理推测或分析。对于"这种自省式的胡言乱语"，他忍无可忍。他更喜欢机智俏皮，甚至残酷无情，不大喜欢对那些因循守旧、宽容大度的人进行友好、善意的解释。

大街上，虽然阳光明媚，但依旧寒气逼人——凛凛的寒风抽得他脸都皱到了一起。巴特尔说："阿贝这几天接待访客吗？"

"为什么不接待呢？他见到你总是很开心。"

"我说得不对……他对玛丽和我总是彬彬有礼。"

玛丽是一个体态丰腴、幽默风趣、身材不高、笑容可掬的女人，我和拉维尔斯坦都特别喜欢她。

"那么，要是巴特尔欢迎你，对你又很好，那问题出在哪儿呢？"

"他身体不是很好，是吗？"

"他虽然人高马大，健壮如牛，可身体总有不适。"

"他病得比平时更厉害吗？"

巴特尔在试探我，想从我嘴里得到拉维尔斯坦身体状况的蛛丝马迹。尽管我知道他喜欢拉维尔斯坦，可我并不打算告诉他任何情况——不知为什么，我对他很是尊敬。和性格古怪的人打交道，我只能交到这里，不能再多了。巴特尔鼻孔里戏剧性地吹出冰冷的寒气，吹得脸更红，一直红到下巴的皱纹里。他很少戴帽子，满头的黑发似乎把他后脖子保护得暖乎乎的。他穿着一双探戈舞鞋。他怪癖很多，我很是同情。他这个人似乎是个矛盾体，既优雅之至，又野蛮无比。

巴特尔夫妇对拉维尔斯坦评价甚高，对他很同情。可以断定，他们俩会经常谈论他。

"嗯，"我说，"他得过一系列传染病，每一次都把他给折腾得够呛。"

"比如带状疱疹，这是肯定的。"巴特尔说，"神经感染，异常麻烦，疼痛难忍，还经常影响到骨髓和大脑神经。我就见过这样一些病例。"

听他这么说，我便跑去看看拉维尔斯坦。我看见他静静地躺在羽绒被里，两眼发黑，眼眶都凹进去了。他头枕在枕头上，看他的姿势，一副在休息的模样。可实际上，他根本没有得到休息。

"他好了，是吧？"巴特尔问道，"可是不是又染上了另外一种病，一种新的毛病？"

确实如此。他染上的这个新毛病，经最终确诊，是神经病学家称作的吉兰-巴雷综合征。当时，这个病还诊断不出来。阿贝从巴黎飞回美国，出席市长为他举办的晚宴。身穿晚礼服，社会名流发表演讲——拉维尔斯坦一直异常渴望能在这种正式的场合，得到大家的认可，所以他无法拒绝。他原打算待在巴黎休假一年，于是在紧靠爱丽舍宫的领馆区和官员住宅区的一条街上租了一套公寓。周围二十四小时都有警察巡逻，弄得夜里回家都成问题，因为阿贝挤不出时间，也不愿浪费时间到官僚作风盛行的巴黎市政厅申办**居留证**。所以，警察拦住他、要他出示身份证时，他拿不出来，结果在三更半夜和警察解释了很久。他跟警察说，他的房东是某某侯爵。那些街上发生任何事情，都可以找出一些理由进行解释。就连说起诸多不便，巴黎也是数一数二的。但是，比起他遇到的真正麻烦，这些科西嘉岛人（拉维尔斯坦觉得所有警察——法国警察——都来自科西嘉岛，不管他们的脸刮得多么干净，腮帮上依旧有胡楂儿）不管从什么角度讲，都是令人非常开心愉快的。

总之，拉维尔斯坦急忙飞回美国，出席市长专门为他举办的宴会，不料病倒了（是一个法国人最初发现的），住进了医院。医生将他送进重症监护室，给他输氧。每次探望的人不允许超过两个。他几乎连话都说不出来，偶尔会注视着我，表明还能认得我。他光秃秃的头颅像瞭望塔似的，一双大眼睛一动不动地盯着我。手臂一向柔弱无力，本来就不多的肌肉也不见了。刚染上吉兰-巴雷病毒时，他连手都不能动。即便如此，他还设法示意要抽烟。

"把氧气罩摘掉，好吧，要不然这里全要炸飞了。"

不知为什么，我发现自己老喜欢警示别人，不能自拔；警示大家要重视那些再普通不过的常识。可听者根本不把谨慎当一回事，为此还沾沾自喜。我总是扮演这样的角色，到底是别人造成的，还是我本来就是这样的人？每当我进行洗垢求瑕式的自我批评时，我就把自己看作小资产阶级的代言人。我这个毛病，拉维尔斯坦很了解。

在这一点上，尼基和我可谓如出一辙。他更尖锐，更爱批评。拉维尔斯坦从北边的苏库米安买回一条昂贵的地毯时，尼基大声嚷道："你花一万美元，就买来这样一件千疮百孔、线头松脱的破玩意儿呀——只因为这些破洞，就证明这是件古董真品？老板告诉你什么来着，说这就是他们用来把赤条条的克莉奥佩特拉[1]裹起来的那张地毯？正如奇克常说的那样，你果真是这样的家伙，认为花钞票都像是从特快列车车尾扔出去似的。你站在二十世纪的观测台上抛撒百元大钞。"

尼基接到电话，被告知拉维尔斯坦又病了。当时，他还在日内瓦的酒店管理学校。我们听说他随即就赶了回来。尼基对阿贝极为依恋，这一点无人置疑。尼基为人特别坦率——天生率直、英俊潇洒、皮肤光滑、头发乌黑、举止优雅、稚气十足，有一点儿像东方人。他觉得自己有一种异国情调。我的意思不是说他装腔作势。他的一举一动，都是天性所为，毫无矫揉造作之感。拉维尔斯坦的这个保护人，我觉得——或者说过去觉得——不知怎的被宠坏了。我这样说，又错了。他从小到大都像王子一样，一点儿都不夸张。即便还没有写出那本售出高达百万册的名著，尼基的穿着打扮也比威尔士王子要好。他聪明过人，目光敏锐，许多受过良好教育的人都自叹不如。而且，他敢于维护自身权利，向来表里如一。

1　即埃及艳后。

就像拉维尔斯坦指出的那样，这可不是装腔作势。尼基的外表毫无矫揉、表演的成分。告诉你，他从来不去自找麻烦，但"他时刻准备和人打架。他自己就是这样的感觉，以致……他要打架。我时常不得不把他拉回来"。

　　拉维尔斯坦谈起尼基时，有时会把声音压得低低的，说他们俩并不亲密，"更像父子关系"。

　　在性的问题上，我有时感到，在拉维尔斯坦的眼里，我是一个老古董，不合潮流。我是他的挚友。但我出生于欧洲一个传统的犹太家庭，用词可回转到两千年前，甚至更遥远。犹太始祖们最初使用的是**隐性人**这个词，大概可以追溯到巴比伦因房犹太人时期。有时还用另一个词，**雌雄同体**。这个词明显源于亚历山大和希腊化时期——两性合一，这种状态能引发性欲，却不为外人所知，有悖常理。古代性和现代性，两者兼容并蓄，这是拉维尔斯坦特别喜欢的。他不能只埋头生活在现代里，任凭其他时代一个个随风而逝。不可思议的是，他偏偏就是这样的人。

　　从重症监护室出来后，拉维尔斯坦的双脚还不能行走。不过，双手则很快恢复了部分功能。手不用不行，因为他得抽烟。在医院病房里一安顿下来，他就叫罗莎蒙德出去给他买一包万宝路香烟。罗莎蒙德做过他的学生，拉维尔斯坦把他学生需要理解的知识，全部传授给了她——他深奥的知识体系中那些基础理论和设想。她当然清楚。他刚能自己呼吸就抽烟是非常有害的，也是十分危险的——几乎可以肯定，抽烟是要禁止的。

　　"你不用告诉我现在抽烟不好。可要是不抽，则更不好。"看到罗丝[1]有些犹豫，他这样对她说。

他最近开设的课程，罗丝全都选了，对他当然了如指掌。

"所以，我下楼到自动售货机那儿买了六盒万宝路。"她告诉我说。

"就是你不买，至少有十个人愿意为他跑腿去买。"我说。

"这是肯定的。"

医院里，他最好的学生们——核心圈子成员——在候诊室里走来走去，聚在一起聊天。

从重症监护室出来的第二天，拉维尔斯坦还没有恢复双脚的功能，就再次拿起电话，和巴黎的朋友们聊上了，向他们解释为什么自己还没有回去。租的房子不得不放弃。他只好委婉地向贵族房东进行解释，退回**租房订金**。高达一万美元呢。房东们也许会忍痛退给他，也许不会。他说，他能理解他们的心情。他还说，那些都是他住过的最漂亮、最高贵的房间。

拉维尔斯坦尽管和巴黎的学术界联系密切，但是并不指望拿回租房订金。他在法国有许多重要的关系——在意大利也是如此。他非常清楚，尽管自己很想要回这笔钱，但苦于没有法律依据。"尤其是这个案例，因为租客是个犹太人，房东的家谱里有一支叫戈比诺的。这些戈比诺家的人是出了名的犹太人仇视者。我不仅是个犹太人，更糟糕的是，我还是一个美国犹太人——他们认为，美国犹太人对文明造成的危险更大。总之，他们还是愿意让一个犹太人住到他们这条街上，前提是这个犹太人**必须**付得起钱才行。"

这段时间拉维尔斯坦空闲无事，可由于生病，他的身体还是

---

1 罗莎蒙德的昵称。

很虚弱，眼睛只能睁开一半，说话也不清楚，意思大都靠语调来传达——有好几天，他说话就像是眯着眼睛在凝视我。最后，我终于明白了他想说什么——就现在这副样子他还在安排人弄一辆宝马车过来。

"从德国？"

好像是的，尽管他没明说是船运过来的。我的印象是，车子已经装船，行驶到大西洋中央了。甚至有可能已经从船上卸下来了，正用卡车往中西部运呢。

"是给尼基买的。"拉维尔斯坦说，"他觉得自己应该拥有一辆完全属于自己的豪华轿车。这你是理解的，对吧，奇克？而且，他可能迫不得已，要从瑞士酒店管理学校辍学回来。"

对我来说，这不成问题，完全能够理解。首先，你穿的衣服——和奇克一样——不是范思哲、乌提莫，就是古驰这些名牌，你怎么可能去乘坐公共交通呢。这种细致的观察满足了我渴望幽默的奇怪需求。现在，我可以面对现实了。目前的现实是：拉维尔斯坦侥幸逃过了这一劫，但还处在医生所称的"生命维持"期，下半身依旧瘫痪，双腿也不能走，即便瘫痪症状消失了，还会出现其他感染症状等待治疗。

"现在告诉我，这个……啊，奇克，你觉得我现在看上去怎么样？"

"脸吗？"

"脸，头。你目光独特，奇克，直截了当地说。"

"你枕在枕头上，看上去像一个熟透的蜜瓜。"

他一听笑了，眯着的眼睛闪闪发光。我的这句精神安慰，他听了特别满意。他觉得，这句评论说明，他的身体功能运转得更好了。他又提起车子的事说："车行想卖给我一辆深红色的宝马，可我喜欢栗色的。那边有张颜色图表……"他用手指了指。我拿过来递给他，他迅速打开图表。各种鲜亮的瓷漆色，一条一条的。对样品颜色冷静研究后，我说深红色不行。

"你的品位从来不会错的。尼基也是这么想的。"

"很好呀，可我从未想到他会注意这种细节。"

"你穿的衣服也许不是最时髦的，但你的衣着打扮却很有气质，奇克——曾经如此，在某些方面。我还记得你的那个芝加哥裁缝，就是给我做过一套西装的那个。"

"你几乎就没穿过那套西装。"

"我在家里穿呢。"

"可后来就不见了。"

"尼基和我提起那套西装的裁剪，两个人都笑傻了。穿上它去拉斯维加斯再适合不过了，也适合给政客穿，穿上去俾斯麦酒店参加民主党领导核心年会——别难过，奇克。"

"我才不呢，我又不会因为自己的西装那么敏感。"

"尼基总说，你选择衬衫和领结的品位一流。亲亲嘴儿＆舔舔屁股服装店。"

"当然啦，亲亲嘴儿＆舔舔屁股服装店。"

"就是！"拉维尔斯坦说，随即满意地闭上了眼睛。

"我不想让你累着。"我说。

"没有，没有，"阿贝仍旧闭着眼，"我还活着呢，在和你说俏皮话。你这样做，对我身体很有好处，比静脉注射十几针的效果强多了。"

此话不假，拉维尔斯坦可以倚仗我。我也来到了医院的窗前。

到，就像在学校点名时回答一样——或者像我们看到座位空着时会异口同声地说**没来**一样。

时值晚秋，整个城市已是满目萧瑟荒芜——天寒地冻，林荫大道上空只剩下光秃秃的树枝，公寓楼的颜色似大漠般荒凉，公园里的绿色也不再葱茏——温带和温暖的季节正渐渐逝去。冬天来了。

电话铃又响了，我拿起话筒，准备为拉维尔斯坦筛选出来电者。是那个宝马汽车女推销员。他要和她说话。"我们来照着清单核实一下。"他对她说，"你给我们的肯定是手动挡……自动挡的不行。"

加上配件，车子总价是八万美元。

"乘客座位和驾驶员座位一样，肯定也有安全气囊吗？……"

"现在再看看车内的颜色吧——座椅是小山羊皮的，装在后备厢里的CD音响应该能够播放六张唱片！八张！十张！

"门锁都是电子开关吗？我他妈的可不想摆弄什么钥匙。我现在给不了你保付支票，我在医院里。我不管这是不是你们公司的规定，我要求你们星期四之前要把车子送到。尼基——泰林先生周三夜里从日内瓦飞过来，所有的文字工作必须准备好。不，我记得跟你说过，我住在医院的病房里。这个……啊，这个……啊！有一点我可以向你保证，就是这家医院不是精神病医院。你有我的美林投资银行账号。什么？你肯定快速审查过我的信用，素拉巴赫小姐——是**巴赫**还是**赫巴**？"

关于车子，他每天咨询可能不下十次。"尼基这家伙非常挑剔。"拉维尔斯坦说，"不过，干吗不把万事做得尽善尽美呢？我要让他打心眼里感到高兴——发动机、车身、所有电子装置。一切就绪。稳定器保持平衡。以前是《快乐的铁匠》——现在是快乐的计算机。新车里没有内置巴洛克歌剧，配的全是中国爵士乐什么的。"

我很了解尼基，这家伙很挑剔。这从他平时和人交往中便可一目了然，与物质的关系肯定也是一样。

"我不想给人一种错觉，好像因为生病了而被宝马推销商给骗了。我必须要预想到尼基的反应。他虽然不大吭声，却特别喜欢吹毛求疵。"拉维尔斯坦说，"天性如此。不错，他是在分享我的富足。不久前，他还在说多么希望我对他能有个表示——某种大姿态。不只是我的富足，而是**我们**的富足。"

我没要他讲述细节。既然我们俩是挚友，那么尼基在他的生活中究竟占据什么样的位置，应该由我自己来思考。我相信自己机警过人，完全懂得这一点。不过，我也可能一点儿不机警。拉维尔斯坦的所作所为，常常让我对自己的能力产生怀疑。

我说："你拿到的这些担保书，没有一个月时间是看不完的。"

"你说得像拜苦路祈祷[1]似的。"拉维尔斯坦笑着说。

"这是德国一家大公司，你和尼基与它打交道不会有事的。它就像资产阶级的王室一样。我在想，战争期间他们有没有用奴隶充当劳工？"

由于手臂虚弱无力，拉维尔斯坦点燃罗莎蒙德买来的香烟时，双手大得显得不可思议。他随后把香烟放进烟灰缸里，挥手驱散烟雾。这时，我意识到有人进了病房。

来者是施莱医生——拉维尔斯坦的心脏科医生。他也是我的心脏科医生。施莱医生身材矮小，清瘦。不过，他虽然清瘦，但并不

---

1 指耶稣受难。

显得虚弱。他不苟言笑，倚仗自己在医院里是老资格——医院心脏科的主任医生。他话不多，不过也无须多话。

"拉维尔斯坦先生，你刚从重症监护室里出来，你清楚吗？就在几小时前，你甚至都不能呼吸。你的肺现在还很虚弱，可你怎么又抽起烟了？这很严重的。"施莱说，冷冷地斜了我一眼。我本该阻止拉维尔斯坦点起香烟。

施莱医生的头也秃顶了。他穿着白大褂，口袋里装着的听诊器露了出来。他气得紧紧地握着听诊器，就像握着一把弹弓似的。

拉维尔斯坦没有吭声。他才不怕威胁呢——不过他身子还虚，还无力反驳。总之，他根本不把医生放在眼里。医生都是那些怕死的资产阶级的盟友。他不会为任何医生改变自己的习惯，即便是他尊敬的施莱，也不行。罗莎蒙德出去买烟时就很清楚，阿贝恶习难改。他从来没有摆出一副整天担心自己健康的样子。

"我要求你，拉维尔斯坦先生，戒掉香烟，直到肺功能变得强壮起来。"

拉维尔斯坦依旧一声不吭，只是点了点头，但这并不表示接受。他甚至都没正眼瞧一下施莱医生——他将视线跳过了他。施莱不是他的主治医生。他的主治医生是阿本医生。当然，施莱是他的治疗团队队员，更重要的是，还是团队领导之一。对于我嘛，施莱则非常满意——循规蹈矩的。你从未听到施莱医生说过这么多话，可你要是善于心灵感应，你很快就能收到他的信息。拉维尔斯坦是最高学术圈中的主要人物，说他举足轻重，一点儿也不为过。相比之下，我在同类中算相当不错的了，可要称得上重量级人物，那还差得远呢。

对于我，施莱通常叮嘱我要保持体内奎宁的浓度，控制心跳。

我患有房颤症，有时会出现呼吸困难。他给我开了葡萄糖酸奎尼丁，可剂量太大，吃了可能会造成双耳失聪。我是服了一段时间后才发现的。总之，我和施莱有联系，实际上完全是因为我患有这个心脏小毛病。拉维尔斯坦可不一样，施莱对他十分着迷。在施莱看来，拉维尔斯坦可是文化和意识形态战场上的一名伟大斗士。阿贝在哈佛大学发表过一场演讲，轰动一时。他对听众说，他们都是精英主义者，可装成一副平等主义者的样子，从此以后——"精辟！"施莱医生对我说，"还有谁能有如此的学识、如此的信心、如此的权威，说出如此的话来？而且是脱口而出，没有丝毫矫揉造作！"

对于拉维尔斯坦而言，他绝不会只是找一个医生而已。对自己不得不要打交道的人，他必须弄清楚自己对他们的看法。他好奇心极强，对他的粉丝学生们如此，对商人也一样，对高水平的工程师、牙医、投资顾问、理发师，当然还有医生，也不例外。

"施莱是这里数一数二的医生，"拉维尔斯坦说，"是最有影响力的医生。他是这里政策的制定者，管辖所有科室，视病人为自己人——就像他对我一样。但是，他的家庭生活……"

"我从未想过他的家庭生活。"

"你见过他太太吗？"

"从来没有。"

"啊，传闻都说他家是个女人的王国，一切都是妻子和女儿说了算。施莱的真正生活是在这里，在这些诊所和实验室里。"

"是吗？性格严厉的人往往都是这样……"

"就像你自己，奇克。在这方面，你可是经验丰富，这你是知道的。"

"又多了一个无处安身的人。"我说。

"喂，别遗憾了好吧？这都是你自己一手造成的，所有这一切。没什么好抱怨的。"拉维尔斯坦说。

我无话可说，能够说的只是施莱医生缺乏朋友，缺乏拉维尔斯坦这样的人帮他指引方向。

"可怜的施莱，医术越来越高明，"拉维尔斯坦接着说，"可妻子是个悍妇，再加上两个女儿还待字闺中。一帮积极分子，三个人都是，整天忙于女权主义、环保主义之类的事业。这就是为什么施莱医生在诊所里是个暴君，可到了家里就成了一个饱受冷落之人的原因。"

"我也把他给惹恼了。"我说，"真正的朋友是应该把你的烟给拿走！"

我跟拉维尔斯坦说起的事情，他都知道，我对他并没有隐瞒什么。

宝马740已经送来了——是在尼基到达前一个小时送到的。他径直来到了医院。拉维尔斯坦还不能下床走动，胳膊和双手也只恢复了部分功能，但抽烟可以，也不妨碍他拨打电话——否则，用他喜欢的法语来讲，就是"废了"。他一到，罗莎蒙德和我就退了出来，在病房外面等着。

不一会儿，尼基脸上挂着泪水走了出来。他很少和我或其他朋友谈论拉维尔斯坦。他接受我们，是因为我们都已经通过了阿贝的审核。阿贝常和我们这帮人交谈，而他——尼基——对我们交谈的内容则兴趣索然。当然，尼基对我们每个人，对大家，都有自己的看法。而且，阿贝已经学会重视他的看法。

"你现在就得下去取你的新车。"罗莎蒙德说。

我们和尼基一起下楼,看着他坐到方向盘前。公司派来的驾驶员已经等在那儿。奇克后来解释说,驾驶员向他简单地介绍了这令人着魔的宝马740全部特有的功能。我瞥了一眼控制面板上的开关和指示灯——看上去像是战斗机的驾驶舱。这些东西我一窍不通——就连怎么除霜,或怎样打开引擎盖都不会。

毫无疑问,拉维尔斯坦是想用这个庞大的玩具,把尼基的注意力从他的病情中转移开来。他的目的只达到一部分了。尼基坐上驾驶座是挺开心的,但他告诉我不打算回瑞士了。现在,这一切都要停下来。他必须要中断训练课程。

出院回家时,阿贝说他不想坐救护车。他说尼基可以开着新买的宝马740送他回家。施莱医生认为,拉维尔斯坦还不能行走,不能坐立,必须用轮床推出去。可阿贝说,他既不需要轮床,也不需要担架,更不需要救护车。学生和朋友们会用轮椅把他推进宝马740里。

施莱不同意这么做。否则,他拒绝在出院单上签字,他说。阿贝最终只好听他的。他们把阿贝,连同床上被褥等所有东西,一起抬进了轮床。他一声不吭,但并没有生气或记恨。他可没有病人那种闷闷不乐、郁郁寡欢的样子。

宝马740已停在车库里。打个电话,几分钟就会开到门口。

我正在重读凯恩斯的回忆录。这是拉维尔斯坦推荐的,他要我以凯恩斯为榜样。不管是在重症监护室的休息室,还是遇到病人在睡觉或默默沉思——像是睡着了,我总是捧着一本书打发几个小时。在等救护车的时候,我和罗莎蒙德坐在拉维尔斯坦家公寓楼下的院子里,阅读约翰·梅纳德·凯恩斯的书。

凯恩斯的回忆录中记录的争论，是一九一九年德国人发售黄金，筹措资金购买食品，帮助遭受封锁、忍饥挨饿的城市。负责执行停战协议的委员会设在斯帕。这是比利时边界上一个时尚的温泉胜地，曾是德军总部。鲁登道夫的别墅就在那儿，此外还有德皇和兴登堡的别墅——你立马就会感到，这些内幕情况，凯恩斯都是为他的布鲁姆斯伯里的亲密朋友们写的，而不是为普通的报纸杂志读者而写的。

凯恩斯说，比利时的国土上笼罩着一种情绪。"空气中依旧弥漫着国土大面积沦陷的悲观气氛。那儿满是悲伤，有一种黑松林中日耳曼人的戏剧性忧伤。"凯恩斯认定，理查德·瓦格纳要为第一次世界大战承担责任，这个观点引起了我巨大的兴趣。"很显然，德皇对自身的看法就是这样形成的。兴登堡有啥了不起？不就是一个男低音吗？鲁登尔夫又怎么样？充其量不过是瓦格纳三流歌剧中的一个胖子男高音而已。"

然而，有一个危险现象，就是德国不知不觉中有可能会变成布尔什维克主义。由于饥饿和生病人数在上升，死亡数字不断增加，导致盟国受损，劳合·乔治这样告诉与会人员。克里孟梭回应说："明白，一准会送给你们一个很好的协议。""一准"这个词现在已经消失了，我对罗莎蒙德说。

德国建议用黄金支付他们的食品，但是法国依然不同意。克里孟梭坚持认为，德国的黄金要用于战争赔偿。法国有一个部长，名叫克罗兹，是个犹太人。他宣布，应该允许忍饥挨饿的德国人改用别的方法，而不是用黄金来购买粮食。如果他的国家的利益得不到妥善解决，他就不可能再谈下去。"这是底线（他盛气凌人，试图摆出一副高贵的神情），是他的职责。"

劳合·乔治——我为什么一而再、再而三地纠结这个问题呢？我也说不清为何自己受影响这么大——现在将仇恨转向财政部长克罗兹了，凯恩斯写道。"你看克罗兹面熟吗？——又矮又胖，满脸浓密的胡须，眼神游离不定，转来转去，溜着个肩膀儿，本能地流露出轻蔑的神情。劳合·乔治总是很讨厌他，瞧不起他。他瞬间意识到，他可以把这家伙的提议给否决了。他大声说，妇女和儿童正在挨饿，财政部长克罗兹却在这里喋喋不休，扯他的'黄——金'，他身体前欠，双手做着手势，向大家展示可恶的犹太人死抱着钱袋子不放的模样。他怒目圆睁，滔滔不绝，话中满是鄙夷和蔑视，像是要冲他啐唾沫似的。在这样一种会议场合，本来就不大掩饰的反犹主义情绪，在每个人的心里都涌了出来。一时间，大家纷纷露出鄙夷和憎恨的目光，看着克罗兹。这个可怜的家伙俯身坐在位子上，显然是退缩了……接着，他（劳合·乔治）转过身来，要求克里孟梭制止这些妨碍会议进展的伎俩。要不然，他大声说，财政部长克罗兹便会和列宁以及托洛茨基齐名，在欧洲宣传布尔什维克主义。首相停了下来。环顾四周，你可以看见会议室里每个人都在咧着嘴笑，与邻座的人耳语'克罗茨基'。"

　　还有一个犹太人，这个人在德国政府供职，名叫梅尔基奥尔博士。他不像凯恩斯那样和自己的代表团关系密切。凯恩斯总是站在劳合·乔治一边，只要讨论面包、猪肉制品或财政计划，就反对赫伯特·胡佛。梅尔基奥尔似乎和凯恩斯感觉一样。凯恩斯描述道："（梅尔基奥尔）目不转睛，眼皮耷拉着，一脸无助的神情……恰似一个痛苦不堪的尊贵动物。我们难道就不能打破这个会议的无聊程序，避开三种语言翻译导致的三重障碍，像神志正常、头脑明智的人那样，讨论真相和事实吗？"

德国在挨饿，法国却差一点儿流血而死。英国和美国真的打算提供食品。一吨一吨的猪肉已经准备就绪，只等赫伯特·胡佛下令开始运货。"我猜想，我们最近采取的行动，还不能使他相信我们的诚意；不过我恳求他（梅尔基奥尔）相信，至少当时我是真心实意的。他和我一样，深受感动。我想，他是相信我说的。我们俩会谈时一直站着。我甚至有些爱上他了……他要和魏玛政府通电话，敦促他们授予他一些自由的决定权……他说话带有犹太人那种富有激情的、悲观主义情绪。"

在我坐着阅读的地方，罗莎蒙德和我在等救护车送拉维尔斯坦回家。这儿是个小院子，门口装着一扇精致的铁门。院中有一座石头池子、灌木和草地，甚至还有荫地冷水花。这里要是有青蛙和蟾蜍就好了，但得从外面引进来。从哪儿引进呢？这座圣地周围，方圆数英里都是乱石，见不着一只青蛙。这个院子就像一个减压舱，在此租住的一些教授，或许会回想起十八世纪英国先生们建造的隐居石洞。你不愿面对这些残酷的事实，想寻求某种保护。要想完全意识到这既是圣地又是贫民窟，非拉维尔斯坦不行。"在外面**那儿**，"他会笑着说，"遇到红灯，警察会告诉你不要停下。在荒无人烟的地方，你要是停下来，就可能完蛋了。"你一定不要被自己的历史给吞没了，拉维尔斯坦常常这么说。他引用席勒的话来表达相同的效果："活在你的时代，但不要成为它的奴隶。"

建筑师在这儿建造了一个小阿尔罕布拉宫拱廊，并装着水管，种着阴生植物。他也认为："要与城市共生，不要成为城市附庸。"

罗莎蒙德挨着我坐在石头池子边。我埋头看书，她丝毫没有被晾在一边的感觉。

拉维尔斯坦过了好一段时间才习惯起来，把我和罗莎蒙德看成两口子。他有一种怪癖，对自己的学生总怀有一种非同寻常的兴趣。罗莎蒙德就是他的一个学生。要是有人问起这一点，他会说，考虑到他们接受的教育特别强调"情感"——爱情，一点儿也不含蓄——假装教学可以不涉及灵魂的结合，则是不负责任的表现。这是他的老观点。希腊语中自然有词汇能够表达这个意思。从他那儿听到的希腊词汇，你不能指望我全都记得。厄洛斯是**半人半神**，是宙斯提供给人类的一个守护神或半神，用来补偿残忍拆开原本具有男女两性特征的完整之人。阿里斯托芬的性神话的这部分内容，我相信自己已经完全搞明白了。在厄洛斯的帮助下，我们每个人继续寻找他迷失的那一半。拉维尔斯坦充满渴望，对这一探寻很是认真。并非人人都能感受到这种渴望，即便感受到了，也不是每个人都会亲口承认的。在文学中，这种渴望，安东尼和克莉奥佩特拉有，罗密欧与朱丽叶有，离我们这个时代更近一点儿的，安娜·卡列尼娜和爱玛·包法利也有，而司汤达的德·雷纳尔夫人的渴望则是通过她的质朴与纯洁体现出来的。当然，还有其他一些人，没有受过什么教育，也未获得社会的认可，他们的渴望是隐隐约约表现出来的。拉维尔斯坦一直在关注这个现象，而且是全神贯注，几乎就要给人做媒配对了。他竭尽全力，尽一切可能满足这些强烈的、但尚未得到满足的需求。用一剂止痛药，缓解并非时刻都意识到的渴望之痛，是非常重要的。我们必须利用各种方法生活下去。必须要结婚。男女之所以通奸，就是希望借此从毕生都未品尝过爱情的痛苦中，暂时解脱出来。通奸，要是拉维尔斯坦来判决，是可以原谅的轻罪，因为它是我们的渴望之痛无情地驱使我们造成的。"没有渴望的灵魂"曾是他那部名作暂定的书名。不过，对大多数人来说，他们已经通过各种方式，彻底埋葬了渴望。

——我怎么扯这么远了？

作为一个诚实的观察者，我一定要把拉维尔斯坦具体的做事方法给阐释清楚。他要是关心你，他就会从关心你的角度描述你。你或许难以置信，他居然对每个人，对每一种情况都深思熟虑，对招进来接受进一步深造或学习的学生们，对那些宁愿放弃深受职场欢迎的正统社会科学专业的学子，都进行密切观察。要是学生跟了拉维尔斯坦，他们会很难找到工作。因此，你必须考虑怎样为你招进来的年轻人提供生计。从职业角度讲，他们的选择是错误的。拉维尔斯坦经常征询我的意见。"要是史密斯和莎拉配对怎么样？史密斯是有些同性恋倾向，但绝不会是个同性恋者；莎拉是个很严肃的年轻女性——生活作风严谨，勤勤恳恳，酷爱读书，虽然称不上才女，可也有众多优点。她刚好有一些阳刚之气，这或许会让史密斯欣然同意。"

想方设法给他人做媒配对，已经成了拉维尔斯坦的习惯，以致薇拉和我离婚后，他显然就动起脑筋为我打算了。我这个人缺点很明显，所以人们都不相信我能做出什么正确的事来。早在七八年前，他就准确地预测说："用不了多久薇拉就要和你分道扬镳。她会跑遍世界出席会议，在家决不会待上一个星期。而你又有妻管严这个毛病，奇克。你现在只能和她挂在衣橱里的那些衣服住在一起。她还需要丈夫，可只是为了保全面子而已。我认为，她最喜欢的并不是男人。不过，她这个人倒是有点儿怪，拥有一副美人坯子的条件，可看上去并不怎么漂亮，不论穿什么衣服，也不管怎么化妆，都不行。既然你是个艺术家，奇克，你能看出她美在何处。不错，她的眼睛确实很漂亮。可走近看，你便会发现，她有点儿像欧洲军人，举止得体。她审视你的话，你根本就达不到她的要求。出于精神需求，她走近你，可随即又离开你，而且脚上的高跟鞋能迈多快，她就跑得有多快。她真是个怪人，奇克。不过，你自己也是怪怪的。当然，这是艺术家在热恋，不过恋爱并不是他们主要的才能。他们爱他们的栋梁作用，爱他们发挥自己的天赋，而不是爱具体的女人。他们有自己的推动力。歌德就有自己的**守护神**，这一点确信无疑，而且他还一直在和艾克曼谈论此事。老了以后，他还热恋上了一个年轻貌美的姑娘。毫无疑问，这种热恋是**可笑的**——荒谬透顶……"

这就是拉维尔斯坦陈述话题的方法——有点儿奉承，但从不拍任何人的马屁；也不实话实说，免得让你失望。他只是相信，是否愿意忍受别人攻击、摧毁你的自尊，是检验你态度严肃程度的试金石。别人说你坏话，哪怕是最难听的，你也应该能够听得见、忍得住。

其实，一段时间前薇拉就已经开启离婚程序了，做得很体面，却很笨拙，而且不切实际。她好像一年前就已经找好了律师。律师是个女的，在市中心一家非常有名的律师行工作。她把我的资产调查得一清二楚。薇拉索要我银行存款的百分之二十五，而且是免税。薇拉定期去市中心护发、修眉，去购买衣服、鞋子等。她经常约朋友——要不就约她的律师——一起吃饭。

我们家没有一点儿家务，家里的安排也不是井然有序——仅仅是个家庭而已，婚姻里没有什么爱情，甚至连感情都谈不上。家里生活用品快要用完时，薇拉就会跑到超市里狂购一番——苹果、柚子、冻肉、糕饼、用作餐后甜点的西米布丁、罐头金枪鱼、番茄鲱鱼、洋葱、大米、干早餐麦片、香蕉、色拉蔬菜、甜瓜等。我有好几次试图教她怎样用鼻子闻甜瓜的底部选购甜瓜。但很显然，她这样一个容貌美丽、举止优雅的女性，是不愿意让人看到她做任何与其身份不相吻合的事情。她还买了面包和卷饼、洗碗机用的肥皂粉以及擦洗坛坛罐罐的钢丝球。这好几百美元的食品杂货，装在纸箱里，随后送到了家门口。买完东西，她却没有回家，而是开车去了学校。我把东西搬进家里，塞进冰箱和厨房的架子上，然后把一个个纸箱踩平，乘电梯送到楼下。我与公寓管理员关系很好，不想用这些垃圾给他添麻烦。

克里根是一位诗人和翻译家，和岳母一起住在我们楼上。有一天他问我为什么要自己去扔垃圾。我向他解释说，我和公寓管理员的关系比较好。他说："除了自己，你对谁都很尊敬。"我回答说，也许是吧，不过没有必要去麻烦管理员。管理员虽然没说，但已表现出来，他的尊严也需要得到尊重。我宁愿自己把那些踩平的纸箱拖到楼下去，也不愿意费脑筋去想他需要尊重什么的。

直到最后我都没有意识到，最终期限已经在眼前，可我还在苦思冥想薇拉到底怎么了，试图弄清她的动机。她只喜欢做，不喜欢说，承认说不过我。一天，我正在看书（这是我定时的文字食粮），她赤身裸体地走进房间，来到我的床前，用阴毛摩擦我的颧骨。她一定知道我会有反应的。可我做出反应时，她却露出一副已达到目的的神情，掉转屁股走了。她不费吹灰之力就赢了，一个字也不用说。她的身体替她说了，而且说得铿锵有力：分道扬镳的时刻就要到了。

我躺在床上看的那本书对我毫无帮助。我也不能追上去问薇拉："你这样做是什么意思？"我们的公寓很大，被分割成了好几个区域——她有她的地盘，我有我的领地。我要找她，必须得跑过去——无论怎么问，她都不肯讨论刚才传递的那个信息。

因此，我只好求助拉维尔斯坦。我给他打电话，说要立刻和他谈谈。我开车穿过整个城市，开了十二英里。这个距离是我算出来的——当初设计师或建设者是按八个街区一英里设计的。

到了他家以后，我头一次接过拉维尔斯坦递上来的他自己煮的咖啡。我需要喝些浓烈的东西。我当然知道，他对我要讲的事情兴趣盎然。重压之下，人会变得荒诞不经，会即兴表演——你越是傲慢，他就越是珍惜你。

"嘿，赤身裸体？就像他们说的，她这是在宣告。你是怎么想的？她这样做没教养，她要告诉你什么？"

"我想她是想说，她不想再做我妻子了。"

"要分道扬镳，是吗？是不是出乎你意料——或者说你骨子里已经预料到这一天正在到来？"

"我当然看到这一天正在到来。她和我的关系向来不好。"

"可我想你是不是忽视了一些事实，奇克。你从自身的角度要求她应该尽一个妻子的本分，这我不怪你。可是女人也有她们的角度呀。她在自己的研究领域也是声名显赫。她是一个出色的科学家，他们都这样跟我说。她或许不喜欢为你做晚饭——但五点钟就准时赶到家削土豆皮。"

"她可是在一个饥饿的国家里长大的呀……"

"在世人的眼里，混沌物理学家是很了不起的——我不懂混沌物理是研究什么的，但在人们的心目中这是门高深的学问。只有你不把她放在眼里。"

"她走过来告诉我别想再碰她的身子。不管交流什么重要的事情，她都用行动，不愿用语言。她告诉她母亲我们决定结婚了，可她一直拖到那天她母亲到机场准备飞回欧洲，可能挨到登机的最后一刻她才说：'我决定嫁给奇克。'那个老姑娘很不喜欢我。薇拉要让人觉得她很爱妈妈，可实际上她总是想方设法和妈妈对着干。"

"可对着干的想法是正确的吗？"拉维尔斯坦问道。

"是不是正确，我不知道，谁也不清楚。人们不辞辛劳，把自己的观点整理得有条不紊，这种观点确保他们做到言行一致，或者看上去如此，这好像也是社会的要求。可薇拉缺乏的正是这种有条不紊……"

"好了，好了，"拉维尔斯坦说，"你的观点是她要来爱你。她爱你是因为你可爱。但是，你的这个薇拉把聪明才智全都用到了物理学上。过温暖的家庭生活，是她最反对的想法。所以，我们转开这个话题，来谈谈超市购物。薇拉买了好几百美元的食品，装进纸箱，让少年犯送到家里。这些少年犯可是一直由假释官盯着呢。你自己可以烧这些破玩意儿，自己一个人吃，吃完后把锅碗刷干净，就像你妈妈，满怀爱心地给家人做好一顿美餐，家人吃好后又刷锅洗碗。你以为自己只要能说服薇拉满怀着爱为你做晚饭，她就是爱你了？她给你的答案可是嘲讽性的。她把食品货物买好了给你送去。就像她完全属于一个不同的世界一样，你属于一个第三世界，一个正在消失的守旧的犹太人世界。别人的灵魂世界，犹如俄罗斯人说的，是一个黑暗的森林……你喜欢俄国人的说法。"

"不，现在不喜欢了。"

"喂，我承认你说得对，俄国人并不是像他们希望我们认为的那样人性化。这些东方帝国，个个都是由警察掌控的。"

"黑暗的森林就是灵魂，但是你别奢望能从苏联国家政治保卫局那里获得保护。我现在没心情和你开玩笑。"

"这我知道。"拉维尔斯坦说，"她向你宣告说你不能再碰她的身子，你租期已过。但这并不是说就一成不变呀。不能指望任何人的生活里没有爱情，或是爱的幻影。大多数人都必须拥有一个和谐的性生活。"

离婚手续办好时，我并没有指望薇拉会来到法庭，可她来了。她穿着一件纽扣缝得很高的外套，不大像女人衣服，倒像一件纹章图案。铜扣从喉咙处一直扣到膝盖，化了妆，还像舞厅里的舞蹈演员一样盘起了头发。她发出的信息是不大可能传达出去的。我曾有过机会，是人家像女王一样极为慷慨地送给我的。很显然，我没有它要的东西。

薇拉根据18k金挑选原则，制定了一个深奥的理性逻辑，是完全不可知的。她具有女王般的高贵，但照样也有蹩脚的一面。你要是以为自己能够说出她来自哪里，那你就错了。"这个人（奇克）好像可以做我的丈夫，但这是个错误——需要证明。"她迈着奇特的脚步，大步离开。每迈一步，脚尖都向前一插——只用脚尖。而脚跟则靠个个儿撑着。这种步态毫不奇怪，它是一种奇特的表现方式，不过没人能说出其中的含义。

罗莎蒙德不是拉维尔斯坦出类拔萃的学生，但非常善于自学。"她的功课一点儿也不比别人差，希腊语水平相当不错。她从不放过任何问题，课文理解得非常透彻。容易紧张，缺乏自信。她非常迷人，对吧？不是那种性感美，而是真的漂亮。"

这一点他不知道，我可是头一回走在了他的前面。我不打算要拉维尔斯坦为我去考察罗莎蒙德。我不能让他像对他的学生那样，安排我的婚姻。如果他对你没有一点儿感情，他才不管你做什么呢。但是，他认为，如果你是他的朋友，你万事都自己做主，可不是个好主意。他的朋友们——尤其是他天天碰面的那些人。什么事都瞒着你，你会非常痛苦的。

　　送拉维尔斯坦从医院回家的救护车，缓缓地开了过来，停在路边。罗莎蒙德和我站了起来。我合上看的书，看到凯恩斯写给母亲的一封信，叙述他担任副财政大臣在最高经济委员会所承担的职责。轮床被悄无声息地迅速推了过来。我看到拉维尔斯坦像甜瓜一样光秃秃的脑袋，在我们眼前穿过阿尔罕布拉宫式的拱廊拱门，通过阴生植物和水池。池子里细水涓涓，长满了苔藓。尼基急急忙忙地跟在轮床后面，穿过一道道黄铜玻璃门。

　　罗莎蒙德和我乘客用电梯去大楼顶层。顽皮的小孩儿把每层的按钮都按了一下，所以你常常是到一层就要停一下。电梯门不停地开、关，我们花了十五分钟才到顶楼。我们到达时，拉维尔斯坦已经躺在床上了——但不是他的四柱大床，而是订购的一张医用病床，一个机械师（医院里的技工）正在床的上方安装一个等边三角形的不锈钢架。拉维尔斯坦可以利用架子来转移身体的重量。要是必须坐到椅子里去进行物理治疗，架子的底部还可以滑到他大腿的下面。只要有气无力的他抓住钢管时，床脚上安装的小机器便会嗡嗡地转动，缓缓地升起一个船帆似的装置。突然，你就会看到他两条不能动的双腿，从被子里被吊起来。由于他还无法完全张开眼皮，因此脸上只露出一半惊愕的神情。

　　或许，他在思考问题，在考虑如何顺其自然对待生命，因为生命遭受损害、伤害乃至杀害的方法实在是不计其数——对他来说，这样思考问题可谓别具一格。护士突然出现在眼前，机械师站在一旁帮忙。拉维尔斯坦被吊到床边，然后轻轻地放进轮椅。施莱医生的目的是要阿贝站起来，重建肌肉。他的两条腿又细又长，没有一点儿小腿肚；胳膊内侧白惨惨的，血管清晰可见。你会不由自主地想，血管里的血都染上了病毒。护士想把他的生殖器遮上，而他则好像在思考一个紧迫的问题——问题大概是：拼尽九牛二虎之力求生有何意义？没有意义，可他依然在拼命挣扎。他抓住钢架。钢架可能冰冰凉，他的两只拳头紧贴着一对大耳朵，都快贴到光秃秃的发际下枕骨上凸起的头发。光头，往往表明力大过人。以前，拉维尔斯坦的光头就是如此，可现在却变得羸弱不已。我相信他知道自己现在是什么模样。犹如装进了海军索具[1]，"吹哨行礼，越过船舷"，看了让人不寒而栗——甚至会到歇斯底里的可笑地步。不过现在他已经从三角形钢架上被放下来，坐进了轮椅。尼基推着他在公寓里转了一圈。罗莎蒙德和我跟在后面，从一个房间走到另一个房间。

　　一切如故。照管公寓的是两个女士——波兰人瓦德佳，她每周二过来做保洁，是真的做；黑人鲁比·泰森夫人（年纪太大，干不了什么保洁活儿），每周五过来。泰森夫人的使命，是要维护自己从事家政工作的尊严。对瓦德佳来说，拉维尔斯坦只不过是又一个爱出风头的犹太佬罢了——她不着边际地想象他有大把的钞票，吵吵嚷嚷的，不可理喻。鲁比对拉维尔斯坦则更了解一些：他是个教授，一个神秘的白人名流。几乎同所有白鬼子一样，他也很同情她的难处：女儿当了妓女，一个儿子犯罪进了监狱，另一个儿子正遭受艾滋病的折磨，两个生活乱成一团的儿媳和孙子们，情况则更复杂，难以言表。在安静的下午，他，拉维尔斯坦，有时会带着同情，似梦非梦地听鲁比·泰森夫人讲述自己丈夫的故事——这些故

1　指与绳缆配套使用的器材，如钩、松紧器、紧索夹、套环、卸扣等。

事远远超出了他的认知范围，也超出了他的兴趣。老太太给人的印象是寡言少语、孤独忧伤，但不失尊严。你可以想象拉维尔斯坦聆听时是何等的模样。这种人的生活必定是乱七八糟的。这位心地善良的老太太为院长、教务长以及其他学术官僚整理床铺，打扫会客厅，从他们那里了解到了白人之间的事。当然，还了解到了他们的家庭问题，他们的太太都患有精神病，这个秘密鲜为人知。这些事她都会以小时为单位，讲给拉维尔斯坦听。在他家里，她什么事都不做，在付费的大部分时间里，只是坐在厨房的高脚凳上。她时不时地会从凳子上爬下来，去烤个馅饼。结实健壮、咄咄逼人的瓦德佳，则在不停地擦洗。搬动家具、清洗卫生间、吸尘、除尘、刷锅擦罐、清洗水晶用品，这些活儿全是瓦德佳在干。不一会儿，她便大汗淋漓，于是脱掉连衣裙和衬裙，只穿着硕大的胸罩和佐阿夫式的宽松灯笼短裤。

看见拉维尔斯坦坐在轮椅里，瓦德佳的表情很复杂，像是同情，又像是嘲弄——眉毛挑着。她本打算好好说两句，但打住了，一席话从她扁平的鼻子上溜走了。唉，真是倒霉啊！不过话又说回来，他毕竟也是犹太人。有时你会听到她擦除灰尘或擦亮东西时嘀咕说："摩阿沙拉。"刚开始几天，拉维尔斯坦还是很虚弱的。他一边抬起食指向她打招呼，一边对尼基说："看在上帝的分儿上，叫她别碰那些拉利克水晶玻璃品了。"

"她对着水龙头，哗啦哗啦地冲洗玻璃酒杯，"拉维尔斯坦对我说，"水龙头把一个个杯子磕得缺牙少齿。我拿给她看，她哭了起来。她说，她去伍尔沃思廉价店买新的赔我。我说：'你知道这些拉利克玻璃杯多少钱一个吗？'我说了一个数字，她咧嘴笑了起来。她说：'先生，你真会开玩笑。'"

“你告诉她价钱了？”

“你禁不住地会想，这帮女人毛手毛脚的，就像是在拨弄男人的生殖器似的。”他会说，“想想吧——这些生殖器要是玻璃的会怎么样？”

这个时候或许要拿出一些材料，来表明我和拉维尔斯坦之间是什么关系。我们俩——当事人——其实都不清楚。这个问题，拉维尔斯坦也许觉得没必要讨论。他说他非常满意，因为不管说什么我都会不折不扣地去做。他生病期间，我们像好朋友该做的那样，天天见面，不仅如此，还打电话，一打就是很长时间。我们是密友嘛——这还不够吗？我在书桌抽屉里翻到几个文件夹，里面夹着一页一页的东西，全是关于拉维尔斯坦的。但是，这些资料**好像**只涉及友谊主题。现代词汇中找不出一个合适的词，来讨论友谊或其他更高形式的相互依存关系。世间不管何事，人这个动物都要说道一番。

　　拉维尔斯坦很愿意向我袒露心声。这位来自俄亥俄州代顿市的人高马大的犹太佬，为什么要在这个时候劳心费神地跟我说这些事呢？因为不得不说，而且是刻不容缓。他艾滋病检测呈阳性，眼看就要死于种种并发症。他身体虚弱，没完没了地遭受着各种各样的感染。尽管如此，他还是坚持要一遍又一遍地跟我讲什么叫爱情——是需要，是意识到不完整，是渴望完整，是如何将小爱神厄洛斯的痛苦与狂喜极乐融为一体。

回头想想，这可是我享有的最美好的一段时光。从我的角度讲，凡是不能告诉别人的东西，我都可以毫无顾忌地跟拉维尔斯坦讲；凡是我的弱点、缺点、堕落可耻的秘密以及费尽心机瞒天过海的事情，我全可以说给他听。他时常觉得我的忏悔令人笑不可抑。最让他觉得好笑的是一个个思想上的杀人念头。我这样说，或许有些戏谑化，有些歪曲，不过我不是存心的。总而言之，他觉得这些令人捧腹。他说："你读过著名的德国心理分析大师西奥多·莱克医生的东西吗？他说过一句话，叫'每天思想上杀一个人，精神病医生不会找上门'。"

　　我对自己要求十分严格，拉维尔斯坦却认为这样做有益处，是好事。自知之明需要严格。我总是很乐意和这个叫作自我的、变化莫测的怪兽进行搏斗，所以我这个人还是有希望的。但是，我原来还想再前进一步。我觉得，别人是不可能完全理解你的，除非你找到方法，能够传达那些"难以言传"的东西——你私密的、玄妙的东西。对此，我采取的探讨办法是，没有出生前，你从未见过这个世界的生活。探得这个秘密，认清这个世界，可是一个不可思议的挑战。你从一个无人知晓、无人存在或是无人记得的原始状态中，来到这个高度发达、清晰而真实的世界。以前你从未见过生命。在等待初生的黑暗中，在等待死神迎接你的黑暗里，在这两者之间，你可以时断时续地见到光明。这时，你必须要竭尽全力，认识这个现实世界，领会这个高度发展的状态。为了看这个世界，我已经等了千万年。接着，我学会了走路——在厨房里——然后被送到大街上，近距离地审视这个世界。我最初获得的印象，是大街上耸立着的一排排高大的木头电线杆。这些杆子全是棕灰色的、软软的，已经腐烂了。上面装着横档或多个侧臂，架着许多电线或电缆，一节下垂，一节上升，又一节下垂，一节上升，绵延不断。在固定的下垂处和流动的电缆上，一只只麻雀落在上面，一会儿飞走，一会儿又飞回来。落日下，人行道上的砖块已经破损，露出了原有的红色。那个时候你很少见到汽车，能见到的只是双轮双座马车、运冰车、啤酒货运马车，个个都是由高头大马拉着。我根据不同的脸部特征，认识不同的人——红脸、白脸、满目皱纹的脸、斑斑点点的脸或光洁如玉的脸；笑脸、暴躁的脸或愤怒的脸——以及他们的眼睛、嘴巴、鼻子、声音、脚和举止。此外，还有他们如何弯腰逗小男孩儿玩，问他问题、同他开玩笑或是充满爱意地戏弄他。

上帝很早就在我面前显灵。他梳着一个中分头。我明白我们之间是相互关联的，因为他照着自己的模样创造了亚当，并用嘴一吹，将生命赋予了他。我大哥和他一样，也梳着一个中分头。除了大哥，我还有一个二哥。我们中最大的是我们的姐姐。总之……这个世界就是这样。我以前从未见过。它赠送的第一个礼物就是世界本身。物质将你们聚到一起，并通过那儿的必要磁场，把你们给吸引住。获准来看这个世界是一种特权——来观看、触摸、聆听。把这种感觉描绘给拉维尔斯坦听，本该不是一件不可能的事。但他可能会不屑一顾，说卢梭早就在他的《忏悔录》或是《一个孤独的散步者的梦》中描述过这些内容了。这些最初的认识论印象，我并不想要人们已经预料到了，也不希望人们将此弃之一边。这个现实，我在这些相同的标志下已经看了七十多年。我还觉得，这些神秘的现象，我要等上几千年才能看到、听到、闻到、摸到——轮到我走进生命，走完人生后再次消失。我本该对拉维尔斯坦说："这是我生存下去的唯一机会。"但是，他正濒临死亡，现在跟他说这些话不太合适。我本想向他描述我隐秘的玄学思想，好让他对我有充分的了解。这个想法现在只好作罢。只有少数灵魂特殊的人，找到过接受这类启示的方法。

像孩子似的进一步洞察这个外部世界：在蒙特利尔的罗伊街上，一匹挽马摔倒在结冰的路面上。天空黑压压的，就跟灰色大衣的衬里似的。要是小动物的话，或许还能站起来，可这家伙腰部太大，只能四脚朝天，徒劳无益地折腾着。这匹长毛飘飘的佩尔什挽马，目光惊恐，青筋暴起，不是彪形大汉根本救不起它。但是，一群身材矮小的男人站在角落里，只会嚷嚷各种各样的建议。他们对警察说他运气真好，这匹马摔倒在罗伊街，要是写进报告里，这可比在拉戈什蒂耶尔街容易多了。随后，一群穿着黑色校服的女学生，两两一排，排着见不到头的奇怪队伍，迎面走了过来。她们脸色煞白，像是得了肺结核似的。监视她们的修女们，把双手插在袖子里取暖。这条街脏兮兮的，到处是深水坑，坑里结着一层冰。

童年的这个印象——真实的世界——成人是可以容忍接受的。不到一定的年龄，这种印象是不会改变的。在富足的家庭里，这种现象存在的时间或许会更长。但是，拉维尔斯坦也许会争辩说，这会导致自我放任的危险。你要么继续生活在顿悟之中，要么摆脱顿悟，开始择业，承担任务，遵从理性的原则，关注社会，或关心政治。这时，来自"无人知晓之世界"的那种感觉便会自行消失。根据柏拉图的理论，人的知识全部源自回忆，对早先在别处生活的回忆。拿我来说吧，拉维尔斯坦认为，观察的独特性大大超出了应有的程度，而且，出于其自身奇怪的原因，还在进行培养。他想，人类首先要求我们加以关注集体，而我却深陷在"个人的形而上学"之中。他的严格批评对我大有裨益。我虽然这辈子改不了了，但我想，由一个关心我的人指出我的缺点和弱点，真是再好不过了。不过，我并不打算通过批评这个外科手术，摘下我一双与生俱来的形而上学的隐形眼镜。

这是自由社会给我们设下的圈套之一——让我们永远像个孩子。阿贝可能会说："怎么选择，这取决于你自己。你要么继续像个孩子一样进行观察，要么换个身份。"

就这样，尽管还患有其他疾病，拉维尔斯坦的身体却再一次好转，并且正学着怎样坐起来。这好像是他第十次尝试了。尼基已经学会如何操作三角形升降架。拉维尔斯坦的身体开始好转的话，尼基便会用轮椅推着他走，罗莎蒙德和我则跟在后面。拉维尔斯坦的眼睛似睁似合，头耷拉着。尼基推着他在宽敞的公寓里转来转去——这房子本该是给更加快乐、更为正常的人住的。可这是他的王国，里面的财产全是他的。

罗莎蒙德眼里噙着泪水，问我拉维尔斯坦能不能再恢复到他以前的样子。

"他战胜得了吉兰-巴雷综合征吗？我应该说，他的情况正在好转。"我说，"去年，他得了带状疱疹——疱疹或其他什么病。他战胜了带状疱疹。那一次，他赢了。"

"但这种战斗，你能赢上几次呢？"

"一切都是你离开时的样子。"尼基对拉维尔斯坦说。

地毯、挂件、拉克利装饰、绘画、书籍和激光唱片，他把收藏的旧留声机唱片全给卖了，都是些经典唱片，数量很多，从而与先进的科技保持同步。他的激光唱片很多，全编成了目录，都是从伦敦、巴黎、布拉格和莫斯科寄来的，而且全是最新的巴洛克音乐风格。尼基和我所称的那些"指挥部"电话全被切断了，只有尼基卧室里的电话，如他所说还在"运转"。在这个拥有数百万人口的城市里，找不出第二家像这样的公寓——到处铺着价值连城的古董地毯，厨房的洗涤池上放着一台发着咝咝声的商用浓缩咖啡机。然而，拉维尔斯坦再也无法操持这个家了。壁炉台上方依旧挂着朱迪斯揪着荷罗孚尼头发的绘画。荷罗孚尼张着嘴，朱迪斯则两眼遥望天堂。这幅画的作者是希望你把朱迪斯看成纯洁的犹太人民的女儿，一个姿色天然而贞洁的美女，即便她刚刚砍下了同伴的头颅。拉维尔斯坦对于这一切是怎么看的呢？在拉维尔斯坦的私人天地里，找不出什么蛛丝马迹，以表明他在性方面的偏好。不管从什么角度讲，人们都没有理由怀疑他跟普通人似的有这样或那样的不轨行为——那些老派的男同性恋稀奇古怪的勾引行为。他实在受不了一个大男人说话娘娘腔，还搔首弄姿。

　　拉维尔斯坦坐着轮椅巡视自己的寓所，他的感觉显然是痛苦的：我要是走了，这些东西怎么办？我一件也带不进坟墓。这些漂亮的东西，都是我从日本、欧洲、纽约，从世界各地买来的，是经过反复考虑，并且和行家、朋友们反复讨论后才决定买下的……是的，拉维尔斯坦已是日薄西山。看到他坐在滚动的轮椅里，裹着花格子衣服，宽阔的后背佝偻着，甜瓜似的脑袋耷拉在一边，你或许想象不出，他的身体形象给人留下的印象是多么的深刻，他的怪癖、口头语、习性以及最近遭受的种种感染，又是多么的不值一提。多年前，拉维尔斯坦到我在新罕布什尔州的乡间别墅做客，他问我，拥有这栋大卵石别墅、古老的枫树、核桃树、花园，我有没有一种地主的感觉。实话实说，虽然这一切我都非常喜欢，但我并没有把自己看成这些土地和财物的主人。因此，即便发生最糟糕的事，就算全副武装的地方民兵突然来袭击我，把我当作犹太侨民给赶出去，我也无所谓。他们袭击的目标主要是犹太人，而不是地主。在这种情况下，我关心的是美国的宪法，而不是我的投资。这些房间、岩石、绿色植物，对我的重要器官不起任何作用。要是失去了它们，我就搬到别的地方去住。可要是宪法，这奠定万物的法律基础，遭到了破坏，那我们则要倒退到混乱无序的原始状态了，他常常这样警示我。

那次到乡下做客，拉维尔斯坦是冒着生命危险，开着一辆租来的车，从汉诺威出发，经过91号州际公路，一路开过来看我的。他动作协调性很差，在高速公路上开车很不安全——坐在驾驶员位子上战战兢兢的。除了作为乘客坐过车，他从来没碰过车，所以他高度紧张。而且，他并不喜欢乡下。

拉维尔斯坦再次借用苏格拉底在《斐德若篇》中的观点对我说，一棵树，看上去美不胜收，却始终一言不发，交流只有在城市中、在人与人之间才可能发生。他很喜欢交谈，一边交谈一边思考，喜欢向后仰着身体，让泉涌的思想喷涌而出——他指导，检查，辩论，修正错误，颁布基本规则，将希腊语和即兴翻译融为一体，说话结结巴巴，解释时爱用犹太人的笑话活跃气氛，笑声不断。

在乡下，拉维尔斯坦从未自己单独出门、到田间地头走一走。他**眺望**树林和草地，但和它们毫无关系。不知何故，阿贝一直把卢梭牢记在脑海里，而卢梭则非常喜欢田野、树林。卢梭对植物很有研究。然而，拉维尔斯坦对植物兴趣索然。他可以吃色拉，但看不出为此冥思苦想有何意义。

拉维尔斯坦来乡下看我。我有一个难以言表的爱好：喜欢偏僻和独处。他来访，是对我做出的让步。我为什么要把自己关在树林里呢？我完全有把握这样猜想，他对我这样做的动机，从不同的角度进行了审视，角度之多，超出了我的想象，即便我冥思苦想到永生永世，也想不出来。还有一种可能，就是他对我当时的妻子薇拉感到好奇——这些都是在罗莎蒙德出现之前的日子里——还一心想弄明白我为什么要娶这样一个女人。现在，有一个问题要问你。你明白吗，他是真的才智过人，大脑一直在持续不断地工作。而我呢，虽然也有才智，但只是偶然地、间歇性地表现一下而已。他深思熟虑，思考透彻，考虑出的结果都是建立在业已验证之准则的基础上——我怎么形容呢？……就拿鸟打比方吧，他是一只雄鹰，而我只是个抓抓小虫的小鸟什么的。

　　然而，他知道，我是理解他的那些原则的——甚至无须向我解释。如果说他有错觉，那也是唯一的一个，就是无论如何我都能接受他的纠正。他可是老师，这你知道。这是他的职业——教育别人。我们都是老师。几千年来，犹太人在教导他人，也在接受别人的教导。如果没有教导，就不可能有犹太这个民族。拉维尔斯坦当过达瓦尔的学生，或者说门徒，如果你更喜欢这么说的话。这个哲学家令人敬畏，你或许没听说过。他的崇拜者们说，从这个术语的古典意义上讲，他是个哲学家。我不是这个方面的评判家。哲学是一门深奥的学问，而我自己的兴趣爱好与此截然不同。在我有限的智力范围内，想起已故的达瓦尔我便充满了敬意。拉维尔斯坦滔滔不绝地谈论着自己，我最后只好去拜读他的作品。我要是想了解阿贝的一切，就必须得这么做。以前，我在街上时常碰到达瓦尔。他身材瘦小，一副极其心不在焉的样子，目光柔和，戴着一副眼镜，将自己激烈的观点、见解给遮了起来。就是这样的一个人，居然在美国，甚至在国外，处处遭到学界的仇视，被视为洪水猛兽、逆端异己，实在是难以想象。作为达瓦尔的主要代表之一，拉维尔斯坦也遭人仇视。不过，被视为敌人，他根本不在乎，毫不怯懦。对于教授这个阶层，我不大关心。在这个令人不堪忍受的世纪里，教授们并没有给我们提供多少济世良方，好在这个世纪马上就要过去了。这就是我的想法，或者说我曾经是这么想的。

想想拉维尔斯坦造访乡下那一周，还是很开心的。狭长的新英格兰，恬静安宁——阳光明媚，绿色葱茏，橘红色的罂粟花花床，与红白色的牡丹花交相辉映。

透过活动百叶窗帘看出去（他用颤抖的手指，挑开百叶窗横条，使空隙变大），他看到了盛开的鲜花——此时正好是杜鹃花绽放的季节——他发现，一切都是如此的美好，只是这个季节缺乏戏剧性，无力唤起人们真正的兴趣，与人世间的戏剧性简直无法相提并论。

他问道："你妻子总是这个样子吗？"

"什么样子？"

"'什么样子'，他说，薇拉将自己关在她乡间的斗室里，每天十四个小时，笔挺挺地坐在那儿读书看论文。"

"我明白了你的意思。是呀，她就是这样研究她的混沌物理学。"

"一动不动，就这么直挺挺地坐着——甚至连喘气都不曾有。你从来看不到她喘气。这不把人给憋死吗？她是怎么做到的呢？"

"她在准备论文。她要参加一个会议，对某人的研究进行点评。"

"她必须要呼吸喘气呀——断断续续地。我对她进行了观察，"拉维尔斯坦说，"我看不出她在呼吸，除非是秘而不露。"

当然，他这是夸大其词。不过，诸多事实表明，他并没有撒谎。而且，关于她的呼吸，他还说服我接受了他的说法。我还没来得及考虑是否同意，他就已经说服了我。他给我提了一个建议，就是不必接受薇拉的行为举止。我们去乡下期间，她把自己锁在房间里。于是导致两个人孤零零的。我们夏天在英格兰就是这样过来的：同在一个太阳下，同住一个星球，两个人却分割开来，互不来往。薇拉缄默无言时尤为动人。沉默，似乎是她祝福自己美丽的一种祷告形式。拉维尔斯坦也许意识到了这一点。

他到新罕布什尔来和我小聚数日，很快就看出了我的处境。他很讨厌乡下的风光。但为了我的缘故，他撂下自己的生活。他不喜欢离开他城里的电话总机指挥台。要是切断他与华盛顿和巴黎信息员们的联系，切断他与他的学生、他培训过的人、他的那帮兄弟、他新收的门徒、那屈指可数的几个幸福之人的联系，他会感到浑身不自在。

"这些年来，你都是这样过夏天的，是吗？"

他常往巴黎跑，一有机会就跑过去待一周，最好是一个月。他承认，巴黎已经不是过去的巴黎。尽管如此，他还是常常引用巴尔扎克的话说，世上不管什么地方，凡事都不**是**事，只有得到了巴黎的关注、评价和证明，那才叫事。然而，这些美好的日子一去不复返了。沙皇皇后和国王们不再从巴黎引进诗人和哲学家了。像拉维尔斯坦这样的外国人给法国听众作报告，讲解卢梭时，报告大厅里都是座无虚席。人们可能会说，法国依然是欢迎天才的。但是，法国知识分子中，没有几个是阿贝·拉维尔斯坦大加赞赏的。他并不关心愚蠢的反美情绪。他也没有必要博得巴黎人的热爱或宠爱。总体而言，他更喜欢巴黎人的淫行邪性，不喜欢他们的彬彬有礼。

巴黎（这个旁白很重要）是阿贝·拉维尔斯坦和薇拉第一次发生口角的地方。当时，薇拉和我乘飞机过去领取一项外国作家奖，阿贝也在那儿。我们下榻在皇家桥酒店。拉维尔斯坦急不可耐，激动不已，急切地想见到我，于是站在酒店前厅里大声地喊我，不等我回应，就冲了过来。他本想拥抱我——也许拥抱薇拉，要是她碰巧先出现的话。可她穿着吊带长衬裙，转身跑开了，跑进洗手间，"砰"的一声关上了门。但是，阿贝和我已是数月未见，再次相逢，我们俩都格外兴奋，几乎没想到薇拉，也想不到拉维尔斯坦会失礼闯进卧室。他应该先敲一下门。她提醒我说，这毕竟是**她**的卧室。

从她跑出来时那副娇媚含羞、怒气冲冲的神情，我就知道拉维尔斯坦错了，他冒犯了她。她对行为得体自有一套看法，我不愿意去想它、安慰她。她后来说，她决不会原谅他如此莽撞地闯进她的房间。为什么他不提醒她一下就闯进去？她还没穿好衣服呢。

"是呀，他是太鲁莽了。"我说，"对于拉维尔斯坦这样的人来说，这是……这是他的一个魅力之处，就是行事冲动……"

这样解释并没有让薇拉消气。我每说一个字为拉维尔斯坦解释或辩护，就立刻会招来她连珠炮似的猛烈反击。"我到巴黎不是来见你的狐朋狗友们的，"她说，"也不是半裸着身子就让他们朝我冲过来的。"

"你在海滩上不是露得更多吗？"我说，"只穿着简约派服装设计师们所谓的泳装。"

薇拉同样进行了驳斥："两者环境不同，况且你有权做好准备。你同我说话，一副居高临下的样子，在你眼里，我就像一个愚昧无知的女人。请你不要忘了，我在我的研究领域享有崇高的地位，丝毫不比你的差。"

"当然，当然，甚至更高。"我说。

商界人士、律师、工程师、华盛顿的名流、各领域的科学家们，都喜欢贬低我，我都习以为常了。就连他们的秘书，也从电视上学会了辨别事物重要性的方法，所以我——一个不可理喻的傻瓜——一出现，他们就会抬手掩面偷笑，互使眼色。

因此，我让薇拉尽情地表现出高高在上的样子，而拉维尔斯坦却说，我应该保持更多的、应有的自尊，不要装出这副含垢忍辱的神情。可我并不打算改变自己的风格，去迎合铺天盖地的批评声。我对现状和自己的缺点了如指掌。我脑子里一直牢记，死神正在逼近，随时都可能赫然出现在眼前。

总之，对于拉维尔斯坦的"鲁莽行为"，我本该预料到薇拉会小题大做。她一直在准备，就阿贝这件事要和我说个明白。阿贝闯进她酒店里的房间，正好给了她翘首以待的机会。

"我不想再在这里看到他。"她说，"我还要你记住，你答应过我，要带我去沙特尔。"

"我说会的，当然会带你去——我是说，我们一起去那里。"

"我们邀上格利莱斯库夫妇。他们俩可是我们的老朋友了。格利莱斯库教授会去的，娜内特不一定——她很久没有进行这种旅行了。她不喜欢让别人在大白天里看到她。"

我自己也发现了这一点。格利莱斯库女士在她那个时代，可是一位楚楚动人的淑女，是你很久之前读过的那类**如花似玉**的少女之一。格利莱斯库则是一位著名的学者，不完全是一个荣格的追随者——但也不能说完全**不是**。你很难对他进行归类。

拉维尔斯坦从不强烈指控任何人。但他说，专门研究这些领域的学者们，提起格利莱斯库，都说他是铁卫团[1]团员，与二战前罗马尼亚的法西斯政府有联系。他曾担任布达佩斯纳粹政权外事机构

1　1927年到1941年成立于罗马尼亚的法西斯组织。

的文化官员。"你不喜欢考虑这种事情，奇克。"拉维尔斯坦说，"你娶了一个让你胆战心惊的女人。当然，你会说，她对政治一窍不通。"

"她对政治确实知之甚少……"

"她坚信，一个科学家必须摆脱和超越这种事情，这很自然。可这些人都是她的伙伴。我们也不妨直面一下事实。"

我说："我承认，拉杜·格利莱斯库是东欧圈子里男人们的行为楷模。"

"你是指温文尔雅、彬彬有礼的绅士们的那套狗屁玩意儿？"

"是的，大致是这样。善于体贴的男人，唯有这种人，才会记住生日、蜜月以及其他周年纪念日。你得亲吻女士们的手，向她们赠送玫瑰；你要赞美、奉承她们，为她们挪椅子，奔过去为她们开门，同总管商量，将一切安排得井井有条。女人都希望这样的男人宠爱她们，崇拜她们，服从她们，浪漫地追求她们。"

"那些蠢货扮成骑士随时听候差遣？当然，这不过是游戏而已，可女人们却乐在其中。"

从蒙帕纳斯车站到沙特尔的距离很短。要是带薇拉去看大教堂，我更想挑一个草莓时令季里的集市日去。但是，薇拉对沙特尔并不真的感兴趣，她感兴趣的是带她到那儿去。什么哥特式建筑，什么彩色玻璃，她全都兴趣索然。她只是想让自己如愿以偿而已。

"薇拉提出各种条件要你去满足她，对不对？"拉维尔斯坦说，"她不会连自己的行李也全要你带来吧？"

"说得没错。我是取道伦敦过来的。"

"她在家有个约会取消不了，所以你就自己飞过来了，并且把她的宴会服也带来了……"

他对我所做的这些差事并没有予以赞赏。他的观点再清楚不过了。他曾描绘说，我的婚姻里只有阿谀奉承。作家都当不了好丈夫。他们的厄洛斯全部献给了艺术。或者说，他们也许无法专注于婚姻。他对薇拉的评判甚至更严厉。"也许我是不该冲进她的卧室。"他承认说，可转而又补充道，"可也没看到什么呀。再说了，我也没那个兴致。她穿得整整齐齐的，没露出什么呀。她穿着吊带长衬裙，里面的内衣全穿着呢。她干吗要那样大呼小叫的？为什么呀？"

　　"礼节呗。"我解释说。

　　拉维尔斯坦不同意这个说法："不，不，不是礼节，这看上去根本不像是礼节。"

　　语言表达上我一般不大有问题。我的意思是说，她只是还没准备好让人去看。除非你是和她住在一起，否则你根本不知道她早上怎么处理头发、面颊、嘴唇（特别是上唇）——这是她梳妆准备的过程。她必须要打扮成一个美丽的女人出现在世人面前。可是，这种美是在检阅美，就像西点军校或哈布斯堡王朝轻骑兵接受检阅一样，需要准备。人们可能怀疑我有偏见。但我向你保证，我确实遇到过一些怪诞不经的女人——我碰巧结过几次婚，我这儿有一个自我保护的问题。

　　拉维尔斯坦说："薇拉是不是来自黑海地区？"

　　"是又怎么样？"

　　"多瑙河东部，还是喀尔巴阡山脉？"

　　"我说不准具体位置。"

　　"这个无关紧要。"阿贝说，"一个东欧式的贵妇。现代法国女性不会如此拿腔作势。东欧过来的人常常亦步亦趋地效仿法国人的做派，他们在国内没过上什么好日子，住的地方挺恶心的。他们只需要从法国人的视角看自己。像齐奥朗[1]这样的人，甚至我们的朋友——你的朋友——格利莱斯库，就很适合这样做。他们都希望变成法国人。可你的妻子不一样，比别人古怪多了……"

我打住了他。我要是承认说，她确实如他所描述的那样，是一个古怪的现象，那么我就会落下一个不忠的罪名，遭世人唾骂。我是用情人的眼神看她的，但又不完全是。我还用自然主义者的眼光看她。她真是灿若天仙。我还要承认，她脸上的一些部位使我想起了乔尔乔内。你可以在一张小地图上，将薇拉的祖籍画为希腊，甚至埃及。当然，一流的知识分子，那可是宇宙的杰出人才。再说，薇拉还拥有一个聪明绝顶的大脑。装着科学知识的这部分大脑，特别值得尊敬。然而，拉维尔斯坦认为，科学家中拥有伟岸人格的，这样的例子可谓寥寥无几。伟大的哲学家、画家、政治家、律师，他们中有；但在科学界，灵魂伟大的男人或女人却凤毛麟角。"是他们的科学伟大，不是他们人伟大。"

现在，我得将巴黎的话题放一放，重新回到新罕布什尔上。

我从乡下待的几天时间里得出结论：拉维尔斯坦的来访，证明他充满了感情。他对田野、树木、池塘、鲜花、小鸟等，根本没兴趣。对一个出类拔萃的人来说，看这些东西纯属浪费时间。他为何要撇下那些电话、餐馆、纽约或芝加哥的一切便当和情场上的种种诱惑？因为他想亲自看看，我和薇拉之间在新罕布什尔出现了什么

1　E.M. 齐奥朗（Emile Michel Cioran，1911—1995），法籍罗马尼亚哲学家、随笔作家，主要著作有《在绝望之巅》《眼泪与圣徒》《解体概要》《苦涩三段论》等。

问题。

一天就足够了。"我一直在观察。"他说，"我发现她将你放在蚁冢之上进行监视。难道你们就没有一起做过什么？比如徒步旅行？"

"仔细想想，还真是没有。"

"游泳呢？"

"她偶尔会跳进邻居家的池塘里。"

"烧烤、野餐、走访、聚会？"

"这些她都不喜欢。"

"那她就不能告诉你，她主要喜欢什么吗……"拉维尔斯坦将那张大脸凑到我面前。他屏住呼吸，默默地引导我完全顺着他的思路去思考：我干吗要每天忍气吞声地遭受这种紧张的折磨，而且没完没了？

薇拉所需要的一切，正如她说的，就是捧着一个笔记本，坐在一个安静的角落里，制表画图，抬起膝盖，屏住呼吸，一动不动。但是，她还是把负面的情绪不断地撒到我身上。新罕布什尔的这个角落，枫树参天，山核桃树树龄长达数百年之久，可谓美不胜收——树荫下的角落里长满了长春花和苔藓，这意味着……算啦，对薇拉来说，这什么意味也不是。她终日沉浸在她那伟大的抽象思维里。

"那你在其中扮演什么角色？"拉维尔斯坦问道，"你也许代表着其他男人会从她那儿得到的一切……所以，有个问题令人很着迷，她一头埋进的到底是她的科学还是她的巫术？由于你一无所知，所以你的答案似乎必须是科学。"

这样说似乎挺合理的。

"她的一贯做法是，"我说，"每隔几周，她就要打点一下行囊，包括宴会服，因为她不仅要出席自然科学会议，还要参加社交聚会。她开着那辆白色捷豹轿车，顺着东部沿海地区，由北向南，出席一个又一个会议。"

"可以这样说吗，她暗示她排斥你，所以她不在家时，你会有一种如释重负的感觉？"

拉维尔斯坦可能会同情我，但更多的时候，是在琢磨我种种自相矛盾的古怪行为。

"你从那地方得到了什么？"他会这样问我，"那儿应该是你幽静的、绿色葱茏的隐身之地，是你思考、工作的地方。或者至少可以推进你的计划……"

我和拉维尔斯坦常常是无话不谈，对于他的批评我都是欣然接受。他对朋友的生活、性格、秘而不宣的私密生活——他们的性需求或性变态，他都是真心实意地关心。他不带任何私心地观察朋友，常常令我吃惊。他指出你的缺点，并不是要贬低你、抬高自己。从某种程度上讲，这也是我为什么要感谢他观察我的原因。我发现我将自己的种种怪癖，毫不隐瞒地全部告诉了他。

我可以跟你讲一个这种谈话的例子。

"我承认你说得对，这是一个美丽而又宁静的地方。"拉维尔斯坦说，"但你能解释解释大自然都给了你——一个城市犹太人——什么启示？你可不是什么当代的超验主义者。"

"不是的，那不是我的特长。"

"而且，对你乡下的邻居们来说，你是一头猛兽，本该在灭世洪水中淹死。"

"是的，绝对应该。可我并不在乎是否融入或归属于乡下社区。吸引我的是乡间四周的那片宁静……"

"这个话题我们以前谈过……"

"因为它很重要嘛。"

"生命在疾驶而去。你的光阴飞逝似箭，比织布机的梭子或扔向空中的石子还要快，"他像一个宠爱子女的父亲对我说，"而且在以每平方秒三十二英尺[1]加速下沉——这是打个比方，表示奔向死亡的速度令人恐怖。你希望时光像孩提时代那样，慢悠悠的——一天就像一生似的。"

"是呀，要做到这一点，你的心灵需要保留一些平静。"

"就像一个俄国人说的。"拉维尔斯坦说，"我记不清是哪个了，但你要解释自己真正在忙什么的时候，奇克，你总像俄国人。而且，多年来，你一直忙于安排你的生活问题——就是你的私生活。这就是为什么你最终成为主人，拥有这栋别墅和那些三百年的老枫树，更不用说那些平坦、碧绿的草坪和石墙。我们国家政治自由，所以才会有个人隐私和个人自由，私生活才不会遭到骚扰。但是，你每天都是忙忙碌碌的，你的时光正在飞驰而去——而你的妻子则决心要击垮你的计划，阻止你安静地实现自我。俄语中应该有个术语，描述这个……啊，这个……啊情况。我能想象出她以前是怎么勾引你的。她打扮起来确实是一个养眼的大美女，而且身材又很性感……"

一开始，拉维尔斯坦一直小心翼翼，避免冒犯薇拉。为了我们的友情，他要我们俩平安相处。他很热情，只要薇拉说话，他就会全神贯注地倾听，很尊重她。在此过程中，他表现出一种艺术鉴赏

---

1 约合9.75米。

家的样子——犹如伊扎克·帕尔曼在给一个小女孩儿演奏儿歌。至于他心里是怎么判断的，姑且不去管它。即便在巴黎的宾馆里他闯进薇拉房间的那一刻，他也没有忘记和薇拉之间默认的**友好条约**。他对自己观察到的东西，从不自欺欺人，全部都原汁原味地印刻在大脑里。

但是，他和我成了朋友——两人情深意切——而且，我们俩要不是自然而然地就能相互理解，也不可能拥有这份友谊。遇到这种时候，他便仰起光秃秃的头，靠在椅背上。他那满目皱纹的苍白面孔，又大又可爱，他脖子和肩膀上的肌肉居然能支撑起来，令我好生奇怪，因为他腿部肌肉就少得可怜，只够完成自己的目的，或是实现自己的愿望。

保持健康的关系本该易如反掌，不过你需要一个极限的挑战。因此，你发现自己在极力讨好一个女人，但不管怎么讨好，这个女人就是不领情——不领你的情。

"你很幸运，"拉维尔斯坦接着说，"你有一份职业，所以这不是什么大不了的事情。这不是真正的性奴役或精神病态的实例。这是**人性的枷锁**，真的。但对你来说，这无足轻重，仅此而已。你尽管可以乐在其中，将注意力转移到怀特山那如茵的绿色、纯朴的明净之中，从这些小毛病——性折磨——里寻取乐趣。"

"自从你在巴黎突然闯进我们的房间，她就开始说你我关系不正常。"

听我这么说，他神情冷淡地停了下来。从他的沉默中，我能看得出，这个始料未及的"信息"，正在由一台大功率仪器——我这么说不是在开玩笑——进行处理。拉维尔斯坦聪明盖世，这样评价他，毋庸置疑。他是学术带头人，无论是在美国本土，还是在英国、法国、意大利，在成千上万人的眼里，他都是名副其实的带头人。他跟法国人讲卢梭，向意大利人解说马基雅维利，等等。

他停了一下又说："喂！她说关系不正常，她所表达的是我理解的那个意思吗？已经结婚这么多年了……你们结婚多久了？"

"整整十二年了。"我回答说。

"十二年了！多可悲呀！"拉维尔斯坦感叹，"就像你给自己判了十二年的有期徒刑似的。你真是个忠贞不贰的丈夫，日复一日、日往月来地服刑，表现很好也不让休息，不许申请保释。"

"我的工作很有趣，我整天在忙工作呢。"我解释道，"早晨，她穿好衣服，化好妆，然后对着三个灯亮程度不同的镜子——分别在梳妆间、卫生间、客卫间——再审视一遍头发、面容、身材，然后便'咣'的一声冲出大门，弄得我半是头疼、半是心痛，无法释怀。"

"她不会打扮。"拉维尔斯坦说，"面料都是怪怪的——她去年穿的那个叫什么来着，鸵鸟皮？……到头来她反而指责你和我有丢人的性关系。你是怎么说的？"

"我捧腹大笑。我跟她说，这种事我甚至不知道怎么做，我都这把年纪了，也不准备去学。这听起来就像是个笑话，可她还是不相信我……"

"她无法信你。"拉维尔斯坦说，"炮制这个可怜的罪名，花了她巨大的心血。她这方面的智商低得可怜——尽管人们告诉我她在混沌物理学界是一大权威。"

阿贝一定是从他的电话网络中获得这个信息的。"他的关系比电话交换机上的插头还要多。"而现在，通信技术高速发展，积累了大量数据，这句老话则被这些数据淹没了。

拉维尔斯坦向各地的朋友们了解薇拉的情况，准备向我报告比我想要了解的多得多的消息。这样，我得用双手拍打耳朵，紧闭双眼。可都这把年纪了，你不可能依旧那么天真。在现代，这种天真，十分之九实则是一种无动于衷，对罪恶的无动于衷，是一种决心，决心不让自己被可能读到、听到或看到的一切影响。热衷丑闻，使得人们一个个都变成了发明创造的能手。薇拉在她的科学研究上是个能手，在行动举止上却是个低能儿。

作为拉维尔斯坦推心置腹的朋友，你会不自觉地了解到大量你不是很感兴趣的东西。但是，在你的内心深处，你时而感觉自己依旧处在中世纪，甚至金字塔时代，抑或是迦勒底的吾珥[1]年代。

拉维尔斯坦告诉我薇拉同一些人的关系，我在此之前从未听说过这些人。他说，他准备把这些情敌的名字告诉我，可我不想听。她既然不爱我，那我就发挥自己与生俱来的生物学的智慧，躲在办公桌后面伏案工作，完成一些久拖未决的项目——我引用罗伯特·弗罗斯特的诗句对自己说：

> 因我有诺言不能违背，
> 要赶完长路方能安睡。

这两行诗经常被改成：

> 因我需要烧烤食材，
> 要到远方才可醒来。

---

1 古代美索不达亚南部苏美尔的重要城市。

这是对我，而不是对弗罗斯特开的一个玩笑——一个喜欢说教的老家伙，他说话的内容大都是他自己的所作所为，以及他所取得的成就和胜利。不可否认，他擅于自我推销，天生就是个公关高手。尽管如此，他依然是一位旷世奇才的作家。

听到薇拉所谓的不端行为，我内心颇为不安。记得拉维尔斯坦对我讲她各种各样的绯闻时，我连站都站不稳，踉踉跄跄的。为什么夏季有那么多会议要参加？她为何不告诉我可以联系上她的电话号码？当然，这些事要不是怪怪的话，我是不会感兴趣的。就像我以前说的，拉维尔斯坦对内幕消息如痴如醉。他的朋友们要是给他带来新鲜特别的消息，他便会给他们加分鼓励。期盼他为你严守秘密，这种好事你想都别想。我对此并不感到特别担心。如今，人们要是刺探你的秘密的话，那可是比过去聪明百倍。他们要是掌握了你的秘密，就会多增加一份对你的控制力。你无法停止或制止他们。即便你如愿建成了许多迷宫，你肯定还是会被挖出来。当然，我很清楚，拉维尔斯坦对"秘密"根本不关心。

但是，既然拉维尔斯坦拥有丰富的精神生活——我这样说绝非挖苦讽刺，他的兴趣确实很广——我需要掌握他朋友和学生们的一切情况，就像一个在诊断病情的医生，必须要看你一丝不挂的身子。医生都有医德医规的约束，不可透露你的隐私。你要是想到这一点，那么这种比较就不会成立了。拉维尔斯坦可不管什么约束。二十世纪二三十年代，我还是小伙子的时候，"赤裸裸的真相"这个观念十分流行。"让我们都了解赤裸裸的真相。"有个名叫**克莱尔·谢里登**的英国妇女，写了一本回忆录**《赤裸裸的真相》**。她理应去革命时代的俄国访问访问。在那里，她同列宁、托洛茨基，还有其他布尔什维克的重要人物，似乎相处甚欢。

不过，这一切只是时代背景而已。

让我们接着往下聊。

拉维尔斯坦还在谈论薇拉的话题。他说："你给她提供了一个地方——夏日里美丽的乡间——可她对这个地方一点儿也不稀罕，奇克，要不然她会在这儿多待一段时间。所以，我好生奇怪，你干吗要费这么大劲呢？可是，"他继续道，"让我来告诉你我从中看到的一切。我看到一个犹太人，一个移民的孩子，对美国的房产很重视。你想做什么就可以自由地去做什么，可以完全实现自己的愿望。你是一个美国人，置地建房是你的特权，可以住在房子里尽情享受你的权力。不错，这里没有别人，只有你一个人。所以，你在新罕布什尔这儿建了这座避难所，四周挂满了你家的纪念品。你母亲的那把俄国茶壶可是个漂亮东西。这个……啊，这个……啊，真是太精致了。可它距离图拉[1]实在是太远、太远了——图拉的茶壶，就跟纽卡斯尔的煤一样，举世闻名。这个……啊，这个……啊，茶壶从未在这样一个异国之邦，在这么一个最偏僻、最遥远之地出现过。你呢，奇克，你在宣布自己作为一个美国人的一切权利。你这样做非常勇敢，但也有点儿疯狂……方圆数英里[2]，只有你是个犹太人。你的左右邻居们都相互依靠。你有谁依靠啊——你那个非犹太人的妻子？你有自己的理论——法律面前人人平等。你有宪法保障，这非常令人欣慰。可以肯定，其他忠于宪法的人，对此也会感到欣赏……"

他讲得很尽兴、很陶醉，我并不怎么介意。我的行动方法被人

---

1 俄罗斯一个工业市镇，位于莫斯科以南165千米。

2 1英里约合1.61千米。

揭示出来，我反倒觉得挺有意思的。

"我还得要设想一下，你的税额很高……"

"这是必然的。而且现在每年都有新的教育评估。"

他说："我能想象出他们这里的教育状况。你参加过这个镇上的会议吗？"

"参加过一次。"

"你那个趾高气扬的妻子呢？"

"她也去了。"

在这个莫名的或者新的疾病反复出现前，拉维尔斯坦和我有过许多类似上面这样妙趣横生的交谈。他似乎觉得，他对我的行动提出的看法，我应该要加以重视。事实上，我发现这些看法在一定程度上确实很有用。比如，他说我毫无冒险精神。他问我："你的几次婚姻都让我很着迷——你还记得那个史蒂夫·布罗迪，对不对？"

"那伙计为了打赌，从布鲁克林大桥上跳了下去。"

"就是这家伙——一个很有个性的人。"

去看看柏拉图的《理想国》，尤其是第四卷。我没有仔细读过这些鸿篇巨制，可要是你对此一无所知，却又想跟上拉维尔斯坦的思想，则一点儿希望也没有。我倒是没有真的被这些思想吓倒。现在，对于柏拉图，我耳熟能详，就像熟悉埃尔莫·伦纳德一样。

"我跟你说的东西，没有一样是你不能立刻理解的。"有时候，拉维尔斯坦会这样宣称。但在和老好人奇克的交谈中，他有可能练就了一种谈话艺术，而且非常注意和奇克交谈的语速，都是慢条斯理的。作为一名天才教育家，他还可能知道我的大脑能够容纳多少知识量。

在新罕布什尔，他会一次又一次地强迫我重复那些过时的玩笑、噱头和俗套的杂耍。"唱一首吉米·萨沃的歌给我听听"，或者"演一下那个受到欺骗、暴跳如雷的丈夫是怎么反应的，再来一个？那个心碎的男人对他的好友说：'我老婆骗了我。'"

"嗯，是的。他朋友又说：'每天和她做爱，一天至少一次。一年下来准叫她一命呜呼。'

"'不！'那个家伙大惊失色，'就这个答案？'

"'一天一次。这么频繁呀，这绝对会要了她的命……'

"随后，一块提示牌被拿到台上。这样你可以想起怎么演。一个引座员戴着圆帽子，穿着双排扣衣服，拿来一个放着提示牌的三脚架。牌子上写着'五十一周后'几个黑体字。接着，那个丈夫坐在轮椅里，由老婆推上舞台。他一副弱不禁风的样子，被毯子裹着，像个残疾人似的。他老婆却像一朵正在绽放的鲜花，身上穿着网球服，腋下夹着网球拍。她对他体贴入微，一会儿帮他压紧毯子，一会儿又亲他。他双目紧闭，看上去像死了一样。她说：'休息吧，亲爱的，我去打一盘就回来——很快，很快。'她大步流星地离开后，气若游丝的丈夫把一只手举到面前，遮住嘴，悄悄地、妙趣横生地、神神秘秘地对观众说：'她不知道，她只有一周好活了。'"

说到这儿，拉维尔斯坦的头向后仰着。他闭上眼睛，身体"唰"地向后一仰，哈哈大笑起来。我像他一样，也笑了，只是笑的风格不同而已。就像我前面说的，是我们俩的幽默感把我们吸引到了一起。不过，这样说可能软弱无力。嬉闹欢笑——**欢呼雀跃**——观点高度一致，是这一切把我们俩聚到了一起。这种关系是无法用语言准确描述的。

在那些日子里，罗莎蒙德要乘坐很长一段的轻轨。这个城市非常宽，她要穿越全城。一路上，她的思想和感情全放在同行乘客们的脸上。她给我带来了一周的信件和电话留言。她做我的研究生助理长达两年时间，替我打字、发传真。薇拉对她总表现出一副傲慢的样子，甚至都不请她坐一下。我时常给罗莎蒙德递上一杯茶，让她感觉舒服一些。她穿的衣服虽然有些破旧，但绝对清爽、整洁。可薇拉认为她是个衣着邋遢的小东西。薇拉总是摆出一副趾高气扬的贵族派头。她给自己买了许多面料怪异的衣服，比如鸵鸟皮，而且价格十分昂贵。有一个季节，她专门买鸵鸟皮服饰——一顶大的鸵鸟皮帽子，式样像绿林好汉戴的那种，羽毛全给拔了，上面满是毛囊孔。挎在肩膀上的单肩包、靴子、手套，也全是鸵鸟皮的。她是个正教授，年薪很高，足够她花的。她的五官轮廓挺拔，这才是美貌唯一至关紧要的条件。

薇拉说："你的小罗莎蒙德非常想照顾你。"

"我认为，她相信我的婚姻很幸福。"

"要是这样的话，她干吗总是带着一件泳衣？"

"因为她要乘坐轻轨，又远又热，再说她喜欢到湖里游泳。"

"不，是因为你可以看见她漂亮的身材，否则她该去自己住的城市那一头游嘛。"

"她觉得在这里游比较安全。"

"你不是所有时间都在口述信件吧？"

"不全是。"我承认说。

"那你们谈什么呢——希特勒？"

对薇拉来说，这些话题都不值一谈。同混沌物理学相比，这些话题根本就不存在。我要提醒你，她可是出生在距离斯大林格勒飞行航程不到一小时的地方。但是，她的父母想方设法，不让她知道一丁点儿关于纳粹国防军和古拉格劳改营的消息。唯有她深奥的研究最重要。然而，令人好奇的是，薇拉对政治颇有天赋。她敢肯定，世人都会认为她很好。她一心希望大家把她看成一个热心的人、友好的人、慷慨的人。提到她，连拉维尔斯坦都说："她关注世人，令世人受宠若惊。她购买最昂贵的生日礼物送给别人。"

"没错。她去吸引熟人，让他们疏远我，实在是好笑。我可不想去比赛花钱。"

"你是想告诉我，奇克，她是某种外星人？"

现在，我已经弄清了拉维尔斯坦对婚姻的看法。人们渴望独居，可又无法忍受孤独，最终会把自己折磨得筋疲力尽。他们需要**那个**恰好合适的、**那个**失去的一半来完善自我。既然他们从现实生活中没有希望找到那一半，那么他们就必须接受一个容易相处的替补者。他们承认搞不定，所以才采用这个方法来解决。真正情投意合的婚姻，世间难觅。爱情坚贞不贰，直至生命的尽头，这不是现代人的研究课题。但是，对拉维尔斯坦来说，获得心灵上的同衾共枕，是任何东西都无法比拟的。学者们否认莎士比亚的《十四行诗第一百一十六首》写的是男女爱情，而是坚持认为莎士比亚写的是友情。在现代，我们希望能从婚姻中得到的，顶多只是性的相互吸引，根本不是什么爱情——这是一个波希米亚式打扮的资产阶级的解决方式。我之所以提到波希米亚精神，是因为我们需要一种获得解放的感觉。拉维尔斯坦告诫我们说，在现代条件下，我们都处在弱势状态。那个强势状态——这是他从苏格拉底那儿学来的——是通过大自然来到我们面前的。灵魂的核心是小爱神厄洛斯。厄洛斯受到太阳的强烈吸引，无法自制。这一点我以前大概说过。我要是再次提起，那是因为我没和拉维尔斯坦说过。对他而言，厄洛斯就是灵魂的核心，这里沐浴着阳光，发展壮大。

　　然而，在某些方面，我对薇拉的看法要比拉维尔斯坦的好。他不那么容易拜倒在薇拉的那种魅力之下。另外，我依旧像别人一样看待她——穿越房间，衣着昂贵，脚尖飞快地向前一插，脚跟几乎不怎么着地。她对走路、谈话、耸肩、微笑等的看法新颖独特。认识她的美国人都认为，她是欧洲式优美和高雅的灵魂。罗莎蒙德自己也这么看。我解释说，这种优雅的背后实则是一种特别的笨拙，很是惹人眼球。但是，她所有的威望、她在物理学界的知名度，她享受的丰厚年薪，她倾国倾城的独特魅力，所有这一切，是任何女人都望尘莫及的。罗莎蒙德经常感叹："她真是一个卓尔不群的大美女——瞧那细腰、那美腿，那身上的每个地方。"

　　"确实如此。不过，这里还是有点儿不自然，像是设计好的，缺乏真情实感。"

　　"即使结婚这么久了还这样？"

　　我本来希望和薇拉珍惜这段婚姻，因为我之前结过几次婚。但我后来多多少少还是放弃了努力，大约十多年没有对薇拉提出任何要求。早晨，她"砰"的一声摔门而出。我则转向工作，每天都是这样过的。拉维尔斯坦像打卡报到似的，从城市的那一边打电话过来，和我聊上一两个小时。罗莎蒙德每周至少一次，乘公共交通从城市那一端到这里来。我经常建议她乘出租车，可她说她更喜欢乘坐轻轨。罗莎蒙德说，她的未婚夫乔治认为轻轨非常安全。这里的运输管理局对轻轨的治安管理比纽约有效多了。

　　我效仿拉维尔斯坦的习惯，教她一个法语词**"不可信的"**——靠不住的。没有任何语言能像法语词语那样，可以化解美国的危险。

就在那个时候，一切变得越来越糟。我刚从塔拉哈西参加完我兄弟的葬礼回来，又及时奔去看望另一个兄弟——已经奄奄一息的西蒙，结果那天竟然是他生命的终点。他对我说："你穿的衬衫很漂亮，奇克——很有档次，红灰条纹相间。"

我俩一起坐在藤条沙发上。他的面孔被癌症折磨得消瘦不堪，可依然不失往日那幽默风趣的无畏神情。

"可我听说你想买一辆柴油奔驰车。我劝你别买。"他说，"这种车麻烦不断，一点儿用都没有。"他已是弥留之际，或是焦躁不安，全身都在颤抖。现在，他已奄奄垂绝，所以我答应他不买柴油车了。我们两人默默无语，相视而坐。良久之后，他说，他想爬回床上去。他已是气若游丝，无力挪动。曾几何时，他可是一名球类运动员，双腿结实强健。可现在，肌肉全部萎缩了。我在他后面看着他，想想是不是要帮他一把。他已无力心随所愿了。然后，他转回头，对着我，眼珠向上翻着——眼神空空如也，眼珠发白，没有一丝生气。只听护士大叫一声："他要离开我们了。"

西蒙提高嗓门说："不要激动嘛。"

他碰到妻子和孩子们意见不一或开始争吵时，就常说这句话。他在家中的作用，就是不让事情失控。他没意识到，他的眼珠子已经翻到头顶上去了。不过，我以前见过这种临终的情景，知道他正在驾鹤而去——护士说得没错。

就在同一周，我参加完西蒙的葬礼，再过几天也就是我的生日，我大喊大叫，气愤不已，脚踹薇拉的卫生间门。这时，我想起兄弟说的遇事要冷静，这几乎就是他说的最后一句话。所以，我离家出去了。晚上回来时，我发现薇拉给我留了一张便条，说她到叶莲娜家睡了，这是另一个巴尔干裔法国女人。

第二天晚上我再回家时，我发现家里到处都是彩色的圆形大胶贴——我的东西标记的都是绿色，她的是橙红色。公寓里那么多大圆点，看得我头晕目眩。这些颜色都怪怪的，很夸张、很恶心。胶贴是装在盒子里送来的，盒子上明明写着颜色是"浅淡色"。这些胶贴营造了一种暴风雪的效果——"是我的和你的暴风雪"，我这样对拉维尔斯坦说。

我搬进新的公寓后，拉维尔斯坦教的一帮学生，过来帮我开箱拆包。罗莎蒙德也在其中。很自然，她对我收藏的那些书籍很感兴趣。搬家公司的箱子里装得全是书，比如我大学里读的华兹华斯的诗歌，我在莎士比亚书店里买的《尤利西斯》。巴黎排字工人在排版乔伊斯的这本小说时，弄出了许多匪夷所思的错误——不是"抚摸我们吧，帕狄。上帝啊，我多么渴望"，而是排成了"强暴我们吧"，摩莉说。这一切都是楼下大街上两条狗在交配惹的祸。"生命就是这样开始的。"利奥波德·布卢姆心里想。这一天，他让摩莉怀上了他们的儿子，可孩子没能活多久。生命之墙的每一面，像贴瓷砖一样，都贴满了事实，你不可能将个个都解释清楚，只会注意那些惹人注目的。譬如，薇拉给所有东西贴上浅绿色和橙红色胶贴时，她脸上必定会有某种表情。看着它们，会让你失声尖叫，夺门而逃。因此，干吗要娶这种女人呢？作为一个妻子，她干的最后一件事，竟是粘贴没有成千也有数百的标签。同样，摩莉为什么要嫁给利奥波德·布卢姆？她的回答是"他和别人相比也不差呀"。

我以前觉得薇拉真是艳冠群芳，无人可敌。她穿的裙子，臀部都是裁得紧绷绷的。她有一个骑兵式的臀部，还有一对硕大的乳房，脚后跟"咯噔""咯噔"地敲着地面走进房间，就像是在敲军鼓似的，不过你无从知晓她此时的感受和想法。

薇拉的上唇紧巴巴的。我总爱格外关注她的这个特征。要是有什么专横的倾向，它就会自行表露出来。我查看照片时，习惯将五官分开来看。这个额头告诉了你什么，或是那双眼睛这样看是什么意思，抑或那个小胡子有什么含义？二十世纪最经典的独裁者希特勒，蓄的胡子就截然不同。希特勒的嘴唇，回想起来，是极其招眼的。有件事让人很好奇：薇拉吻你时，她的嘴唇会刺痛你。

她有办法引导你，向你展示如何做个男子汉。这种本领在女人中十分普遍，超乎你的想象。不是她脑子里装着过去喜欢的旧爱，就是她要遵守自己的男性选择标准，即荣格式的、男子汉气质十足的男人，这是她挑选男性的特别意向，或者说是她与生俱来的对男性的幻觉——当然，这是无意识的。

拉维尔斯坦对这种东西才没耐心呢。他说："这种荣格式的男人形象直接来自拉杜·格利莱斯库。薇拉是格利莱斯库夫妇极为亲密的朋友。你们以前隔一周就要和他们聚餐一次。当然，你是个作家，需要见各种各样的人。"拉维尔斯坦说，"只有你这样位置的人，这么做才是自然合理的。体育界和电影界人士、音乐家、商品经纪人，还有罪犯，他们都是你的面包、黄油、肉和土豆。"

"那么我为何不该同格利莱斯库及其太太聚餐呢？"

"丝毫不反对呀，只要你别忽略那些事实。"

"什么事实，关于他们的？"

"格利莱斯库在利用你。他以前在自己的国家是个法西斯。他现在需要忘掉这一切。这个人是个希特勒的追随者。"

"噢，是吧……"

"他从未否认自己参加过铁卫团是吧？"

"从未提过这个话题。"

"你竟然没有提过这个话题。你还记得布加勒斯特大屠杀吗？他们在屠宰场里用挂肉的钩子，把人活活地吊起来屠杀他们——活活地剥皮。"

人们很少听到拉维尔斯坦提起这种事情。他时常会引用黑格尔的名言名句畅谈"历史"，兴致勃勃地推荐大家阅读《历史哲学》的部分章节。和他交谈，几乎没有谈起令人压抑的"详情细节"。"你知道格利莱斯库是铁卫团创始人内伊·约内斯库的追随者吗？这事他从没提过？"

"他确实经常提，不过大多时候他提的是自己在印度的时光，以及如何师从一位瑜伽大师学习瑜伽。"

"这个迷人的东方经历是他杜撰出来的。你待人太宽厚了，奇克，这也不完全是什么天真。你知道他是在造假骗人。你们之间有个心照不宣的协定……非得要我抖出来吗？"

拉维尔斯坦和我说话，向来不闪烁其词，这已经成了规矩。**对智者无须赘言**。从社交角度讲，格利莱斯库夫妇对薇拉至关重要。我天资聪慧，这个现象一看便知。我注意到，我对拉杜如此彬彬有礼，对格利莱斯库夫人这样温文尔雅，薇拉对我赞赏有加。我用法语和夫人小叙片刻，这令薇拉极为满意。然而，对我和这些人的关系，拉维尔斯坦的看法却非常严肃。在他即将辞世之际，他似乎觉得很有必要，就一些我们从未觉得有必要讨论的问题，更加坦率地谈一谈。

"他们在利用你掩护自己。"拉维尔斯坦说，"你真不该和这些仇视犹太人的家伙这么热乎。不过，他们是薇拉的朋友，所以你在他们面前很卖力，并且格利莱斯库要什么，你就给什么。他是二十世纪三十年代一名罗马尼亚的民族主义者，对犹太人十分残暴。他不是雅利安人——不是的，他是达契亚人。"

这些我都知道，而且十分清楚。我还注意到，格利莱斯库同C.G.荣格过往甚密。荣格自认为是雅利安人的某种救世主。但是，人们对这些巴尔干半岛的饱学之士又能怎样呢？他们可是兴趣广泛、才华横溢——不仅是科学家和哲学家，而且还是历史学家和诗人；他们研究梵语和泰米尔语，到索邦神学院作学术报告，讲解神话；要是细问下去，他们还能告诉你他们"略知"的一些人，跟你讲这些人在仇视犹太人的准军事组织铁卫团里的情况。

事实上，我很喜欢观察格利莱斯库。他有许许多多下意识的习惯性动作，比如抽烟时坐立不安，一会儿掏烟斗，一会儿又装烟斗，再不就用铁丝通条捅捅烟杆，或是清理烟斗里黑炭似的烟垢。他身材不高，光头秃顶，但后脑勺蓄着长发，一直伸到衣领处。头皮无遮无挡，形如河湾，上面经脉暴起，看上去像是经脉充血，与拉维尔斯坦的秃顶——病态的、椭圆形的、甜瓜似的——大相径庭。格利莱斯库在用毛虫似的烟斗通条不停地折腾时，还继续清晰地讲解一些深奥的话题什么的。他眉毛浓密，一张宽脸时刻准备着和别人交流思想。可是，又没有交流，因为他中断了，一心在思考某个神话或历史话题，而关于这个话题，你也没什么可告诉他的。我毫不介意。我不愿意承担必须将交谈进行下去的责任。但是，每个人都有自己的一片专业知识的领域，就像一块草坪，别人为你不断地浇灌，为你保持一片绿色，这是多么赏心悦目的一件事。有时，拉杜会谈起西伯利亚的萨满教，或者澳大利亚最初的婚姻习俗。人们认为你是来聆听拉杜的谈话，或是向他取经学习的。格利莱斯库夫人据此想法，甚至在客厅里安排好了座椅板凳。"这就是他如何控制谈话话题，绕开他那段法西斯主义的经历的。"拉维尔斯坦说，"然而，他写的关于犹太人的梅毒传染了巴尔干半岛的伟大文明，这些都有案可查。"

事实证明，拉维尔斯坦说得没错。格利莱斯库紧紧投靠纳粹党，而不是意大利式法西斯。至于格利莱斯库夫人以前持什么政治立场，就很难说清楚了。我猜她战前准是个时尚美女、上层社会的时髦女郎。你可以轻而易举地描绘出她头戴钟形帽、从豪华轿车里走出来的形象。爱穿漂亮衣服、爱抹鲜红口红的女人，一般不问政治。这些欧洲的太太监督着她们的丈夫——她们中的男性——在社交中的一举一动。男人存在的目的就是为女士开门、在餐厅里为女士挪开椅子。

格利莱斯库太太过得一直都不大好。从脸上皱纹来看，她有六十多岁了，尽管这个年纪让她闷闷不乐，可她依旧对男人要求很高——一本活的礼仪手册。她对丈夫参加铁卫团的历史了解多少，这根本猜不出来。二十世纪三十年代后期，德国人已经占领了法国、波兰、奥地利、捷克斯洛伐克。这期间，格利莱斯库成为伦敦文化界的一位重要人物，后来在萨拉查[1]的独裁统治下，他又在里斯本崭露锋芒。

但是，到现在为止，格利莱斯库的世纪中叶的政治已经死亡，被埋葬了。薇拉和我与格利莱斯库夫妇一起到饭店吃饭时，谈话的内容不再是战争和政治，而是古代历史或者神话学。这位教授外面穿着晚礼服，里面是一件白色高领真丝衬衫。他挪开椅子让女士们入座，替女士们别上胸花。他的手抖个不停，对香槟酒异常讲究。"他掏出一大卷五十元钞票，用现金付了账单。他没有用信用卡。"

---

1 政治家、学者，1932年到1968年担任葡萄牙总理。

"我没看到他到银行取钱嘛。"拉维尔斯坦说。

"也许他是派秘书去兑现支票的。不管怎么说，他是用干干净净、没有一丝褶皱的现钞付的款。他甚至连点都没点一下，就丢下一沓绿油油的钞票，做了个'都拿去'的手势。随后，他急忙跑到餐桌对面，为妻子点上香烟。一副彬彬有礼、毕恭毕敬、常年从花店订购玫瑰、吻手和鞠躬的样子。"

"全是法国做派，美国人的标准就不一样了。更何况，你还是一个犹太人。就神话而言，犹太人最好要懂得自己的地位。他们干吗要和神话扯到一起呢？因为神话把他们给妖魔化了。犹太人的神话同阴谋论有关系，比如《犹太贤士议定书》。而且，你的那个拉杜写过有关神话的书，写过很多，不计其数。总而言之，奇克，你想要从神话学里要什么？你是不是希望有朝一日有人轻轻地拍拍你，告诉你说，你现在已经变成了一位锡安山[1]长老？经常想想吧，想想那些吊在肉钩上的人。"

这个巴尔干半岛困境，让我深陷其中，拉维尔斯坦和我对它进行了没完没了的讨论。不过，在不断讨论的过程中，我发现我开始时一定不能提及薇拉，必须把她排除在外，而且要一直如此。这可不像你想象的那么简单。她国色天香，衣着华美，浓妆艳抹，令人过目不忘。电话里，她叽叽喳喳，像芭芭吉娜[2]似的。几乎只有拉维尔斯坦一个人描述她穿衣打扮没有品位。他认为，她极为擅长装扮自己的外表。用政治术语说，她决心要在选举中以压倒性优势胜

1　巴勒斯坦地区耶路撒冷老城南部一座山。传为大卫建王宫和所罗门建圣殿的坐落处。犹太人常视之为民族以及圣城、圣殿的总象征。
2　莫扎特的歌剧《魔笛》中的捕鸟女。

出。不过，拉维尔斯坦不同意这个说法。"一旦你开始怀疑她时，她的整部制作就会分崩离析。"他说，"计划得太理性了。"不过，他又补充说："她把你赶走是对的。"

"为什么这样说？"

"因为你最终可能会把她谋害致死。"他说这句话时毫无沮丧的神情。对他来说，产生这样的谋杀念头倒是件好事，会为我增光添彩。"她向你施展性的魔力，所以你不得不想出一个暴死的方法来对付她。她选择的时机可能是最糟糕的，你的两个兄弟刚刚去世，她就告诉你她在申请离婚。"

拉维尔斯坦常对我说："你讲奇闻逸事的那个样子，让我难以忘怀，奇克。不过，你需要一个真正的主题。我走了以后，我想就请你帮我写生平吧……"

"这得看是谁走在谁的前面了，不是吗？"

"这个就不用废话了。你非常清楚，我将不久于人世……"

我当然清楚。我确实非常清楚。

"你可以写一本精彩的回忆录。这不仅是请求，"他补充说，"还是我交给你的任务。就用你那晚餐后追忆的方式去写吧。先喝几杯酒，然后闲云野鹤似的开始评论。我就喜欢听你行云流水般的侃侃而谈，谈埃德蒙·威尔逊、约翰·贝里曼或是惠特克·钱伯斯，谈你早上刚被《时代》杂志聘用，还没到中午又被炒了鱿鱼。我常想，你悠然自得时，那故事讲得，太精彩了！"

这件事我无法拒绝。很清楚，他不需要我写他的思想。他自己已有关于这些内容详尽的阐述，在他的理论著作中写得一清二楚。因此，我要求自己担起这份责任，为他写回忆录。由于在写他时不可能不多多少少地涉及我本人，所以我要是出现在页边上，那只好请大家见谅。

死亡正在向他逼近，像通常那样在传递着预兆，首先这是在提醒我，在准备他临终事宜时，我不该忘记自己比他还大几岁。我这么大年纪了，每三个想法中有一个就**该**是死亡。但奇怪的是，我现在竟成了罗莎蒙德的丈夫，她可是拉维尔斯坦的学生。要知道，拉维尔斯坦是个性格非常矛盾的人，和我建立友情，作用之一就是不让我觉得我这个状况怪怪的——都七十多岁的人了，居然娶了一个年轻女子为妻。"这件事单从外表看是怪怪的。"拉维尔斯坦说，"她爱上了你，所以你无法阻挡她。"

拉维尔斯坦选中我也好，安排我也罢，为他写回忆录，实则是在迫使我不仅考虑他的死亡，也要考虑我自己的死亡。不仅仅有带状疱疹、吉兰-巴雷综合征等造成他的死亡，而且还有许许多多其他类型的死亡。这是整整一代人的集合时间。比如说，就在谈话的这一天，我和拉维尔斯坦一起坐在他极度奢靡、异常豪华的卧室里。拉开东边窗户的窗帘，我们的眼前随之出现无边无际的、宽阔的蔚蓝色湖面。

"我们朝这个方向看让你想到了什么？"拉维尔斯坦问我。

"我想到了老拉克米尔·科贡好的一面——或坏的一面。"我说。

"他对你比对我更具吸引力。"拉维尔斯坦说。

也许是吧。尽管如此，我无法越过科贡家的公寓楼，直接朝那个方向——朝东看，然后往上或者朝下数，努力锁定十楼的位置。但是，你无法肯定你看的窗子是不是他家的。拉克米尔从二十世纪四五十年代起就分别与我和拉维尔斯坦相识了。他是每过一段时间就有可能丧命的那种类型的人。你压根儿也不知道下一个死亡的人是谁。他做过好几个不同的大手术：去年他的前列腺给割掉了——拉克米尔说，反正那玩意儿留着也没多大用。我倒觉得自己不在这种饱受威胁的人群中，我爱上了一个年轻的姑娘，还和她结了婚。所以，我还没有准备就绪，无法和那些即将辞世之人打交道。这是令人好奇而又富有启发性的时刻。在这种时刻，我觉得自己还不能死。拉克米尔受过很高等的教育，可为了什么呢？他公寓里的每一个角落都堆满了书。每天早晨，他都坐下来用绿色墨水写作。

拉克米尔既不是一个身材高大的人，又不是一个身体健康的人，但是身材同样十分显目——敦敦实实、专横霸道、独断专行、刚愎自用。面对成百上千的问题，他的思想一旦形成，就绝不会改变。或许，这就是他完成自己人生历程的标志。我感觉自己像是在给他写讣告，总结他的一生。我有可能会用拉克米尔来代替拉维尔斯坦，这样我就不必再去思考拉维尔斯坦的死亡。我宁愿多想一想拉克米尔的死。所以，我回顾了他的生平及其著作，为他写了一个简短的人生总结，而拉维尔斯坦这时则闭着眼睛躺在枕头上，思考自己心中的问题。

拉克米尔一头红发，或者说曾经如此。可是，他的红发已经落光，只剩下红红的头皮——用中世纪的生理学术语讲，这叫多血质[1]：脾气火暴、冷若冰霜，或者说得好听一点儿，叫易怒。他总摆出一副警察的神情，走路飞快，经常看上去像在办案——正在去下达逮捕令或执行逮捕。他谈话的语调，我觉得都带着质问。他说话

1　公元前五世纪古希腊医生希波克拉底认为，人体内有4种体液（血液、黏液、黄胆汁、黑胆汁），每种体液所占比例的不同决定了人的四种气质差异。这四种气质分别为：多血质、黏液质、胆汁质和抑郁质。

口齿清晰，句型完整，又快又急。当你和他渐渐地熟悉后，你就会明白，他的性格中有两种明显的元素——一个是德国元素，另一个是英国元素。德国元素是那种魏玛风格的铁血坚韧。我猜想，我还是通过夜总会才得知魏玛的。在二十世纪二十年代战后的欧洲，冷酷广受认同。战争退伍老兵冷酷，政治领袖也冷酷。二十世纪三十年代，希特勒掌权后也加入了这种竞争。他很快就下令处决了指挥官勒姆以及其他一些纳粹同僚。这种事情，拉克米尔和我曾经讨论多次。

许多事实令人痛苦不堪，当代人思考起来简直恐怖不已。我们实在无法直面它们，承认它们。我们的心灵还不够强大，无法接受它们。然而，我们也不能放任自己。像拉克米尔这样的人，就感到有义务直面这个事实：这种邪恶是全球性的。他坚信，每个人都脱不了干系。你从任何一个成年人身上都可以发现杀人的冲动。在有些人身上，比如拉克米尔本人，你可以从自己的身体结构中看到一种暴行。这些可耻的暴行不一定是战争性的，而是在俄国、德国、法国、波兰、立陶宛、乌克兰和巴尔干半岛等地到处肆虐的那种。

好了，这就是他德国元素的一面。接下来是英国元素。拉克米尔，这个名字翻译过来，意思是"救救我吧，上帝"或者"保佑我吧，上帝"。拉克米尔还以牛津大学和剑桥大学的教授为榜样，结果自己也及时地成了牛津和剑桥的一名教授。战争期间，他在英国伦敦搜集、翻译情报，遭到了空袭。后来，他到伦敦经济学院任教，再后来他成了牛津大学的教授，在英国和美国之间来回奔波。他撰写了大量学术著作。他用绿色墨水天天写，没完没了，而且毫不犹豫。他描写的人物主要是知识分子，采用的风格都是塞缪尔·约翰逊式的。有时，他会让我想起埃德蒙·伯克，但大多数时候，还是你听说过的塞缪尔·约翰逊式风格。我看不出这有什么毛病。现代自由的挑战，或者说你一边在遭受孤独，一边又在享受自由，这一切迫使你要把自己伪装起来。其危险是，在这个过程中，你可能会露出马脚，不像是一个具有彻彻底底人性的人。

如今，伪装艺术高度发达，所以你认识的浑蛋，肯定不会全部被抖出来，即便像拉克米尔这样的天才，也没有能力掩盖住自己暴躁的脾气，或者用你喜欢的话说，邪恶的天性。他的思想很正派，可以追溯到狄更斯的小说，但是他备受异相睡眠的折磨——这个术语是我从睡眠专家那儿借来的——快速眼动睡眠。他看起来像一个怒气冲冲、极为反复无常的英国花花公子，脸红红的。在美国，人们是不大熟悉这种类型的人，所以他的这种独特个性一定会遭到误解。他穿着旧的粗花呢服装，在人们的心中，他是个又矮又胖、又有点儿大腹便便却还算结实的小个子男人。不注重穿着打扮，是老学究们的传统，可以追溯到中世纪。在剑桥和牛津，你依然可以看到教授们的衣服上有一个个用胶带贴着的破洞。拉克米尔·科贡的衣着明显具有一种怪异性。他看上去像个暴君，满脸印刻着专横的神情；温顺也好，基督教式的容忍也罢，或者是彬彬有礼，这些都无法完全掩盖这种神情。他出门时戴着一顶男式软呢帽，拿着一根沉沉的拐杖——"用来敲打农民"，他常常这样开玩笑说。这的确是句玩笑，因为他的强项就是教化别人。通过这个方法，他开拓出了一条崭新的"矿脉"，高等学府里的每个人都在里面发掘宝藏。

拉克米尔绝非一个头脑简单之人。我相信，他在头脑里开辟了一小块草药园，培育善良和慷慨的情感。他希望自己能被人们看成一个正派的人，特别是在他结交新朋友的时候。他还是一个多才多艺之人。你第一次来到他家时，你对他会肃然起敬。他的书架上摆满了书，有《马克斯·韦伯全集》，还有贡布罗维奇和拉岑霍费尔所有的作品。他藏有亨利·詹姆斯和狄更斯的作品集，吉本的《罗马帝国衰亡史》和休谟的《英格兰史》，还有《宗教百科全书》，以及大量的社会学著作。我常说，要是吊窗绳断了，这些书可以用来支撑窗子。还有绿墨水，这里没有其他颜色的墨水。绿色是他特有的标志。

我们谈到这儿时，拉维尔斯坦放声大笑。他说："我也想别人这样待我。非常想。你看见我什么，我要你就表现什么给我看，不要仁慈，也不要花言巧语。"

拉维尔斯坦看了我写的关于科贡的速写后对我说，我应该评论评论科贡的性生活——他认为这是一个重大疏忽。他用命令的口吻对我说："你遗漏了一点——科贡对男人很有兴趣。"我问他有什么证据，他说，有个人，是个研究生，不停地发誓说，有一天晚上他们酒喝多了，拉克米尔试图亲吻他。很难想象拉克米尔亲吻别人。我说，就是给我一千年，我也想象不出拉克米尔会把自己的意愿强加于别人。"你已经被洗脑了。"拉维尔斯坦说。对他而言，在这方面没有什么事是不可能发生的。但是，我不论怎么想，也想不出拉克米尔亲吻别人的画面来。他对母亲大呼小叫，毫无怜悯之心，然后说："她是个聋子……"可我压根儿也不信她——他满脸困惑的妈妈——耳朵聋。

拉维尔斯坦从医院回到家里，情况相当不错。当然，他还是无法避免感染。不过，他说："我还不着急去死。"他又恢复了活跃的社交生活。身体完好无恙时，用他自己的话说，他就像一只雄鹰飞来飞去。"可现在，我只能像你新罕布什尔那地方的一只野火鸡，拍拍翅膀而已。"

他已经行走自如了，只是平衡感还不行。

他还可以自己穿衣，自己吃饭，刮胡子，刷牙（他上牙床戴的是假牙），系鞋带，就连操作喷着热蒸汽、发着咝咝声的浓缩咖啡机（放在厨房搪瓷洗涤槽上也显得太大了）等，也全是他自己来。可要是做特别精细的活，比如给鞋带穿孔眼，他的手就会抖个不停。他身体还是不够强，穿不上他那件参谋长式的带毛皮衬里的麂皮外套，全都拖在地上，是我帮他穿上的。他再也无法给自己的手表调整时间，只好要我或尼基帮他调。

然而，如果遇到晚上有他喜爱的公牛队比赛的电视转播，他照旧在家举行聚会。而且，他时常带上他喜爱的学生到霍尔斯特德街上的卫城酒店参加宴会。那里的服务生们同他热情握手，大声通报："嘿，瞧好了，教授来了！"他们敦促他喝一杯纯橄榄油："太迟了，教授，无法帮你保住头发。不过，这依然是最好的药。"

我们还去了闹市区的一家餐饮俱乐部：王牌——王牌俱乐部。那里有一个叫库尔班斯基——重音落在"班"上——的先生，阿贝与他有着多年绅士般的交情。库尔班斯基先生是一名塞尔维亚业主经理，每年要出国好几次。他正准备退休，然后到达尔马提亚海边的别墅里去住。

库尔班斯基天庭饱满，相貌堂堂——脸方额阔，鼻子不高，脸皮雪白，与头部和腹部可谓绝配。他梳着大背头，穿着长礼服。总之，他在同一个有教养的人交往，这使拉维尔斯坦感到很愉快。

拉维尔斯坦常问我："你怎么看库尔班斯基？"

"嗯，他是一个法国裔塞尔维亚绅士，在密歇根林荫大道东面自己的餐饮俱乐部里，接纳当地居民为会员。"

"他的战时记录怎么样？"

"他说他和德国人作战，是法国地下抗德游击队队员。"

"他们都是这样跟你说的。但是，我并不认为他是一个共产主义者。"拉维尔斯坦说，"听他们描述，他们都是在山顶上战斗的自由战士。对于库尔班斯基，你最直观的感觉是什么？"

"他要是站起来反对，他就会开枪，崩了自己的脑袋。"我回答。

"很可能是这样，我同意你的看法。不过，在这一切背后，他是一个出类拔萃的经理。"拉维尔斯坦说。

"他要是声称在自己的光荣岁月里是一位同德国人作战的游击队员，谁会去和他争辩？"

"所以他老是挂着一副忧伤而又冷漠的表情。那么还有什么问题要谈的吗，"拉维尔斯坦问道，"犹太人问题？"

"那个时候，非犹太人是一大优势，人人都不想当犹太人。天有不测风云。但对库尔班斯基来说，最重要的是当个法国人。"

"是呀。我们走进他的俱乐部，他用法语和我们交谈。尽管我们是犹太人，但应对的礼节还是懂的，因为我们能够用可以接受的法语回答……"

"奇克，我就喜欢听你喝醉时那种谈话和概述的自由风格。你坚持认为库尔班斯基表情忧伤，一点儿没错……"

注意人的表情至关重要，拉维尔斯坦也渐渐表示认同这一点。光了解他们的想法还不够——还要了解他们的理论信仰和政治观点。如果你不考虑他们的发型、吊带裤的式样、穿裙子和衬衫的品位、开车的风格或吃饭的习惯，你对他们的了解就是不完整的。

"你写的佳作之一，奇克，就是赫鲁晓夫在联合国脱掉鞋子敲打桌子的那部分内容。关于纽约州参议员博比·肯尼迪的那个速写，你写得也同样很精彩。他曾经带你一道巡视华盛顿，对不对？"

"对的，整整一个星期……"

"你的这篇速写，我很感兴趣。"拉维尔斯坦说，"肯尼迪参议员的办公室就像祭奠他哥哥的一个神殿——墙上悬挂着一张杰克的巨幅画像。他的悼念有种野蛮的成分……"

"报仇雪恨，就像我说的。"

"林登·约翰逊是他的仇人，是吧？他们安排他为副总统——一个信差而已——把他给撇在了一边。可后来他竟变成了杰克的继任者。博比需要力量夺回白宫。他满腔仇恨。肯尼迪兄弟俩长得都很英俊。杰克人高马大，博比的块头只有他的一半大。"拉维尔斯坦说，"打起仗来，博比可是一条硬汉。最有趣的是他们从参议院办公楼走到国会山的那段路。他问了你许多绝妙的问题——比如，'跟我说说亨利·詹姆斯''给我简单聊聊H.L.门肯'。他以后要是当总统，他想自己应该对门肯有所了解。"

谈论名流名士，拉维尔斯坦总是兴奋异常。有一次，在艾德威尔德机场，他认出了伊丽莎白·泰勒——在人群中紧随其后约莫一小时才认出她来。拉维尔斯坦特别兴奋。由于伊丽莎白·泰勒风姿已逝，认出她来并非易事。她自己似乎也意识到自己不再风华绝代。

"你没设法和她聊两句？"

"唉，没有呀。"

"你是位畅销书作家，也是名人，地位和他们不相上下。"

可并非如此。

拉维尔斯坦穿着他的日本和服，就像我们多年来一样，和我一起坐在他的客厅里。他身体的每个部位都垂垂老矣。光着的双腿像能够获奖的西葫芦，因为踝关节肿得像馒头似的——"这该死的浮肿！"他说。不过，拉维尔斯坦的上半身，还是像以前一样充满着活力。然而，病魔在不断地侵蚀他。同任何医生一样，他对此也是一清二楚。他不仅越来越多地跟我谈论他授命我撰写的回忆录，而且还告诉我一些奇妙的事情。比方说性兴奋持续性的问题。"我从未有过这么强烈的性欲。"他说，"而且现在去找伴侣也太迟了。我只好自慰……"

"怎么个自慰法？"

"手淫呀。难道还有别的法子？到了这个阶段，我的人生已经没有获胜的希望了。"

这种想法让我感到不寒而栗。

"我受到了致命的污染。我经常想起巴黎的那些漂亮的小男孩儿。要是他们染上这种病，他们经常会回到疼爱他们的妈妈身边，由妈妈照顾。我的老妈妈现在挺可怜。上次看见她时，我问她：'你认识我是谁吗？'她回答说：'当然认识。你不就是那个人人谈论的、著名的畅销书作家吗？'"

"你跟我说过这事。"

"是呀，这种事值得反复说。她的第二任丈夫也在一所专为九十岁老人开办的女子精修学校[1]里教书。不过，我将击败他俩。以现在这个速度，我会先于我老妈冲向终点；也许我会等等她。"

"你的目的是等我，对不对？"

"好了，奇克，你经常畅谈来世呢。"

"你却自称是个无神论者，因为没有哪个哲学家会相信上帝

---

1 专门培养女性社交礼仪和风度气质的贵族学校。

的。我可没有这种信仰。我只是通过业余调查发现，十人当中有九个是希望来世能再见到他们的父母。但是，我准备和他们一起共享永恒吗？我怀疑不会。我比较喜欢的，是在上帝的指引下，得到许可去研究宇宙。关于这一点，没有任何新意，除非这是件天大的事，终究能够吸引千百万人共同的渴望。"

"这个嘛，我们不久就会弄清真相，你和我，奇克。"

"为什么？难道你能看见我身体里的预兆不成？"

"是的，坦率地说，我能看见。"

就好像他不是我们同类似的。

非常奇怪的是，听到他这么说，我居然毫不介意。然而，他本该想一想罗莎蒙德。拉维尔斯坦经常搞不大清我和她的关系——这自然是疾病把他给弄糊涂了。他曾经扮演着善意的调解人、顾问和红娘的角色。他这么做，一定程度上是受政治理论家、改革家让-雅克·卢梭的影响所致。但是，最初吸引他的，是卢梭的坚强意志——他相信是爱把人和社会紧紧地凝聚在一起。拉维尔斯坦有时也承认，卢梭是个天才、一个创新者，其思想——他的伟大思想——有力地主宰了欧洲社会长达一百多年，可卢梭自己却是个疯子（这几乎是不可避免的）。我们还是紧扣这里的主题吧。当获悉我娶罗莎蒙德，并且竟然没有征求他的意见，拉维尔斯坦十分惊讶。我很乐意承认，他对我的了解比我自己还要多，但我并不打算把自己交由他监管，仰仗他，听他来安排我的人生。这对罗莎蒙德来说也不公平。我不想在这里高谈阔论什么尊严、自主及诸如此类的所有话题。她和我在一起大约一年后拉维尔斯坦才知道，小报记者将它描述为"一则新闻"。不过，我得承认，我们真的结婚时，拉维尔斯坦的态度还是很友好的，没有一丝怨恨。人们都在很自然地重复过去的所作所为。老人不断地做蠢事，一件接一件，一直做到他们的机能完全丧失为止。我心甘情愿地做一回这样的典型，而且一招一式做得真真切切，让他开心。他在最后的几个月里，审视自己对亲密朋友和得意门生的看法，发现自己始终是对的。我一直没有告诉他，我爱上了罗莎蒙德，因为他很可能会嘲笑我，说我真是个白痴。对有些人来说，爱情的面具已被揭去，被戳穿——因为对这些人而言，爱情只是一个充满浪漫的历史神话，是一个漫长的死亡过程，现在终于死了。不过，拉维尔斯坦可不是这样的人。认识到这一点至关重要。他想——不，他**发现**——每个灵魂都在寻找它那别样的另一半，渴望自我完整。我无意像他理解的那样，去描述厄洛斯之类的东西。我已经描述得太多了。但是，它散发着一种不可拭去的光辉，没有这种光辉，人就不能称之为真正的人。追求爱情是我们人类最高的职能——人类的天职。考虑到拉维尔斯坦，我们不能将它一扔了事。他已将这个信念牢记在心，每次判断问题时他都不会忘记。

拉维尔斯坦常夸罗莎蒙德，说她做事认真，勤勤恳恳，很有思想。她漂亮，活泼，年轻。他说，年轻的女人，为了他所称的"保持魅力"而终日受苦受累。而且，她们天生渴望孩子，所以渴望结婚，渴望家庭生活所必需的稳定。由于这一切，以及其他许多事情，使得她们对哲学一窍不通。

"年轻的女人都以为，她们能够让丈夫长命百岁。"他说。

"你认为罗莎蒙德也是这样的女人吗？我几乎从未想过我的自然年纪。我永远在一直不停地穿越同一座一望无际的高原。"

"有些事实很重要，你必须接受，但不必终日放在心上。"

拉维尔斯坦谈及自己的病情，几乎总是含糊其词。他正在为自己安排后事。没人愿意主动和他谈论这些事情，只有尼基一个人例外。但是，从某种特殊的意义上讲，尼基是家里人。拉维尔斯坦要是有家的话，那一定挺奇异，因为家庭对他来说毫无用处。尼基，一个英俊的中国王子，会是他的继承人，我们其他人不是继承人，而是朋友。

在人生的最后几个月里，拉维尔斯坦一如既往地忙碌着，会见他班上的学生，组织会议。他没有力气上课时，就请朋友代劳：基金会的资金总是源源不断。每次举行这样的活动，他都顶着光脑袋坐在前排中央主持。每当演讲结束时，他总是第一个提问题。

这已变成了一种惯例。每个人都等着他率先提问。秋季学期开学时，他还依旧很活跃，尽管我护送他从公寓去校园，路上每隔一个拐角处他都要停下来喘口气。

我回想起成群的鹦鹉落在树丛中，树上结着可以食用的红色浆果。人们猜想，这些鹦鹉是逃出去的一对笼中鸟的后代。它们在湖滨的公园里筑起长长的、囊状的鸟巢。这些鸟巢都吊在电线杆上，里面住着数百只绿色鹦鹉。

"我们在看什么？"拉维尔斯坦圆圆的大眼睛转向我问道。

"我们在看鹦鹉。"

"我们当然是在看这玩意儿，但我从未想过我会看到这种东西。吵死人了。"

"知道吗，以前这里只有耗子、老鼠和灰松鼠——现在小街小巷里有浣熊，甚至还有了负鼠——大城市里的新生态是以垃圾为主……"

"你是说，都市丛林不再是个隐喻。"他说，"听着这些热带地区的绿鸟叽叽喳喳，真的让我好烦。难道下雪都不能让它们消停？"

"似乎不能。"

没有任何东西能让它们消停。这些叽叽喳喳的绿色鹦鹉在树叶间一边嬉戏打闹，打得积雪纷飞，一边饱食浆果，拉维尔斯坦被深深地吸引了，这倒是出乎我的意料。他对大自然的生活原本兴趣索然。他的兴趣全被人类吸引去了。他忘情于青草、绿叶、和风、小鸟或野兽，就是忘记更高的责任。我想，小鸟之所以能异乎寻常地吸引他这么长时间，是因为它们不只是在啄食，而是在大快朵颐，而他自己就是一个贪婪的食客。或者说曾经如此。现在，他每日三餐基本上是社交、交谈的形式。他每天晚餐都出去吃。那么多人坐飞机过来探望拉维尔斯坦，尼基没办法给他们一一做饭。

医生根据病情给阿贝开了一些常用的处方药，阿贝在服用，却不想让别人知道。我记得护士走进他房间时他那惊恐万分的神情——房间里全是朋友。她说："你现在该吃抗艾滋病药了。"

第二天他对我说："我真想把那个女人给宰了。"他依然怒气冲天，"他们难道就不给这些人培训培训？"

"他们是从犹太人居住区来的。"尼基说。

"犹太人居住区，扯淡！"拉维尔斯坦说，"犹太人居住区里的犹太人感情都非常成熟，精神都十分文明——经历了数千年的磨炼。他们有自己的社区、自己的法律。'犹太人居住区'是一个无知的报纸用语。它不是犹太人的来源地，而是一个嘈杂不堪、茫无头绪、充斥着无政府主义的混乱之地。"

有一天他对我说："奇克，我需要你帮我签一张支票，数额不大，五百美元。"

"你自己为什么不签？"

"我不想给尼基找麻烦。他会在支票存根上看见的。"

"好的。你想怎么签？"

"兑付现金。"

没必要向拉维尔斯坦问详细情况。"地址我已经写好了。"说着他递给了我一张字条。

"包在我身上。"

"我会给你开一张支票的。"

"别操这个心了。"

我不知道是不是哪个访客把拉维尔斯坦的打火机或其他的**小古玩**给勒索去了，他在付赎金呢。但我觉得这事不值得追究。他已经告诉我说，他性欲陡增。他说："我感到欲火中烧，我该怎么办呀？这帮小伙子，有些和我感同身受。他们对此一清二楚。我压根儿也没料到，死亡竟然是一剂春药，真是咄咄怪事。我不知道为什么要跟你讲这个。我想，这件事你也许应该知道。"

我平生有个习惯，就是做事拖拉。当然，我知道拉维尔斯坦已走到人生尽头，来日不多了。但是，当尼基告诉我莫里斯·赫布斯特要来城里，我感觉这是在告知我，要我振作精神。

拉维尔斯坦和莫里斯·赫布斯特每天都通电话。在拉维尔斯坦的帮助下，莫里斯，一个鳏夫，想方设法拉扯大了两个孩子。不知为何，拉维尔斯坦爱上了他们死去的母亲，说起她时充满了敬意和倾慕。他向我描绘说，她"面孔肤如凝脂，眼睛乌黑发亮，容貌楚楚动人，性感开放，但从不乱性"。在性这个问题上，人们已没有任何禁忌。可你面临一个挑战，在性泛滥、性混乱的当下，你要把持住自己。对于赫布斯特已故的妻子，拉维尔斯坦仰慕她，爱她，自己皮夹子里放着的唯一的女人照片就是她。所以，他应该成为她孩子的第二个父亲，这是再自然不过了。他帮他们获得奖学金，帮他们在校园里找到工作，帮他们交友时把好关，确保他们阅读重要的经典名著。

妮哈玛的照片的事是尼基告诉我的。"照片是和信用卡与健康保险卡放在一起的。"他说，"你知道的，他喜欢那些具有一定热情的人——那些能让他热泪盈眶的人。对阿贝来说，这个尤为重要。"

如果拉维尔斯坦不是常谈论妮哈玛·赫布斯特的话，那是因为在她人生的最后几个月里，他和莫里斯对她建立起了种种个人崇拜。在她人生最后的几周里，阿贝花了大量时间陪伴她，她毫无约束地跟他讲了许多私房话。虽然我不相信他会保守秘密，但他和妮哈玛交谈的内容，他从未对我提过半个字。

妮哈玛的母亲曾从米-歇雷姆教区赶过来，乞求女儿做一个正统的仪式。

"什么，在我临终的床上？"

"是的。为了你的孩子，你必须得做。我来这里就是为了拯救他们。"

但是，人们几乎总是无从把握事情的真相，拉维尔斯坦有时这样说。事实真相必须要揭露出来，绝不是表演出来。然而，拥有这种想象力和性格特征，并真正按照厄洛斯的指示去生活的，实则只有一小部分人。她母亲把正统的拉比带到她临终的床前，妮哈玛不仅拒绝见他，而且再也不理睬她母亲了。连女儿的一声道别都没能听到，老太太就飞回了米-歇雷姆。"妮哈玛冰清玉洁，意志坚毅。"拉维尔斯坦细声说，流露出无限的敬意。

我正在竭尽所能，将拉维尔斯坦和莫里斯·赫布斯特之间不同寻常的关系展现出来。三四十年来，他们天天保持联系。"现在万事都讲钱，和莫里斯·赫布斯特保持联系、进行交流，却丝毫不用考虑费用问题，我非常满意。"拉维尔斯坦对我说。不过，尼基说，他从未打开过电话账单。这些账单都是莱格·梅森支付的，这是一家东部的巨大的投资公司，负责管理他的资金。负责拉维尔斯坦的邮件往来的则是尼基。阿贝对尼基说："我不喜欢那些电子印刷品，肯定不会去研究它们。不要问我任何问题，也别跟我提任何声明，除非本金不足千万了。"这时，尼基那种东方人的矜持不见了。他禁不住哈哈大笑。"十个一百万，一分钱也不少。"他说。他对我无话不说，因为我从不给他压力——我们从不谈钱，他原本感到——等一下，让我们想想，他原本感到什么呢？"受到冒犯"这个词比较恰当。他有自己亚洲王子般的温和，可你要是冒犯了他，他会把你的脑袋给揪下来。

再回来谈谈莫里斯·赫布斯特。拉维尔斯坦每次组织学术会议，都将他列为上宾。他是第一个接到邀请，也是第一个接受邀请的人。每一次参加拉维尔斯坦的学术会议，莫里斯都要宣读论文。他满脸沉思，镇静自若，沉稳矜重；说话从容自若，不急不慢，不慌不忙。他的下巴蓄着方方正正的白色大胡子——嘴上没有胡须——看上去就像我五十年前看到的密歇根农民。赫布斯特也曾师从于达瓦尔教授，但由于不会希腊语，他永远都不能称自己是一个当之无愧的达瓦尔门徒。他教授歌德的作品，写过一本论述《亲和力》的著作，可奇妙的是——奇妙之事总是层出不穷——他也酷爱玩纸牌、掷骰子，而且经常是去拉斯维加斯玩。拉维尔斯坦尤为钦佩那些嗜赌如命之徒。而我对赫布斯特的印象也不错。我说不清这是为什么。他好赌，一玩起二十一点来就把持不住自己。他一面悼念亡妻，一面不忘追女人，但他从不替自己饰非掩过。

不错，他是像答应妮哈玛的那样供养着一家老小。可是，孩子们对他追女人、对他的风流韵事，知道得一清二楚。妮哈玛死后，总是有这个或那个女人住到家里。女人们从全国各地给他打电话。他十分冷静——不慌不忙，静观其变。他一头白发，卷卷的，波浪似的，红光满面。他看上去很健康，可他做过一次心脏手术，这才保住性命。你要是问他问题，你得等，等他组织好答案。他或许端坐着一动不动，考虑答案长达五分钟之久（有好几次我为他计时）。他头脑冷静，十分谨慎，非常健谈。他生于德国，专门研究德国思想家。可他对那些思想家从没像对女人那样入迷，但自打妻子死后，他和一个女人保持了很长一段时间的关系。这个女人的丈夫没有一点儿耐心，可面对他们每天晚上长时间的通话，他只有一忍再忍。要是没有电话，拉维尔斯坦的精神生活会怎么样呢？拉维尔斯坦比较喜欢法语表达。他说："我不能称莫里斯为好色之徒。他是一个真正的**讨女人欢心的男人**。这是天命使然。"

五年前，医生对赫布斯特说，他的心脏已经衰竭。他被加入心脏移植等候名单，不过被优先考虑移植。就在他还有一个星期可活的时候，密苏里州有一个摩托车手死于车祸。这个小伙子的器官被摘了下来。从技术上讲，这些移植都大获成功。莫里斯的胸腔里装着另一个男人的心脏，这是有人性的表现。人可以接受配型成对的陌生人的皮肤进行移植。但是，心脏截然不同，这一点我们都同意。心脏很神秘。你要是像千百万人那样，在电视屏幕上见过自己的心脏有节制地收缩、张开，你可能会想，这块不断跳动的心肌，从子宫里就开始，一直到最后一口气，为什么会一直如此忠于职守。这种富有节奏的收、放动作，不假思索，持续不断。为什么？怎么会呢？是谁延续了莫里斯·赫布斯特的生命——是密苏里州开普吉拉多市的一个少年冒失鬼、一个飞车魔，而赫布斯特对他一无所知。这验证了以前的一句工业标语："零件是可以替换的。"这个标语让我们清晰地认识到了现代的现实。

战争期间，俄国军队把希特勒部队赶出波兰，打回老家，我时常感慨，这一切都归功于从芝加哥运去的猪肉罐头。

为什么是猪肉？明白了，鉴于那种情况，这样做比较恰当。莫里斯是个笃信上帝的犹太人——虽然算不上非常正统，但多少也算是个恪守教规之人。这个自由散漫的犹太人，多亏了那个驾驶摩托车失控——实际死因我不得而知——的小伙子，是他捐出心脏救了他一命。我只知道，外科医生们取出小伙子的心脏，换下了赫布斯特衰竭的心脏。赫布斯特常对我说，这颗心脏给他的生命注入了种种异样的冲动和感觉。

我问他什么意思。

他安坐着，很是谨慎，双手放在膝盖上，原本要他命的漏气的心脏导致的苍白面色，现在不见了，现在他红光满面，一头雪白的卷发。他说，他感觉自己就像百货商店里的圣诞老人，询问孩子们想要什么圣诞礼物。借来的心脏占领了他"身体工厂"（他自己的术语）的中心，他感觉也随之带来了一种迥然不同的气质——孩子气十足、粗心大意；岂止是愿意，甚至很高兴进行冒险。"我感觉我有点儿像那个自称是埃维尔·克尼维尔[1]的家伙，驾驶本田摩托车飞越十六个啤酒桶。"

非常奇怪的是，我居然能够理解这一点，因为当时我正在接受

---

1 美国冒险运动家，特技明星。以表演驾驶摩托车飞越障碍物闻名于世，并被誉为"世界头号飞人"。

理疗师的治疗。她告诉我说，我体内的主要器官充满了活力。她，一个理疗师，当场就触摸我的胆囊。我说："可我的胆囊已经没有了，被切除了。"

"不错，可那些活力还在——它们依旧在体内，伴你终身。"她对我说。

我说这事有一种不可知论的味道，这是因为我从中得知，改变身体状况的不仅仅是那个年轻人的心脏。器官也是储藏室，既藏有一个个幽灵，又能激发冲动与自信——是焦虑还是喜悦，得视情况而定——伴随着那颗新的心脏，这一切都注入赫布斯特的体内。它们现在需要与新环境中的排异力量和睦相处。

假如是肾脏或胰腺移植，那就迥然不同了。心脏承载着太多的内涵，它是人的情感——人的更高层次生活的中枢。

不管怎么说，莫里斯，一个德国犹太人，他的命是一个密苏里州的少年给救的。而且，我必须克制住自己，不去追问他那颗心脏原本是属于基督徒还是异教徒，是否带着幽灵的能量和节奏——它怎样适应犹太人的需求或独特性、痛苦和思想？我不能和拉维尔斯坦讨论这些问题。此时此刻，他状况不好，不会朝那个方向思考问题。

我敢做的，充其量只是小心翼翼地问一问莫里斯有关移植的情况。他说，在每一个州，当你领取驾驶证时，你都会被要求在一个方格内打钩，以表明是否同意捐赠器官。"那孩子不假思索就打了个勾——这算什么？干吗不呢？就这样，那颗心脏飞到了东部，在麻省总医院进行了移植。"

"那孩子的其他情况，你一无所知，是吗？"

"知道得很少。我给他父母写了封感谢信。"

"你要是不介意的话，跟我讲讲你都给他们写了些什么？"

"我对他们说，我由衷地感激他们，我是一个正直的美国人，所以他们不必担心，他们孩子的心脏正帮助一个毫无瓜葛、令人讨厌的家伙活着呢……"

"你要是在路上，突然被一帮扎着围巾、戴着头盔和护目镜的骑摩托车的小伙子团团围住，你一定会左想右想。"

"我永远为这种时刻做好了准备。"

"男孩儿的家人回复了吗？"

"连一张明信片都没回。但是，孩子的心脏依然健在，他们一定很高兴。"莫里斯垂下脸，露出犹豫不决的神情。他张开手指，按住太阳穴，撑着脑袋瓜子——好像他在拉维尔斯坦的波斯地毯的图案中找寻答案，或者为神奇地延长生命一事探出某种非同寻常的信息来。我没对地毯抱任何希望。我依靠的是都市政治语言——已经深陷奇怪的困境。生命——就是人们司空见惯的一幅幅生命所展现出的画面——在持续。这同我跟拉维尔斯坦讲过的有关。

莫里斯问我对死亡有什么看法，如何想象死亡。我回答说，那些画面消失了。很显然，在我眼里，美国人所指的这些画面就是**经验**。此时，我并不是在想最近出现的、由技术发展所带来的那些画面——现在，连消化系统或者心脏，人们都有可能进去游览一番。心脏——不过是一团肌肉，仅此而已。但是，它却异常顽强，从胚胎里就开始跳动，持续不断，富有节奏，长达百年之久。就拿赫布斯特来说，他五十多岁时，心脏就已经逐渐衰竭了，这次移植有可能帮他活到八十岁。虽然他每年都要到医院签字接受检查，但总的来说，他的生命像以前一样延续着。他看上去和蔼可亲，宽容大度，头脑开明；一张圆圆的脸，像钟面似的；他慈眉善目，沉默不语，脸周蓄着干净、卷曲的白胡子，显得镇定、健康。他观察女人十分细致，身材、乳房、大腿、发型等，逐一寓目。女人有品质，男人就该欣赏；公正地来评价，他就是这样的男人。他的赞美似乎并没有让任何人感到不自在。他喜欢品女人，而且客观公正。他品的方法是，不张扬、不发挥。所以，他这个爱好没有惹怒任何人。

赫布斯特来了以后，我就离开了。阿贝和莫里斯是将近半个世纪的朋友了，彼此会有一大堆话要告诉对方。拉维尔斯坦在床上大声说："把他带到这里来。"普达狮床单从床角给扯了出来，卷曲而柔软的漂亮貂皮床罩也掉到了地上。不知为何，墙壁上的油画总是挂得不正。房间里漂亮的古玩全和衣服、手稿、信件等堆在一起。那些信件总让我想起他卷入的论战——他同学术界那些势力强大、喜欢记仇的劲敌们展开的论战。他一点儿也不在乎那帮家伙。

赫布斯特走到床边弯下身子，拥抱拉维尔斯坦。

"奇克，给莫里斯拿一把椅子过来好吗？"

我端上一把圆形靠背的意大利皮椅。你常常忘了，赫布斯特是靠移植的心脏活着呢。他看上去十分健康，完全能够处理日常需求。拉维尔斯坦情愿自己最早的朋友是个病人，一时间我将信将疑。不过，这个念头瞬间即逝。这不像拉维尔斯坦的行事风格。他日子不多了，这是事实，可这儿不会有任何病房里的那些事。他需要——他也渴望——交谈。

我走了出去，让这对朋友待在房间里。这间卧室是拉维尔斯坦按照自己的身高进行装饰的。我旋即就听见他们俩哈哈大笑——他们相互在说他们最近听到的最有趣（最粗俗、最下流）的笑话。"苏格拉底最后的日子"的那种庄严气氛，可不是拉维尔斯坦的风格。现在不是成为别的什么人的时候——即便是苏格拉底，也不行；你比任何时候都想要成为一贯的自我。他的时间越来越少，他可不打算愚蠢地浪费掉它们，去成为别的什么人。

他们安然地坐下来亲密交谈时，我便回家向罗莎蒙德报告这一天的情况。她一直在和帮她（用打字机）打博士论文的女人打电话。再过几周，她就要作博士讲座。她师从拉维尔斯坦已经五年了。所以，我如果需要了解马基雅维利亏欠利薇什么，我只要问一问这个身材苗条、容貌标致、长着一对细长蓝眼睛的年轻女子就知道了。现在，我对马基雅维利亏欠什么毫不关心。对我来说，更为重要也令我异常欣慰的是，不管我对这个女人说什么，她都能够理解。

"赫布斯特来了吗？他们俩一定有很多话要说。"

"是的，这我毫不怀疑。可这两个人首先告诉对方的是一些下流的笑话。不管从什么角度讲，这在这个场合都是怪怪的。赫布斯特胸腔里跳动的是别人的心脏，拉维尔斯坦已经和他说过再见了。从某种程度上讲，说说笑话比谈论灵魂和不朽更为恰当。若想弄清你呼吸停止后发生了什么，你得买票才行。"

"是去死？"

"是呀，要不然你怎么才能知道这个答案呢？"

"尼基跟你说了吗，施莱医生要把拉维尔斯坦送回医院？"

"我吃了一惊。"我说，"他刚学会重新走路，你以前觉得他至少还可以活上一年时间。"

"你不这么认为？"罗莎蒙德问道。

"我也这么想，可他不愿意这样拖下去。在医院里，他会得到很好的保护，免得朋友们和好心人来打搅。"

"他远比你喜欢交际，奇克。他喜欢与人相伴。"

这不仅仅是做伴的问题，人们还给他带来了问题，就好像从他临终的床上，你能够获得某种接近圣灵的信息。

拉维尔斯坦的房门一直敞开着，我能看到我们的朋友巴特尔后脑勺上的长发，披在敦敦实实的肩膀上，还能看到他一双时尚的中帮靴子。我看不到他全部的脸，但是他妻子很明显在哭泣，她向前弯下身子。她肯定是在哭，不可能是干别的事情。我对巴特尔太太非常敬重，对她丈夫也十分喜欢。

巴特尔夫妇是拉维尔斯坦的粉丝。他俩从未参加过拉维尔斯坦在公共场合发表的演讲，我怀疑他们甚至连他的作品也没读过，但是他们真的很敬重他。几年前，巴特尔退休时，和妻子搬出州界，住进了威斯康星州的树林中，学着梭罗的样子，过起了粗衣粝食的生活。他们进城时，拉维尔斯坦喜欢带他们到我们的塞尔维亚-法国俱乐部里吃饭。

我发现，你要是从喜剧的视角去看待别人，他们会变得更加讨人欢喜——如果你说一个人是流浪汉、粗俗下流、满腹牢骚、爱翻白眼，你和他从此会相处得更加融洽。其部分原因是，你意识到自己是个虐待狂，夺走了他的人性特质。而且，你对他实施了某种隐喻上的暴力，所以你得给他一些特别的关心。

巴特尔夫妇走后，拉维尔斯坦对我说（因为心中某件趣事，他无法平静），他们来访是为了向他征求建议。

"关于什么？"

"他们是来谈自杀计划的。他们为打搅我表示歉意。在这样的时候……"

"我想应该是这件事。"我说。

"别对他们这么刻薄嘛，奇克。老人产生自杀的念头很正常。

我想他们是认真的。"

"**他们**觉得自己也是认真的。"

"我快要死了，所以有和他们相同的想法，这很自然。这样的时候，人们还带着问题来找我，真是吃不消。他们把这个想法放在'纯属假设'的表格里。照理说，在他们的人生中，在生命剩下的所有时间里，他们能够获得如意的忠告吗……我感到怀疑。"

"是自杀合约？"

"巴特尔提出论点，由她写成文字，并附加合理的评语。他们说，我是他们唯一完全信任的人，而且不会嘲讽他们。"

"所以，你们就到一个不肯去死的人这儿来，告诉他你们想自杀。"

"巴特尔已经暗示这件事好几周了。他这个人很聪明，就是个性太强，改不了。这种性格导致他不善表达。巴特尔夫人则通情达理多了。她来时穿着一套淡蓝色套装，前襟从上到下钉着两排纽扣。她身材娇小。换句话说，是她丈夫太高大，导致她看上去过于矮小。总之，她有一张英国人的小脸，容貌娇美，乐观向上。我想，孩子们看她时，一定会看见一张可爱的、富有同情心的面孔……"

"那他们还有什么好抱怨的？"

"他们抱怨年纪越来越大了。受过教育的人都会犯这个毛病——他们觉得自然和隐居对他们有好处。自然和隐居可是毒药。"拉维尔斯坦说，"隐居林中，把可怜的巴特尔和他妻子弄得郁郁寡欢。这是隐居后会观察到的第一个反应。"

"那你是怎么跟他们说的？"

"我说，他们过来找我一起解决这个问题是对的。还有更多的人想自杀，他们就该听听别人的忠告。他们之所以萌生自杀的念头，就是因为找不到集体和个人进行倾诉。"

"或许这是他们想表达敬意的一种方式——就好像他们在说，如果没有他们的朋友拉维尔斯坦，生活就会失去价值。"我说。

"是呀，他们都是可爱之人。"拉维尔斯坦说，"他们凭空想出这种匪夷所思的办法，让我知道我不必独自一人去走黄泉路。"

"很显然，他们一直在谈论你，你可能成了他们的缺场教练。"

"所以，如果我死了，他们可能同样也会死。"拉维尔斯坦说，这可是他将问题轻松化的一种方法。他喜欢闲聊，但对人的好奇心难以描述。他有好奇心，有直觉力，但是对他来说，这不像占卜那样需要进行大量分析，你谈论别人或者为别人寻找出路时便会感受到。

"我说的是，把自杀当作争辩或辩论的话题，是不对的。寻找理由支持或反对生命，这是小孩子干的事。"

"在巴特尔夫妇面前你享有很大的权威，你要是说不要自杀，他们便不会那么做。"

"发号施令，这可不是我的风格，奇克。"

事实肯定不是这样的。

"他们希望得到认真的对待。"他说，"可他们当然是不会去那么做的。他们只是想用双双自杀这个俗套办法逗我开心而已。"

这样说倒更像是那么一回事。

"我对他们说，他们俩曾经是你恩我爱，和如琴瑟，堪称爱情经典。"

"他们不该臭了爱情的名声。"我说。

"是有点儿那么回事。"拉维尔斯坦说，"他俩的故事你已经听说过了。从没见过巴特尔的她，和巴特尔跳了一次舞后，就把自己的丈夫给甩了，投进了巴特尔的怀里。经过就是这样。就在那同一个时刻，双方都认识到各自的婚姻已经走到了尽头……在网球场和舞场上，他都是一名强者，但绝不是一个诱惑者。她呢，也并非一个不忠的妻子。他说他在机场等她……"

"这又是发生在哪儿？"

"在巴西。他们过得很幸福。"

"我现在想起来了。他们的飞机被闪电击中了，只好降落在乌拉圭。就这样，他们在一起生活了许多年——四十年了，一直恩爱如初。巴特尔夫妇希望我对他们的事情来一个总结，所以我答应他们，跟他们讲述了他们自己的故事。他们可是千百万人中的幸运儿，沐浴着伟大的爱情，几十年来享受着唾手可得的幸福。两人都用各自的怪癖取悦对方。他们怎么会忍心用自杀来玷污这一切呢？我能看出来，巴特尔夫人正在听她想听的东西。她要我摆明继续活下去的充足理由。"

"可巴特尔并不完全满意——是这样吗？"

"是的，奇克。他想就自杀和虚无主义进行一番讨论。我常想，自杀幻想和杀人妄想，在文明人的精神经历中是同时存在的。巴特尔不是一个地地道道的教授，可他觉得有责任补上虚无主义这一课。他对虚无主义并不大了解，可它无处不在。他说，成功人士往往有自杀倾向——发觉成功不过是幻觉而已，因而自杀……"

"如果你讨厌活下去，那么死亡便是你的解脱。你可以称此为虚无主义，你要是喜欢的话。"

"是的。美国式的虚无主义——没有地狱。"拉维尔斯坦说，"但是犹太人觉得，这个世界是为我们每一个人创造的，你要是摧毁了一个人的生命，你就是摧毁了整个世界——为那个人存在的世界。"

拉维尔斯坦突然对我生起气来。至少他说话时加强了怒气。这大概是因为我依旧对巴特尔夫妇一笑置之。对他来说，这似乎意味着我不赞成他的观点：你要是摧毁了一个人的生命，你就是摧毁了整个世界。就好像是我威胁要摧毁世界似的——我可要活着见证这一现象，我相信事物的本质会通过其表象表现出来。我总说——回答拉维尔斯坦的问题："你想象死亡是什么样子？"——"画面将终止。"我意思是说，再次表明，透过事物表象，你可以看见其本质。

到了最后阶段，拉维尔斯坦吸引了大批人来探望，可能够进入他卧室的人寥寥无几——尼基守着不让人进。但是，在那些重要的访客中，萨姆·帕吉特的来访具有非同寻常的意义。他是我的一个密友。经我推荐，他阅读了阿贝的名篇大作，出席了阿贝的公开演讲，还过来参加了我们联合举办的研讨会。他对拉维尔斯坦的观点，甚至开的笑话，都给予高度评价。拉维尔斯坦演讲时，身后贴着一张很大的"禁止吸烟"的标志，可他依旧用他的登喜路打火机点上香烟，说："你要是因为讨厌烟味胜过热爱思想而离开，没人会记挂你。"他说的这番话，既尖刻又俏皮，而且和颜悦色，帕吉特听了，一下子就喜欢上了他，要我把他引荐给这个风趣幽默的人。我对拉维尔斯坦说，我朋友萨姆·帕吉特想见你。

"这下好了，我们可以把你们编成一对秃顶朋友组合。"拉维尔斯坦说。拉维尔斯坦并没有责备我，不过他这么说的语气却清楚地表明，既然他时日不多了，我就不该带新的熟人来见他。

"你是说他是个天主教神父？"

"曾经是的。"我说，"他已经申请不再担任这个教职。不过，他依然还是个天主教教徒……你自己也有一个耶稣会的朋友——特林布尔。"

"特林布尔和我在巴黎是室友。我们两人常常结伴出行。但是，他像我一样，也是达瓦尔的学生，我们有共同的语言。"

"是吧，这件事我还没有同萨姆·帕吉特讨论过，不过你放心，他来是因为他拜读了你的作品。你也不用担心，他绝不会没完没了，同你聊到第九轮。"

回头想一想，我发现，对在拉维尔斯坦临终前几天过来看望他的人，我都很好奇，很关注。他们沿着四周的墙壁默默无声地站着，组成了一群见证者。拉维尔斯坦已经没有力气接受或是拒绝访客了。可以说，他压根儿就不想让他们中的一些人站在那儿。他多年的宿敌之一史密斯偕新夫人也来了。这位夫人在床边引导拉维尔斯坦说："说你爱他。来吧——说。"拉维尔斯坦很不自然地说："我爱你。"可实际上，他非常讨厌史密斯，这一点一看便知。他们俩相互鄙夷。拉维尔斯坦露出灿烂的微笑，以打破这个尴尬的时刻，但他已无力干涉了。很明显，史密斯对新娶的妻子的这番表现很恼火。谁也没有权利命令史密斯夫妇离开床边。所以，我死的时候，我会欢迎帕吉特到场的，就像他现在坐在门边一样。帕吉特是来慰问或见证的——非常简单，就是靠墙坐着，几乎默不吭声，只是履行一下到场的职责而已。

拉维尔斯坦真正需要的是那些常来看他的人，比如说弗勒德夫妇。拉维尔斯坦和尼基对这对夫妻很是依恋。弗勒德属于大学行政管理部门——肩负着公共关系的特别责任。他是市政厅里的大学代表，监督校园安全系统——校园警察要向他汇报工作。处理丑闻是他的职责之一。他这个人挺复杂的，感情丰富，待人真诚，心地善良。天晓得他为大学社区处理了多少桩不愉快的事情。你不需要非得在那个社区才能得到他的关照。有一个希腊餐馆老板，他女儿在可能是最后关头的危险时刻，就是弗勒德帮她安排手术，才保住了性命。在整个城市，人们私下里都传颂他是"一个危急时刻可以求助的人"。他帮过拉维尔斯坦，也帮过我。弗勒德夫妇家的门就像拉维尔斯坦自己家的一样，总是敞开着。人们进进出出，毫无障碍，无拘无束。吉尔达·弗勒德和丈夫朴实无华，相亲相爱。这种淳朴（但又是必不可少）的关系，深得拉维尔斯坦的赏识，他对此的评价比对任何人际关系都高。人们无须说出来。我只是注意到，走近拉维尔斯坦床边的访客形形色色，所以拉维尔斯坦提起精神瞧着墙边站着的人群时，看见那些熟悉而又亲切的面孔——有些像亲戚似的——几乎就跟家人一般，他十分欣慰。

到最后，拉维尔斯坦对我是越来越不耐烦。他从达瓦尔教授那儿了解到，现代人——从某种程度上讲，我就是个现代人——为了自己，喜欢化繁为简。要他们对此进行解释，并不会对他们造成任何伤害——而且还可以消除不断产生的严重错觉。所以，他可以直言相告，而且又不得罪人。

人将死之时往往会变得极为严厉。他们离开了，而我们将继续活着。所以，想要他们宽恕我们是很难的。我要是不该因为这个观点受到直尺体罚，那么毫无疑问，我就会因为那个观点遭到加倍的敲头惩罚。年纪越大，你对自己的发现就越糟糕。如果把分配给我的岁月让给他，他或许会处理得更好。承认痛苦的事实，这是一个人最起码要做的。我对他说，他给巴特尔夫妇的答案过于犹太化，他却批评我对自杀之罪孽的态度很不严肃。但他随即又平心静气地说："总之，你必须把拯救了两条人命的这个功劳记在我的头上。"

不管怎么说，在罗莎蒙德的帮助下，我要信守我对拉维尔斯坦许下的诺言。六年前他离开了我们，恰逢犹太新年开始的时候。我给父母念祈祷词时，脑子里还想着他。追悼仪式——犹太人缅怀的祷告仪式上，我甚至开始构思我答应撰写的回忆录，可不知道从哪儿写起——他怪僻、怪异、古怪的性格，他穿衣吃饭、喝酒、刮胡子的样子，还有他开玩笑似的对学生严厉批评，这些内容怎么写，我还真是不知道。不过，这些只是他的自然历史而已。在别人看来，他古怪诡秘，乖张反常——咧嘴大笑、抽烟、演讲、不可一世、没有耐心——可在我眼里，他才华盖世，魅力超群。他一心想改变大学里的社会科学或其他专业的设置。他性生活没有规律，注定不会长寿。这些事，他对我，对他所有好朋友都毫不隐瞒。在人们的眼里，借用过去的一个术语，他是个性倒错者。不是"同性恋"。他非常鄙夷装腔作势的同性恋，对"以同性恋为荣"十分不屑。有时候，我简直不清楚如何面对他的信任。可后来他选我来为他描绘人生，所以和我交谈时，他说的都是些私房话，同时又是要记下来的素材。让你失去理智是伟大灵魂做的事情。我猜想，即便是在当今时代，人们也会理解"伟大灵魂"这个词语，因为它不再像以前那样一直晦涩难懂。总之，拉维尔斯坦对我信心满满，认为我有能力为他作传。"这件事对你来说易如反掌。"他对我这样说。我同意这个说法——或多或少吧。

按规矩，人死了，就该忘掉他们。葬礼过后就要渐渐地忘却他们，这是常规。但是，这个规矩在拉维尔斯坦身上却一点儿不起作用。他不仅在我的生活里，而且在罗莎蒙德的生活中，也占据着十分醒目的位置。她依然记得读书时课本上的一段话，是这样说的："要同你能够发现的最高尚的人相处；要阅读最好的书籍；要和强者一起生活；但要学会愉快地独处。"

拉维尔斯坦觉得，这些可能就是那帮志存高远的高中生喜欢说的胡言乱语。

然而，毫无疑问，拉维尔斯坦就是这样一个"最高尚的人"，只是无拘无束罢了。对我来说，为他书写人生（"书写"一词已变得多么古老啊）是个挑战，不久又演变成了一种负担。然而，罗莎蒙德却坚信，我做这件事再合适不过了。实际上，我自己也经历了一场死亡演练。只是当时我们一心考虑的是拉维尔斯坦的死亡而已。

"这个只是开头的问题。"她说，"就像他说的，这叫**万事开头难**。"

"就是呀。威士忌保税，或**印花税**——拉维尔斯坦采用的是对应的法语词语，按照完善的法律程序，由国家严格执行。"

"所言极是——这正是他希望你所采用的那种诙谐的语气。至于他的思想，你可以留给别人去评论嘛。"

"是呀，我就是这么打算的。我准备把那些知识性问题全留给专家们。"

"你要做的就是找准自己的位置。"

但是，一个月又一个月——一年又一年——过去了，我还是找不到这个开头。"这应该不难的呀。'易如反掌，要不根本就不是这么回事。'或者就像那个不知名的家伙说的，'要是不像鸟语，那才不对头呢。"

罗莎蒙德偶尔搭腔说："怎么能把拉维尔斯坦和鸟语混为一谈呢？有点儿莫名其妙，不该这样呀。"

伴随着这样的对话，又好几年过去了，我显然还是开不了头，面临着巨大的障碍。罗莎蒙德不再积极鼓励我，也不给我提什么建议了。她很聪明，任我自便。

然而，我们差不多依旧是天天谈论拉维尔斯坦。我时常回忆他，比如，一遇到篮球比赛就举办晚会、到希腊城与学生聚餐、购物旅行、他经常举办活泼而又严肃的学术研讨会。要是换成别的女人，很可能会逼我，令我心烦。"他毕竟是你的挚友，况且你也发过誓要写的"，或是"到了来世他会十分失望"。可罗莎蒙德十分善解人意，她知道我自己也这么想，而且经常闷闷不乐。有时候，我想象他穿着寿衣，躺在他恨之入骨的父亲边上。拉维尔斯坦过去常说："那个家伙歇斯底里，一边抽打我的光屁股，一边胡言乱语，乱喊乱叫——后来，不管我表现得多出色，他还是觉得我不成器，因为我始终没能成为美国大学优等生荣誉学会会员。'你是出版了一本书，而且反响也不错——可你不是美国大学优等生荣誉学会的会员呀，不是吗？'"

罗莎蒙德只是说："优等生荣誉学会会员这件事，你就三言两语、一笔带过，拉维尔斯坦在来世一定会心花怒放的。"

我回答她说："拉维尔斯坦不相信什么来世。他即便是真的在什么地方活着的话，记住他这个蠢货爸爸，记起我们所称的这个凡人人生的任何部分，又能给他带来什么快乐呢？唯有我才会想象自己看到已故父母在那一边的情景。还看到我的兄弟、朋友、堂兄弟姊妹、阿姨、叔叔……"

罗莎蒙德时常点头称是。她承认自己也有类似的倾向。有时她还补上一句："我问自己，他们这会儿在来世干什么呢？"

"你要是就这个话题进行民意调查的话，你会发现，我们绝大多数人都希望见到已故的亲人：他们爱过并继续爱着的故人们——他们时常欺骗，有时候甚至鄙夷、憎恨或是习惯性对之撒谎的，也是这些人。你不是这样的人，罗莎蒙德，你异常诚实。但是，即便是拉维尔斯坦这样一个非常实际、不会产生任何幻觉的人，也说……他告诉我，在他所有密切接触的人当中，我最有可能不久便会随他而去——随他去**哪儿**？我能赶上他吗？我们能见上面吗？"

"这些话，你不能写得太多。"罗莎蒙德说。

"幼稚的爱是产生这些幻觉的源泉，要力图证明这句话易如反掌。我实话实说，半个世纪后，我感觉自己还能见上我的母亲。弗洛伊德对这种爱很是不屑，认为它多愁善感，空洞无物。可弗洛伊德是名医生，十九世纪的医生们对感情很粗暴。他们常说，人类是化学成分的代表，只值六十二美分——这帮家伙极为理性，十分无情。"

"可拉维尔斯坦绝不是那种头脑简单的人。"罗莎蒙德说。

"当然不是。但是，我们要是走近看一看——让我来告诉你一个古怪的想法。我不知道会发生什么。我要是给拉维尔斯坦写那本回忆录，那我和死亡之间就不存在任何障碍了。"

听我这么说，罗莎蒙德哈哈大笑。"你意思是说，你的责任完成了，就没有理由再活下去了？"

"不，不。我很幸运，我还有你，罗莎蒙德，为了你，我也要活下去。我努力想说的大概是，在拉维尔斯坦看来，除了纪念他，我这辈子也许再没什么事情可做了。"

"这样想的人都很奇怪。"

"他觉得自己给了我一个重大主题——主题中的主题。这真是一个奇怪的想法。但是，我从不觉得自己是个理性的现代人。理性的人可能不会在黄昏时分去见自己已故的亲人——不管这个时分出现在何方。"

"都一样。"罗莎蒙德说，"实际上，他固执己见，不能怠慢。"

"那为什么是我呀？不消半分钟，我就可以说出五个更有资格的人名来。"

"记录他的思想，是可以的。"罗莎蒙德说，"可他们写起来会干巴巴的。再说了，你们俩是到晚年才结交的朋友。照道理，老人是不会产生这样的依恋情结的……"

她大概是想说，老人不会坠入情网。他们不会冒冒失失地陷入这种磁场中，因为这里没有他们要做的事呀。

"有一两年时间，拉维尔斯坦对我一直紧盯不放，因为我和薇拉三天两头跑去看拉杜·格利莱斯库和他妻子。"我对罗莎蒙德说。

"他俩让你们很开心是吧？"

"他们带我们去高档餐馆——总之是最贵的那种。薇拉非常喜欢吻手和鞠躬礼节、对女士殷勤体贴，还喜欢胸花、敬酒。她非常开心。格利莱斯库也装出一副兴高采烈的样子。对我们聚会的那些夜晚，拉维尔斯坦极为好奇。他说，拉杜以前是铁卫团成员。可我对这一点倒并不特别在意，也不了解个中的含义。我这个态度让拉维尔斯坦很不开心。"

"你没发现他是个纳粹分子？"罗莎蒙德问道。

"拉维尔斯坦进一步告诉我说，大约十年前，曾计划安排格利莱斯库到耶路撒冷去演讲，但邀请被取消了。不知为什么，这件事居然没引起我的注意。我一定是太忙了，没有把它们联系起来。有时候，我的确是两耳不闻窗外事，对要见的东西决定视而不见。拉维尔斯坦自然是注意到了，我对这些事却不大注意。

"拉维尔斯坦只想知道格利莱斯库的政治路线。我告诉他说，晚餐桌上他谈的都是古代史。他朝烟斗里装烟丝，划了很多根火柴。你越是紧紧地抓着烟斗不让它抖，拿着火柴的手指就越是加倍地颤抖。他朝烟斗里不停地塞着烟丝，可总是不顺利。塞不进时，他就用大拇指往里压，可手指又没有力气。这样的人政治上怎么会有危险呢？他拖着外罩袖子，把手关节都给遮住了。"

罗莎蒙德说："我猜想，同你一起出现在公开场合，对格利莱斯库来说，意义非同寻常。可是奇克，你观察问题总是避重就轻，这就是你的行事方式。"

"拉维尔斯坦最终也是这样跟我说的。很奇怪，我居然任由别人这样利用我。"

"你想讨好你妻子。你渴望得到她的好评。拉维尔斯坦或许觉得，你听任自己受骗上当。这样不容易陷入困境……"

"我想自己曾经说过，这是法国－巴尔干式的荒谬。不知为什么，我并没把巴尔干法西斯分子当作一回事。账单送来时，拉杜从椅子上一跃而起，一把给抓了过去。这就像在比赛似的，我没有一次抢到过账单。有件事我很是纳闷，他每次付账时，钞票总是那么干净，连一点儿褶皱都没有，就像刚从银行里取出来似的；而且账单上金额是多少，他好像从来没瞧过一眼。你要是大萧条时代长大的，你是不会漏过这种事的。"

"你是在用自己的描述，逗拉维尔斯坦开心。"

"我是想这样做，可他不肯听我讲述有关烟斗和怪癖之类的事。他在等我摆脱困惑。"

"喂，你可是他钦定的传记作者，你领会问题这么迟钝，他会不开心的。"

"那是当然。他对我讲拉杜前往耶路撒冷的邀请被取消时，具体情况我连一个字也没问。我明白，我又没有抓住机会。"

"嘿，他选你为他作传，并不是觉得你是个完人。"罗莎蒙德说。

"对于一些基本的东西，考虑到我的无知愚笨，我们俩还是尽力保持一致。"我对她说，"他通晓古希腊、罗马文学；毫无疑问，我则一窍不通。但是，我要是错的话，我不会花力气在原地继续犯错。后来，我从生活中领悟到，老是认为自己正确是多么的愚蠢啊。"

"你必须是正确的，你别无选择。"罗莎蒙德说。

"薇拉的计划是，应该用格利莱斯库取代拉维尔斯坦。在巴黎时，阿贝闯进我们房间，当时她穿着衬裙，吓了一跳，跑进了卫生间——她跑的姿势怪怪的，踮着脚一跳一跳的——还把门给锁上了。她随即告诉我，我们再也不要见到拉维尔斯坦了。"

"这确实很奇怪。"罗莎蒙德说。说起薇拉，罗莎蒙德的谈吐总是很得体，也很谨慎："这是发生在薇拉派人接她母亲过来的时候吗？她有没有带母亲一起去巴黎？"

"没有，没有。这事发生两年前，那个老姑娘就已经死了。尽管如此，你的预感还是对的。她仰仗母亲帮她处理——我该用什么词呢——人际关系。她自己不会处人处事。总之，那个老姑娘很不喜欢我——女婿是个犹太人，玷污了她的晚年生活。"

"你现在终于讲到正题上了。"罗莎蒙德说，"你对所有问题都进行了深入思考，可最重要的却偏偏没有——你是从犹太人这个问题开始的。"她说。

"一点儿没错。谈话围绕这个问题兜来兜去——这么多的其他人，千百万的其他人都甘愿赴死，对犹太人来说这意味着什么？人类中的其他人驱逐他们。希特勒就曾说过，他一旦掌权，就要在慕尼黑的玛利亚广场搭起一排排绞首架，把犹太人全给绞死，一个也不留。这一切都是有案可查的。希特勒正是靠打犹太人牌才获得权力的。他没有其他计划，也不需要。他把德国和欧洲许多国家联合起来，共同反对犹太人，从而当上了总理。总之，就格利莱斯库这个人而言，我认为他并不是一个恶毒的反犹主义者。可是，人们要求他表明立场时，他表态了。他有投票权，也投了票。拉维尔斯坦很清楚，这种需要深思熟虑的讨厌事情，我是从来不会做的。"

"你不知道从哪里着手思考，是吧？"

"我嘛，是在美国语言环境中过着一个犹太人的生活。这种语言环境对理解阴暗的思想毫无帮助。"

"你和拉维尔斯坦谈过这种邪恶势力吗？"

"我可能谈过。阿贝的性格要比我开朗多了——心胸开阔，光明磊落。他更像一个正常人，但绝不是一个天真的人。"

"我跟着他研究过修昔底德。"罗莎蒙德说，"我至今还记得他必须要讲的雅典瘟疫，死去的父母或姐妹们，和陌生人一起被扔在柴堆上火葬。但是，把这种情况同二十世纪发生的大量死亡联系在一起——他没在课堂上讲过这个内容，你能记得他或许说过的话吗？"

"你怎么想，"我问罗莎蒙德，"像拉维尔斯坦这样的人，或许会把自己的生存——他每天都意识到自己在死去——与这个事实联系起来，即二十世纪有数百万人被夺去了生命，现在他的注意力全被吸引到这上面来了。我这里想起的不是那些战士、农民、富农、资产阶级、党员，也不是被指定参加强迫劳动的人、在古拉格群岛或是法西斯集中营里送死的人——这些人很容易被赶到一起，用牛车装起来送走。这些人一般不会引起拉维尔斯坦的注意。他们都是那些常见的'失败者'，政府没有理由去关心他们——有人称之为'流沙社会'，将受害者吸进沙堆埋起来或者闷死。处理这些人最简便的方法，就是除掉他们，将他们变成尸体。还有一些犹太人，他们也失去了生存权，刽子手同样直白地告诉他们——'没有理由表明你们不该死'。所以，从位于亚洲的俄罗斯古拉格群岛，一直到大西洋海岸，到处可见摧毁生命或死亡蔓延的无序状态。你要想起的是以意识形态为理由——也就是以某种理性为托词——被夺去生命的千百万人。理性表现为做事有条不紊或者目标坚定，具有重要的价值。但是，最疯狂的虚无主义形式，在德国军队中可谓表现得淋漓尽致。在分析大师达瓦尔看来，德国军国主义导致了最极端、最可怕的虚无主义。这种人生观在普通士兵当中，激发了最血腥、最疯狂的复仇主义的屠杀热情。因为这种热情贯穿在执行命令的过程中，因此所有责任都归咎于发布所有命令的最高层。所以，每个人都被宣告无罪。他们一个个都成了十足的疯子。纳粹国防军就是这样在逃避罪责。假设用民间的方法来减轻这种罪恶行径，那会怎么样，拉维尔斯坦问我。他又追了一句：'不过，我这是在胡说八道。'他对所有的话题都有坚定的看法，但到了最后，他却闪烁其词，说起了自己的状况，这时候他更多的是伤感，而非嘲讽，对不对，罗西？"

"他也不会让自己长时间地深陷伤感之中。"

"是呀，面对千百万人被夺去生命，人们普遍愿意容忍。接受它，就像是二十世纪的风气。你在战斗中特别体谅士兵，以此掩护自己。但是，我在想在古拉格群岛和德国劳改营里大批死去的人。为什么这个世纪——我不知道该用什么词才能把它表达出来——要发生如此惨绝人寰的屠杀？思考这些问题时，我们没有一个人表现出刚强不忍之气。"

拉维尔斯坦去世约莫两年后，我才记起这次特别的谈话。患上吉兰-巴雷综合征之后，拉维尔斯坦刻苦练习行走，努力恢复双手的功能。他明白，身体每况愈下，不得不屈服了，但他并非一味地屈服。不能用咖啡研磨机倒没什么，可刮胡子、写便条、穿衣服、抽烟、开支票，这些都得用手呀。如果你不设法恢复健康，你就会失去四肢能力，成为一个无可救药之人，这一点几乎人人皆知。那天早上，他和我碰巧看到鹦鹉落满了冬青树，在啄食红色浆果，将树上的白雪溅得四处纷飞。此时，人们正在拉维尔斯坦的卧室里拆卸装有三角形钢架的病床，将其搬出室外。"谢谢拆卸工人。"他说，目送着床从货运电梯运下去，"我再也不想见到那玩意儿，跟海军索具似的。"

他独自在走路——虽然脚步还不是很稳，但就跟麻风病人**拉撒路**似的——要是有过这个人的话。你刚从死人那里兜了一圈回来，撞见了整个绿色鹦鹉家族，这帮热带飞鸟，从中西部的冬天里幸存了下来。拉维尔斯坦对我咧嘴，笑着说："甚至还有一个犹太人在关注它们。"尽管对自然科学不感兴趣，但他随即又一次问我说，这些鸟怎么变得这么多啊。我瞬间变成了一名大自然的专家。所以，我再一次将它们描述一番：那些吊在树上或电线杆横木档上的修长袋子，那是鸟巢，看上去就像是拉得长长的尼龙袜，垂下来有三十英尺之多，里面在孵化鸟蛋。"这些鸟巢让你想起了东区的一栋栋公寓。"我对他说。

"我们让尼基开车送我们过去看看。它们的大本营在哪儿？"

"在约翰逊公园。不过在第五十四街边上的一条胡同里，还有一大群栖息在那儿。"

然而，我们始终没去看那些鸟巢——鹦鹉栖息的、在风中飘摇的一层层管子。我们再次见面时，拉维尔斯坦却告诉我，他和尼基要飞往巴黎。

"你去那儿干什么？"

看得出，我的问题很愚蠢，冒犯了拉维尔斯坦，他对我很是失望。不过，他在最亲密的朋友面前是不会流露出来的。他对我自然也是如此。"医院里的人告诉我说可以去巴黎。"

"是吗？"我说。

医生们的理由清晰明了。他虽然快要死了，可完全适合飞行。巴黎是让他非常快乐逍遥的地方之一：那里有他最亲密的朋友，还有他人生中许多尚未完成的事宜。他如果一心要去，干吗不遂他的心愿呢？医生们认为，十天的旅程不大会造成什么严重伤害。对我来说，二十五个小时的空中旅行非把我给累趴下不可。可在机场，拉维尔斯坦可以坐轮椅。而且他不像我，他坐的是头等舱。说得再深一点儿，我恐怕得承认，一个快要死的人还要去乘飞机，我觉得这样做似乎不是很严肃。像拉维尔斯坦这种情况，"完全适合飞

171

行"，这句话是什么意思，无人知晓。他乘的是波音727，还是他的外罩下面藏着一对强有力的翅膀？

我虽然真的觉得拉维尔斯坦对我很失望，但我相信他不会感到惊讶。我们俩长期以来保持一种默契，就是不向对方隐瞒或羞于坦陈任何事情。我也没有任何东西可隐瞒拉维尔斯坦的。这在一定程度上意思是说，几乎没有任何事情是他自己察觉不出来的。所以，说得准确点儿，他也应该知道我对巴黎印象不好。有一个犹太自由思想家这样描绘巴黎——上帝像是在法国。意思是说，即使是上帝，也在法国度假。为什么呢？因为法国人都是无神论者，和他们在一起，上帝可以无牵无挂、**信马由缰**，就跟所有游客一样。

即便是到了最后，我也没能理解，拉维尔斯坦在巴黎还有一种生活，一种补充式的生活。这次短暂的告别旅行回来后，他心情比较愉快，只字未提他的法国朋友。可他的神情表明，该做的事都做完了。

然而我得知，施莱医生现在命令拉维尔斯坦回医院做"进一步检查"。尼基证实了，不过又说，拉维尔斯坦要住的病房到下周初才能空出来。星期天下午，他办了一个派对——有比萨和啤酒，野餐式的，用的是纸杯和纸盘。他买了新的影像设备——**最新时尚**，他说（我甚至也觉得这个表达要比"最新水平"要好）——歌唱家和演奏家都能全景展现，而且还有一种热带丛林之光的即时效果。拉维尔斯坦挑选播放的是他最喜爱的碟片之一——罗西尼的《意大利女郎在阿尔及尔》。演员和歌唱家们出现在银屏上，画面又平又薄，又高又宽，逼真得令人难以置信——正如拉维尔斯坦说的，科技把艺术重新武装了起来。歌唱家的面孔犹如威尼斯的彩装玻璃，丰富多彩，摄像机带着你目睹他们美丽的黑眼睛，甚至看到他们的牙齿。拉维尔斯坦穿着驼绒睡衣，坐在休闲椅上，一边欣赏，一边解说这台新设备——对外行们的无知，还嘲讽两句。不过，他这样做有些力不从心，不时地按着静音键，好让大家听见他说的话。最后，他实在是吃不消了，尼基将他扶起来，领了出去，说："他太兴奋了，他以为就一次不午休没有关系。可是，他还是扛不住。"

影像设备处在静音状态，拉维尔斯坦本人也是一声不吭，或许是从一个陌生的视角重新审视病情和死亡情况。他跟着尼基向外走。我们领着他回到他的卧室，里面放着一张雪橇式的床，上面铺着鸭绒丝被。他重新躺到枕头上时，我把所有的亚麻被、真丝被全给他盖上。

不久，公寓便空无一人。迟来的人赶到时，尼基按住电梯按钮，开着门说："阿贝看到你们一定会十分开心，可他现在服了各种药，头脑不是很清楚。"

第二天，拉维尔斯坦提起这个话题时，我说："尼基很机灵，什么问题都不肯回答，所以派对很快就结束了。"

"他从不回答问题，是吧？每个角落里都有一些无言的问题，但他不去理会。这样做没有一定的毅力是不行的。"

"他关掉新的影像设备。我想我是不会关这玩意儿。"

拉维尔斯坦最后的日子是在家中度过的。这期间我经常上午去陪他。我和他住在同一个街区，又不需要遵守什么定点时间，因此一吃过早饭我就过去了。尼基通常到凌晨四点才上床睡觉，因此一倒到床上就睡着了，一直睡到早上十点。而拉维尔斯坦由于没人陪伴，则叉着两条大膝盖躺在那儿打盹。医生们给他注射麻醉剂（使他镇静下来），可这并不能阻止他思考——从头开始考虑各种问题。即便他在打盹，观察他那张别致的犹太人面孔，你也能了解到他的很多东西。你无法想象他这个十分奇怪的身躯，容纳着他奇特的才智。他的秃顶，很奇特，光秃秃的，几乎就是地理学意义上的不毛之地，这寓示着他没有隐瞒任何东西。他会说——就像他一向喜欢用法语一样——他取得了**巨大成功**，可他现在面临的却是坟墓。

尽管我还比他大几岁，他却把自己看作我的老师。嘿，这是他的行当嘛——他是个教育家。他从不把自己表现成一名哲学家——哲学教授不等于哲学家。他曾接受过哲学训练，学会了应该如何度过一个哲学人生。这个是哲学研究的内容，也是人们为什么要读柏拉图的原因。雅典和耶路撒冷是更高质量生活的源泉。如果拉维尔斯坦非得在它们之间进行选择的话，他选雅典，而对耶路撒冷充满了敬意。可在他最后的日子里，他要谈论的则是犹太人，而不是希腊人。

我对他的这个变化进行评论时，他对我很不开心。"为什么不谈犹太人？"他说，"在南部各州，人们今天还在谈论南北战争，甚至比一百多年前谈得还要多得多。可是，在我们自己的时代，数百万人惨遭杀戮，他们中绝大多数人同你没有任何区别，与我们也毫无二致。我们不能对他们不闻不问。摩西与上帝对话，上帝给他明示。这种联系已经保持了数千年。"

拉维尔斯坦就这样絮叨了好一会儿。他说，曾几何时，犹太人被用来衡量整个人类的邪恶人性。"你对人们说，你们要是废除了统治阶级或者资产阶级，将生产方式理性化，对罹患不治之症的病人实行安乐死，那么便会开启一个新的时代。你随即又向怀抱这种思想的人提出建议：消灭犹太人。于是，他们真的开始这么干了。他们把欧洲一半以上的犹太人全给杀了——你和我，还有奇克，是属于幸存者。"这些不是拉维尔斯坦说的原话，我作了一些解释。

他的原话是，作为犹太人，我们现在知道什么事可能会发生。

"无人知晓这样的事情下一次又会从哪个旮旯里蹦出来——法国？不，不，不是法国。他们自己在十八世纪已经尝过了太多的血腥，他们不会在意发生这种事，但是他们自己是不会干这种事的。可俄国人会不会呢？《锡安山长老会议纪要》[1]这份文件是俄国人杜撰的。就在不久前你还在跟我谈吉卜林呢。"

"不错，就是吉卜林。一个了不起的作家。"我说，"可有人请我看一看他的书信集。其中有一篇写的是他对爱因斯坦大发雷霆。这件事发生在本世纪初。他说，犹太人为了自己的种种目的，扭曲了社会现实。可是，这还不够，爱因斯坦又用他的相对论扭曲了物理现实。犹太人曲解物理宇宙，并试图传达犹太人虚假的认知。"

"那么，你必须把吉卜林从你喜欢的作家中剔除出去。"拉维尔斯坦说。

"不，我们无法建立一个犹太人的索引。一方面，我们绝不能将此强加于人，即便是犹太读者也不行。谁又能指望你删去塞利纳的名字？顺便问一句，我借给你他写的那本小册子《美丽的床单》……"

"我一直没时间看。"

"你对虚无主义者情有独钟。"我说。

"我猜想，这是因为他们没有编造大量高雅的谎言。我喜欢把虚无主义看成一种状态，并且生活在这种状态中。知识界的那些虚无主义者，我可受不了。我宁可喜欢那些怙恶不悛之人，坦率、不

1　一项著名的反犹太主义文本，旨在描述一项犹太全球统治计划，于1903年首次在俄罗斯出版，被翻译成多种语言，并于二十世纪早期在国际上广泛传播。

掩饰。那种自然的虚无主义者。"

"塞利纳建议，应该像消灭细菌那样，彻底消灭犹太人。这是他的医生天性使然，我想。在他的长篇小说中，由于艺术的影响，他受到了限制，但是在宣传作品中，他可是一个地地道道的杀人魔。"

这次谈话谈到这里就暂时结束了，因为救护车又悄无声息地开到了拉维尔斯坦家的门口。救护人员对这里已经是轻车熟路，按下了货运电梯的响铃。拉维尔斯坦进出医院，已经成了家常便饭，所以他压根儿就没理会。

施莱医生从未同我谈过拉维尔斯坦的病情。他是个超级认真的医生——身材不高，腰板笔直，长着鹰钩鼻，办事效率高。他的头发已经所剩无几，朝上梳着，直挺挺的，是易洛魁人[1]的发型。关于拉维尔斯坦的病情，他不必向我解释，因为我和拉维尔斯坦没有血缘关系。不过，施莱基本上看出来，拉维尔斯坦和我是密友，于是无言地同我打着招呼——几十年前我在美国广播公司音乐厅遇到一个巴黎女士，她教我将此称为**鲤鱼之歌**。其他人似乎从未听过这种表达，但我发誓我听过——两条大鱼张着腮帮子，在清澈的水泡泡中无声地进行交流。施莱医生就是通过这种方法通知我，拉维尔斯坦的时日已是屈指可数了。罗莎蒙德也说："这可能是拉维尔斯坦最后一次进医院了。"我也这么觉得。尼基自然也已经得出同样的结论。他用大量时间奔波办事，接听电话。是尼基，而不是护士们，使用电动剃须刀帮拉维尔斯坦剃胡须。拉维尔斯坦则闭着眼睛，头懒洋洋地靠在后面，仰着腮帮子。他的鼻子下面套着一个小塑料罩，给他提供氧气。

1　北美洲印第安人的一支，使用易洛魁语，长期实行母系氏族制。

"看上去不是特别好，是不是？"尼基在走廊里对我说。

"实际上是不大好。"

"他有句话要对律师讲。他要我派人去把莫里斯·赫布斯特叫过来。"

我们都知道，这个病是恢复无望了。拉维尔斯坦最后一次住院时，在病床上即兴组织了一次学术研讨会，主持得相当成功。那时，他仍在进行教书表演。即便是现在，他的学生们依然坐在访客接待室里的巨大天窗下——等着他叫他们进去——但是，尽管他会叫到他们中的一两个人的名字，但他已不再教学，不主持研讨会了。事实上，从他的动作中，我已经看出死亡正在逼近的早期迹象——脖子和肩膀已撑不住脑袋，面色也变了，特别是眼睛下面。他阐述观点，只能三言两语，而你是什么感受，他已经不大关心了。所以，你最好不要谈论带有观点的话题。关于薇拉，他说："你就范了——你试图向我推销一幅彩色女人剪纸画，就像他们以前通常挂在电影院门厅里的那种硬纸板人物肖像一样。你知道，奇克，有时候你说，你没有任何东西是不能告诉我的。可你扭曲了你前妻的形象，你会说，这么做是为了维护婚姻，可**那么做**道德吗？"

"这完全是事实。"我说，他抓住我这一点，不容我置辩。我责备他对虚无主义者情有独钟，不太喜欢"更有原则"的当代学术同仁。可他或许会补上一句，说虚无主义者至少不会提出，把小资产阶级的道德缺陷和谎言，当成更高原则甚至美的范例。

尼基，拉维尔斯坦的中国儿子——和这些谈话毫无关系——在那儿给他擦脸。只有医疗技术人员给拉维尔斯坦做X光，或是抽血采样时，他才站到一边。我不时地用手抚摸我朋友光秃秃的脑袋。看得出，他希望别人抚摸他。我惊讶地发现，他头皮上有发楂，不是很明显。他似乎觉得，光头比稀毛更适合他。所以，他刮脸时也刮头。可不管怎样，这颗脑袋瓜子都在向坟墓滚去。

"今天，是外面的天很黑，"拉维尔斯坦问我，"还是我的情绪低落？"

"不是你的情绪，是一块厚厚的云遮住了天。"

因为天气而烦心，这也不像是拉维尔斯坦。关心天气的人，天气会满足他们的愿望。有时候他批评我不该"检查外面的世界"——眼睛盯着白云。"你能指望大自然永远都按照自己的规律运转吗？你认为自己冲进大自然，会获得一种洞察力吗？"他这样问我。但是，这些美好的时刻现在很少出现了。更多的时候，他看上去像是处于昏迷状态——罗莎蒙德总会小声焦急地问我："他还活着吗？"

有好几次我都无法给她确信的回答。事实多次清楚地表明，他已回天乏术。他躺在那儿，呼吸时快时慢，头边的架子上吊满了药水瓶，在一对醒目的大耳朵后面排列着。你偶尔会想，他宁愿在打盹中离开人世。他大概在追寻自己不愿讨论的某种思路。曾几何时，他将自己的主要精力都献给了人类生活中的两个极端问题——宗教和政府，就像伏尔泰说的一样。拉维尔斯坦不相信伏尔泰的思想是严肃的。但他的确经常进行总结，而且总结得很恰当。要是在今天，拉维尔斯坦也许会补上一句，为启蒙运动而战而享誉世界的伏尔泰——"砸烂一切无耻！"——对犹太人则恨之入骨。然而，还有一个身体上的不同不能忽视。拉维尔斯坦的身体伸展开来很是高大，将近六英尺半高，他的睡袍，要是一般病人穿，会拖到脚踝，可他穿起来只到膝盖上面。他的下嘴唇也很大，弯弯的，亲切可爱，而大鼻子则不太好看。他在用嘴呼吸。皮肤的质感犹如煮熟的淀粉。

我能感觉到，拉维尔斯坦正在追寻犹太人的思想或犹太人的精髓轨迹。即使是在这样的日子里，他每次谈话甚至还提起柏拉图或修昔底德，是不多见的。现在的他满脑子是《圣经》的经文。他谈论宗教，感叹做一个完全意义上的人；成为人，而且除了人什么也不做，是多么的不易。他有时候讲话还是蛮有条理的，但大多数时候他都让我摸不着头脑。

跟莫里斯·赫布斯特说起这件事时，他说："是呀，趁身上还有一口气，他当然要讲个不停，一吐为快——对他来说，这是当务之急，因为这涉及那宗滔天之罪。"我完全明白他的意思。战争清楚地表明，几乎每一个人都认为，犹太人无权生存。

这简直令人毛骨悚然。

面对诸多选项，其他人做出某种选择——他们的注意力被这样或那样的问题吸引。面对诸多问题，他们根据自己的喜好进行选择。可是，"上帝的选民"则没有选择。如此强烈的仇恨和对生存权的否定，闻所未闻，也从未体验过。人们集体性地一致认为，消灭犹太人，灭绝犹太人，世界会变得更好。这种决心要让犹太人灭亡的意志得到广泛认同，并被认为是言之有理。罪恶滔天，是达瓦尔教授的用语，表示罪恶、仇恨以及通过焚尸炉和万人坑消灭这批闯入者的决心。这件事我们不必细说。但是，赫布斯特和拉维尔斯坦这些人得出结论：一个人不可能抛弃自己的根，也不可能改变你的犹太人血统。拉维尔斯坦和赫布斯特继承了他们的老师达瓦尔的思想，认为犹太人自古以来就见证了人们不肯为此赎罪。

由此可见，拉维尔斯坦在弥留之际仍在思考这些问题。他想说的都已阐明，只是无力表达自己的结论。其中有一个结论是，犹太人应该对犹太历史怀抱浓厚兴趣——比如说要对他们的正义原则产生兴趣。但是，并非万事都能解决。那么，拉维尔斯坦又能干什么呢？

但不管怎么说，拉维尔斯坦都不可能再在这儿了。既然如此，他能给朋友什么样最重要的建议呢？他开始谈论即将到来的犹太教新年，要我带罗莎蒙德去犹太教教堂。赫布斯特确信，拉维尔斯坦给犹太人指出了一条最好的道路。犹太人最宝贵的遗产就是宗教，别无其他。

四十年前，赫布斯特和拉维尔斯坦是同学，关系密切。我请赫布斯特给予指教，否则我的表现可能会更糟。但我如果开始提问，则会要进行自我解释，可我又不喜欢这样做。拉维尔斯坦已经奄奄一息——他躺在那儿，全身裹得严严实实，双目紧闭。他要么睡着了，要么就在思考弥留之际必须思考的问题。我的感觉是，在这最后的时刻，他竭尽所能，做完能做的一切——我的意思是，为他关心的人、为他的学生们，做完一切。如今，我年纪大了，当不了学生了。再说，拉维尔斯坦也不相信成人教育。对我来说，信奉柏拉图哲学已经太晚了。人们称作文化的东西，其实什么也不是，只是一个花里胡哨的辞藻而已，是人们无知的表现。拉维尔斯坦有时说，我自己选择做个梦游者，但这并不意味着我是朽木不可雕也，只是意味着何时准备采取行动，由我自己决定。

你可以告诉我非常重要的东西，我也完全能够理解，可拒绝盲目接受。这不是通常意义上的固执。

现在，能和你讨论这种事情的人已经寥寥无几了。真是糟糕透顶。既然人们如此频繁地要求我们做出评判，那我们要是不断使用或不断滥用（评判），这些评判自然会变得粗俗起来。接下来，你当然也就看不到任何原创，也见不着任何新颖的东西，到头来没有一张脸，也没有一个人再让你感动。这时，拉维尔斯坦出现了。他又一次把你的脸转向原创。他迫使你重新打开已经闭上的双眼。

关于这个话题，有一天我竟然口述起笔记，讲得太多了。当时还是我秘书的罗莎蒙德发表了一些独到的个人见解。她说："我觉得，我明白你在谈什么。"不久之后，我被说服了，以为事实真是如此。

尼基，还有拉维尔斯坦的继承人和主要的吊唁人——其中不少是拉维尔斯坦的对手——将公寓站得满满的，就在街角周围。在他家的公寓楼和我们之间有一块草坪，小孩子在上面翻跟斗，学习抛、接东西。从我卧室的窗子看出去，那里曾是拉维尔斯坦的家。你看到家里有灯光，但不再有派对了。更糟糕的是，罗莎蒙德一语道破："整个街区都变成了一座公墓，一个你熟悉的死人的社区。散步的时候，你甚至会不自觉地指点那些老朋友、老熟人家的门窗。走在街上，你会情不自禁地想起老朋友和他们的女友们。拉维尔斯坦是个亲爱的朋友——百万里挑一的朋友。但是，他会说你太压抑了。"

罗莎蒙德觉得，我们必须搬家。我们在新罕布什尔有一栋房子，波士顿的一所大学发来一封为期三年的邀请信，请我去开设以前拉维尔斯坦和我一道开设的几门课程（我独自也能教）。校方主动在后湾区为罗莎蒙德和我提供了舒适的住所。她在张罗搬家的事，我不用操心。后湾区的这套公寓是全装修的，所以我们可以把中西部的那套房子转租出去。如果我们不适应东部，还可以回来。因此，我们不必为直接看到草坪对面拉维尔斯坦家的窗子而忧伤。

"作为一个特别的犒赏……"罗莎蒙德举起一本漂亮的彩色旅

游杂志——阳光明媚的海滩、树木葱郁的山顶、棕榈树、当地的渔夫。她提议我们去加勒比海度假。我们将在波士顿卸下行李，扔掉包装我们行李的纸箱。然后，我们将取道圣胡安，飞往圣马丁岛。在那里，我们将悠闲地漂游，在温暖的大海里放飞梦想，给我们的生命电池重新充电。

"你是从哪儿弄到这些诱人的旅游宣传册的，罗莎蒙德？圣马丁岛，是吗？德金夫妇去的不也是这儿吗？"

"别介意。他们可是好朋友。你需要什么，他们会一清二楚。"

"西印度群岛会把这层层压力一扫而光，我立刻就能恢复，变得身强力壮，完全可以去写拉维尔斯坦的回忆录了。"

"我建议的是度假，不是工作。"罗莎蒙德说，"我猜你去过加勒比海。"

"是的。"

"你不喜欢那儿？"

"那儿是一个巨大的热带贫民窟……不过，我基本上每次都是经过波多黎各去的。那儿的大赌场比比皆是，大片的环礁湖臭气扑鼻，又黑又浑——当地民众一副靠救济的样子，快快不乐。后来，欧洲人乘着包机去了。他们带回去一种感觉，认为如此乱象都是美国人搞出来的，卡斯特罗应该得到独立而又明智的斯堪的纳维亚人和荷兰人的支持。"

但罗莎蒙德最终还是执意要去。不过，我发现，我们刚结婚那会儿，她尽管坚持己见，但总是把我的兴趣放在第一位。德金夫妇给我们推荐了一套海边小公寓。行李都被托运过去——夏天用的所有衣服、身份证件、泳衣、防晒霜、凉鞋、驱虫剂。不管怎么说，沿着海边，圣胡安看上去还是挺迷人的。为了打发航班之间的等候时间，我们跑到大饭店的酒吧里。我们坐在里面，边上是一个在拼命喝酒的美国人。他对我们说，他妻子得了一种怪病，一病不起。这个人说，他在达拉斯有一家公司，他妻子则在一流的、大型的圣胡安医院就医，他在两地间来回奔波。她有好几周都不能说话了，大概也听不见——谁晓得呢？她已失去意识，双眼紧闭，也许就是睁不开了。"她毫无反应。我跟她说话，感觉自己就像一个他妈的傻子。"

我们的巴士来了，我们撇下他离开酒吧。他看上去很像是红红的砂岩绝壁，一头白发直直地悬垂在绝壁上。见他如此痛苦，罗莎蒙德不忍心撇下他——她就是这样善良。我们向那个人道别，可他没有理睬我们。

大约半小时后，我们降落在圣马丁岛，通过了入境检查飞机棚，那是一个巨大的活动圆拱屋，由波纹状的绿色铁皮搭建而成——热带地区的一切，在我看来都像是一种临时应付。在一个办公柜台前，我们顶着热烘烘的灯光，排队付费，等着给护照盖章。然后，我们坐上出租车，来到岛上的法属地区。我们的女房东一脸不悦，因为我们让她等到了三更半夜。我们刚上床一会儿，又来了一个火冒三丈的男人。他冲着门又是踢，又是捶，大声嚷着要杀了她。我说："要是门上的安全链被撞开了，那真是要出人命了。"但是，警察开着车顶上闪着警灯的警车，过来把他给带走了。

"你有什么感想？"罗莎蒙德问我。

我记得我说，就那儿的气候而言，这或许是正常的。好极了，就是变化无常。

我不愿意被旅游景点迷住。这或许是上了年纪的缘故。我过去很喜欢旅游，可现在躺到床上，我闻了闻亚麻布的味道，于是闻出这里的床单和枕套有一股洗衣粉味，卫生间下面还有化粪池的臭味。

但是，我们醒来时，热带的早晨晴空万里，蜥蜴在爬行，雄鸡在报晓。海面上，游艇拖着小艇，近在眼前。飞机场上的飞机在起飞、降落。海滨景色宜人，沙滩坚实，宽阔的沙滩边，生长着一排树木和花团锦簇的灌木丛，无数的黄色飞蛾在上面飞来飞去。在房子面向陆地的这一面，有一棵酸橙树，枝繁叶茂，硕果累累。房子的后面，是陡峭的山冈。

我们沿着主街一路走到头，去喝早晨的咖啡。小酒店和面包店里的服务员都说法语，说得很蹩脚。我们坐在咖啡馆露天座位上，四周的景色尽收眼底。这儿有什么可看的呢？或者有什么可干的呢？首先，我们要买日常生活必需品。然后，我们去游泳。海湾里很少看到海浪。你可以长时间地躺在水面上漂浮，或者躺在沙子里祛湿，还可以沿着海边溜达，检阅袒胸露背的女人——晒或秀她们的乳房。我猜想，这是返璞归真。但是，那些女人的眼神表明，你要是跟她们说话，她们是不会搭理你的。

我们往回走的时候，卖午餐的店铺都开门了。大约二十来个烤架上烤着猪排、鸡肉和龙虾，这些东西挤在一起，火苗直往上蹿，比正常烧饭做菜所需的火焰还要旺。每个店铺前都站着一个满面笑容的摊主在叫卖。他们举着鲜活的龙虾，抓着龙虾的胡须或尾巴摇来摇去，乐呵呵地吆喝着。要是虾子的哪个部位没被抓紧，胡须或尾巴断了，虾子掉到地上，则会引来一阵笑声。

"我们离开这里吧。"罗莎蒙德说。她抱怨烧烤的烟味熏得她眼睛痛。可让她更受不了的是龙虾遭受折磨。回到新罕布什尔后，她在路上只要看到火蜥蜴，总会将它们捡起来带到安全的地方。我常说:"你把它们放到那儿,它们也许还不想待在那儿呢。"是我不对,不该取笑她善心泛滥。对各方人员来说,心慈手软这个问题都会让人感到不自在。心肠软,会遭到心肠硬的人的数落:"这是生活法则,我们得吃东西。难道甲壳类动物自己就不吃同类动物?"不过,这么说只是托词。你不过是用教科书知识来点缀你的"解释"而已。这些长着甲壳的龙虾,爪子掉了难道还会再生不成?这似乎表明我们为什么要开设科学课程,以此掩盖我们的冷酷;至少让这种冷酷变得名正言顺。波洛尼厄斯[1]在吃饭,不是他在那儿吃,而是被虫吃掉——这是他吃了一辈子饭要付出的代价。

你不能用自己的仁慈卷尺去衡量一切影响。你还没来得及躲开,你那些死去的东西就突然把你给团团围住了。拉维尔斯坦对这种事会怎么说?他会说:"女孩式的厌恶。"意思大概是说:"她是个心慈之人,问题都必须亲手解决。对于这种事,每一个成年人都必须要深思熟虑。至于红色火蜥蜴,大概可以放进意大利面条酱里……"

在圣马丁岛上,我们住在一栋两层楼的房子里,位于海湾的下端——东边。我们楼下住的是一家从法国北部来的游客,他们把花园给占用了。他们是一大家子,而我们也不特别需要花园。我们感兴趣的是海滩——就隔着一堵矮墙,离海水大约只有三十英尺。一艘底部是玻璃的船按照既定的日程计划,载着游客到北面的珊瑚礁去游览。

我很感激这个海湾,它把我们给围在了一起;我也很感谢这些边界,我们的四周围着这些边界线,让我很喜欢。我来这里不是

1　莎士比亚悲剧《哈姆雷特》中的人物。

和大海搏斗的，而是来游泳的，静静地漂游；是来向拉维尔斯坦祖露心声的。罗莎蒙德时常拽着或拉着我到齐肩深的水里，抱着我在水里游来荡去。她不是一个很健壮的年轻女子——她也不必要那么壮。海水似乎比湖水或塘水的浮力更大，你不用费力就能漂浮起来。罗莎蒙德身材苗条，但不是骨瘦如柴，形销骨立。她一头棕色头发一直披到肩上，犹如取之不尽的财富。她的眼睛长长的，是蓝色，不是棕色，不是你期待的她深色头发的那种颜色。她一边推着我的身体在水里漂游，一边唱着亨德尔的清唱剧《所罗门》里的音乐，几个月前我们在布达佩斯听过这些音乐。"长生不老，"她唱道，"开心——开心的所罗门。"这是一首合唱曲，她独唱着，下面的海水荡漾着，与她一唱一和。躺在她的前臂上，我看见千百只淡黄色的飞蛾在慢悠悠地飞旋。现在一定是它们的繁殖期。主要街道上弥漫着烧烤散发的烟雾。兜售烧烤的摊主们，恶魔之子，被太阳晒得眼睛都睁不开，可依旧乐呵呵地拎着鲜活龙虾的胡须把它们摇来摇去，招揽游客。

我觉得自己永远也不会惦记这个热带天堂。相反，就在罗莎蒙德用动听的歌喉唱着"长命百岁"的时候，我倒是想起了坟墓里的拉维尔斯坦，想起他所有的天赋，他无限快乐的性格，还有他的智慧，可这一切现在全都随他而去了。我认为，拉维尔斯坦指示我为他作传，不是希望我写一些富有个性的东西就满足了——自然是我的个性，我的意思是。

罗莎蒙德和我交换了位置，改由我托着她在水中漂浮。海面上泛起的涟漪，将脚下的沙子拢成了沙脊，口腔里的硬腭也隆了起来。"我们回家途中要不要在福尔热龙停一下，为今晚订个餐位？那儿距离海边大约只有五分钟的路程。"

罗克茜·德金写了一张便条，要我们交给贝迪耶先生，他是这家餐馆的老板。罗莎蒙德已经为我们俩订好了位子。餐馆方面的事情，你尽管相信德金夫妇好了。拉维尔斯坦在世的最后几年间，他们多次去看望他。我们经常在希腊街或是库尔班斯基的餐馆俱乐部一起就餐。

德金夫妇待人体贴周到。他们只请我们帮过一次忙，作为回报。德金，一名律师，曾经带着好几卷厚厚的卷宗到圣马丁岛来。有个案件他不久就要审理，可他却忘了复印与之相关的好几份材料。他特地请我们帮忙，查找一下这些材料，然后用邮件发给他。罗莎蒙德提醒我好几次，不要忘了这些装订好的卷宗。女房东派用人把它们送到楼上我们的小套间。

那天晚上，我们沿着凉爽的海滩走到福尔热龙。罗莎蒙德把鞋子和凉鞋都放进一个手提袋里。我们穿上鞋子，走进面向海边的那扇大门。涓涓的细水欢天喜地地流入花园——葡萄藤、灌木丛和鲜花。贝迪耶夫人在厨房里忙碌着，没有注意到我们。贝迪耶先生看着罗克茜熟悉而亲切的便条，并没有露出浓厚的兴趣。他秃顶，身材高大，身强力壮，身子骨里透着一股暴力倾向。他传达的信息，要是能用文字表达的话，便是："我已做好准备，满足客人（**顾客**）可能提出的一切要求，但我压力太大，随时都会暴跳如雷。"他是唯一的侍者，店里坐满了客人，他却没有一个帮手。而所有顾客的饭菜都是他妻子一个人在做。可是，游客们应该明白，他们和这对夫妻不是同一社会阶层的人。

我在进行这番简单的描述时，时常感觉到拉维尔斯坦对我的影响。也许还得承认，我在日常事务中还时常可见他的音容笑貌。这是他的性格魅力使然，也是因为他的生活比我的更具内涵，我离不开他的组织经验——他或许也想坚持下去。从他的角度讲，他也离不开我。而且，许多人都想摆脱死去的人。恰好相反，我却想方设法紧紧地抓住他们不放。我固执地预感到——现在应该是一清二楚了——他们并没有永远离开。拉维尔斯坦才不会理会这些幼稚的想法呢。好吧，或许是幼稚吧。不过，我不是在辩论，我只是在如实报告而已。我知道，承认这种幻觉，等于说精神上不再令人可敬。你看到了，即便我也得服从大众的观点。但是，拉维尔斯坦不断地出现在我的生活中，我或许可以为此作些简单的解释。他死的时候，我开始明白，把我们上次见面以来发生的事情告诉他，已经成了我的习惯。

然而，拉维尔斯坦总是以种种怪诞的方式出现在面前。从他继续存在的地方，不管这个地方是哪儿，拐弯抹角地走进我的生活，我不会假装说没有此事。这不用采取方式，讨论什么来生。我不想为此事争论。从理智上讲，这个消息缺乏可信性，但我不能仅仅因为这个就对此事熟视无睹。

好了——福尔热龙餐馆的贝迪耶先生今晚推荐吃什么？冷菜红鲷鱼，浇上蛋黄酱。罗莎蒙德还点了另外一条鱼。两种鱼烧得都不大好吃。室温下的鲷鱼又湿又黏，而蛋黄酱犹如氧化锌软膏。

"怎么样？"罗莎蒙德问。

"没烧透。"

她尝了尝，也觉得鱼没烧熟，中间部分还是生的。

"跟老板说，你可以用法语跟他讲。"

"他的英语更好一点儿。没人喜欢那种云里雾里的谈话，一头雾水。他干吗要用法语跟我聊呢？他认为我可以选一门伯利兹[1]开设

---

1 中美洲唯一以英语为官方语言的国家。

的课程。"

我吃不完红鲷鱼。晚餐拖了很长时间。

罗莎蒙德说："这是个糟糕的夜晚——在这么美丽的地方，他们做的饭菜居然这么难吃。"

温暖、平静的热带海面上，明月当空。在这种环境中，你不能提供这么难吃的晚餐。从公寓走过去不到十分钟就有一家餐馆，那里本该是一个新娘的梦乡——不用购物、削皮、做饭、上菜、洗碗或处理垃圾。

直到午夜时分，空中交通才安静下来。我很快获悉，有许许多多的私人飞机降落在当地的机场——表明有一大批美国人、墨西哥人、委内瑞拉人、洪都拉斯人，甚至意大利和法国运动员，他们个个腰缠万贯，会驾驶飞机——这些人喜欢现实里处处都能随心所愿。他们希望刚想到一个地方，几个小时后就能够到达那儿。十六世纪时，西班牙的海上旅行有时要持续几个月时间，而如今，你白天在委内瑞拉打高尔夫球，晚上就可以在尤卡坦享用晚餐，第二天早上又能回到帕萨迪纳市，及时赶上观赏"柑橘杯"橄榄球比赛。

开始时你心里还在想，这些腰缠万贯的富翁驾驶着飞机飞来飞去，拟定航程，计算油耗——可很快你就不得不承认，长时间飞行使你感到非常累，**你会疲惫不堪。**

实际上，福尔热龙餐馆的贝迪耶让我染上了疾病。

我抱怨累，全身没力气，罗莎蒙德对我说，是连续疲劳，再加上焦虑和悲痛造成的。拉维尔斯坦是因为自己肆无忌惮的性习惯送的命。可怜的拉维尔斯坦。罗莎蒙德同我一样，还在为他悲伤。她对你的抱怨并不是充耳不闻——而是全神贯注，而且不急不躁。她说，假期刚开始，通常都有这种难以承受的沉重感。她深情地抚摸着我的面颊，对我说，我得补觉。

我补了觉，可感觉还是不见起色。鱼身上携带的毒素是抗高温的，我后来才知道这一点，即便多烧或多烤一会儿鱼肉，也无法杀死毒素。后来到了波士顿，有人对我解释说，雪卡毒素[1]很快就能被身体排泄出去，可它对你的神经系统已经产生了致命的伤害。这些伤害跟拉维尔斯坦得的吉兰-巴雷综合征的症状非常相似。开始时的症状是突然厌食，甚至连看一眼食物都恶心。所有食物的味道我都讨厌。晚餐我只能吃些牛奶冲泡的脆玉米片。我不停地对罗莎蒙德讲，这对我反而有好处，身上的赘肉没了。我说，就跟每个美国人一样，我吃得太多了。

楼下寓所里的那一家法国游客来自法国的鲁昂，是来这里休闲放松的，准备在这个热带岛上释放一下压力。他们在平静的大海里游泳，罗莎蒙德和我也是。我们在海滩上一边晾干身体，一边开心地聊着天。可厨房里飘来的气味实在叫人受不了。我对罗莎蒙德说："他们在烧什么狗屎东西呀？"

"有那么难闻吗？"罗莎蒙德问。

接着，我对她讲法国烹饪已经大不如以前："过去随便到哪家**小餐馆**都能尝到美味的菜肴。或许是旅游业弄坏了烹饪的标准；或者说，是不是农民阶层的消失，可能导致法国烹饪正走向败落？"

"和你生活在一起的快乐之一，奇克，就是你对每一个问题都有极其丰富的想法。可是你似乎完全丧失了食欲。我觉得你是太疲

---

1 名字来源于雪卡鱼类，二十世纪六十年代首次从毒鱼中发现。毒性比河豚毒素强100倍；无色无味，脂溶性，不溶于水，耐热，不易被胃酸破坏，主要存在于珊瑚鱼的内脏、肌肉中。

惫了——疲惫过度、劳累过度——这个宁静的地方，对你来说太过宁静。你真的是过于疲倦。"对我反应的力度和强度，她明显有些担心。

"我们得逃离这个令人恶心的、臭烘烘的食物味道。"

"那我们出去吧。"

"好的，我们走。你需要吃饭了，罗莎蒙德——你应该好好吃一顿。我没胃口，可我想要你吃点儿东西。"

在那个岛上，我晚上一直睡不着——心脏跳动不正常。心脏病学家施莱医生给我开的奎宁药，我已经增加了服用的剂量。我就着几杯奎宁水把药片给吞了下去。我头脑相当清楚，可埋怨脚板底发麻。"有一种震颤穿过双脚，很不舒服。"我说。

"或许是你坐姿不对，试试看站着工作。也可能是你服用奎宁过量。"罗莎蒙德说。

"施莱医生说，我心律不齐——纤维性颤动——服多少剂量都可以。仁慈的上帝啊！如今每个人说起话来都像医生。"

我们俩在海边散步，逃避大街上鸡肉、龙虾摊铺发出的臭味。走到福尔热龙时，老板懒洋洋地躺在外面，假装在看大海，我和他打招呼，他也不搭理。"远离法国五千英里，他解放了，不用再彬彬有礼了。"我说。

"我们已经不在那儿吃饭了……"

"**跟它没关系了。**人们教他礼貌，可他就是一头猪，礼貌对他不起作用。可怕的人随处可见。真是劣材难成器。"

我不知道我的病严重到了什么程度，只知道自己会一阵阵地发火，或是莫名其妙地觉得不正常，有点儿精神错乱。我意识到自己老爱重复说过的话，察觉到罗莎蒙德忧心忡忡。她不知道该怎么办。也许她在责备自己不该带我来这儿。有件事一直困扰着我，大概值得描述一番。我常对罗莎蒙德说，衰老导致诸多问题，其中之一是时间在加速。日子一天天地一晃而过，"就像特快列车驶过地铁站一样。"我经常跟罗莎蒙德提起《伊万·伊里奇之死》，来阐述这种情况。小时候，日子过得很慢，可老了，时光飞驰，正如约伯说的，"比织布工的梭子还要快"。伊万·伊里奇还提到，将一块石子扔向空中，慢慢升起。"落回地面时，它则会以每秒三十二英尺的速度加速降落。"你受到地心引力的控制，整个宇宙都参与到加速你走近末日的进程。我们要是能够重新回到我们熟知的、美好的孩提时代，那该多好啊。可我觉得我们又太熟悉我们人生经历的数据了。这些数据是以**格式塔**[1]的形式在我们身边涌现出来的——也就是越来越抽象的形式——我们认识这些数据的方式，就是将人生一个个经历迅速转变成一部危险的、杂乱无章的快进喜剧。我们需要迅速处理，以消除迷惑儿童、推迟或延缓儿童期的种种细节。艺术可以将我们从这种杂乱无序的加速中拯救出来。比如诗歌的格律、音乐的节奏、绘画的线条和色彩。但是，我们正在加速入土，闯入我们的坟墓，我们的确是感受到了这一点。"要是这些只是说说而已也就算了，"我对罗莎蒙德说，"可我天天都能感受到。无效的思考，本身就会吞噬剩余的生命……"

可怜的罗莎蒙德，她不得不一晚接着一晚地在晚餐桌上听着这些唠叨——这次加勒比海度假原本是个浪漫的假日，相当于补过一次蜜月。

1　即格式塔心理学，西方现代心理学的主要学派之一，主张以整体的动力结构观来研究心理现象。

"你和拉维尔斯坦讨论过这个问题吗？"

"嗯……是的，讨论过。"

"他是这么对你说的？"

"他说伊万·伊里奇选择了一个'习俗婚姻'，还说他和妻子要是相亲相爱的话，情况看上去就完全不同了。"

"可怜的人真是你恨我，我恨你。"罗莎蒙德说，"阅读这部小说，就像穿越一大堆碎玻璃，真是一种折磨。"她非常聪明，罗莎蒙德。我们不仅能够相互交谈，还能期待相互理解。

现在，我们开始查找朋友德金交代我们的那几本卷宗，我们俩一起翻阅他要我们为他复印的那几页内容。这只是点杂活儿，真的，罗莎蒙德把大部分活儿都给做了。这里没有复印机复印这个规格纸张的卷宗。我大声朗读那些选段，罗莎蒙德把它们全部输进她的文字处理器。开始时我对这个材料并没有什么兴趣，可很快就被吸引了，吸引我的不是法律问题，而是德金客户提起的版权诉讼。该书是以一份日记为素材写成的，写日记的是一名美国医生。他获得国家机构什么的提供的一笔研究经费，在新几内亚热带雨林从事一项数年的研究，操着混杂语言或是岛上的方言。他的报告写得非常好，产生了很大影响——有时甚至令人终生难忘。他描写一处悬崖边，上面开满了璀璨夺目的鲜花，他将其描绘为"深红色的兰花瀑布"。文中有不少段落用词华丽，但你能感觉出，他这是在对姹紫嫣红的大自然进行回应。他怀抱坚定的科学目的，整篇文章都很重要——将人类紧紧地联系在一起。他首先从自己研究的部落生活饮食缺乏蛋白质开始写起。他说，在原始时代的战争中，那儿的土著人是不愿白白浪费敌人的身体的。

我的主要兴趣不在这种科学推测。我说过好几次，我的特长是在日常生活里从平常中发现不平常。这一点，拉维尔斯坦也指出过多次，不是本体，也不是"事物本身"——我把这一切全都留给世上的康德们去研究。深红色的兰花溪水在丛林中一路向下流淌数百英尺，林中的那些黑乎乎的无头尸体便是不寻常现象，难道不是吗？那些男人都是刚刚被杀害、斩首的，头颅就在边上。记载这一切的研究人员说，这些头颅都是用来购买老婆的货币。所以，猎杀者专门猎头。但是，把这个美国研究者吸引到溪水边埋伏的，不是那些战斗的战士，而是烤肉的味道。"这就像是家里厨房的味道——炉子里烤着有益健康的腿骨肉，或是一只感恩节火鸡，就是那种开胃的美味。人肉也能激起你唾腺的反应……勇士们主动递给我一些人肉串。被残杀者身子被翻过来，肚子朝下。地上洒满了殷红的鲜血。胜利者们觉得，我的面部表情异常滑稽可笑。他们说：'嘿，只是肉而已，同其他肉没任何区别。'"的确，除了开胃香味所需要的内容，作者还记述了其他内容。狩猎者们说，要是他们遭到埋伏，就会被对方给煮了、吃了。对我们来说，这可能是合情合理的；对他们来说则是生活的现实。丛林中的猎物并不是很多，狩猎者经常累得筋疲力尽，亟须吃东西。那个美国人继续思索列宁格勒遭纳粹包围的日子，也谈起日本士兵在菲律宾丛林中被切断退路时吃他们死去战友的尸体，还提到了南美田径运动员在安第斯山脉坠机身亡。当然，我们自己的虚无主义者告诉你一切皆有可能，所以他们不得不承认，人吃人也完全合情合理。"可我感到很不舒服，"这位美国研究人员写道，"人的尸体在这个开满鲜花的天堂里，还流着鲜血，大腿就被割下来烧烤，散发出诱人的味道。对我来说，这比看着战士们提着人头还难以忍受。他们抓着灰蒙蒙的头发，摇着那些人头去提亲。"

罗莎蒙德现在发现我真是病了——尽管我还矢口否认，穿过路边烧烤升起的烟火，走了好几英里去找感恩节火鸡，可我们一只也没有找到。当地那些母鸡瘦骨嶙峋，似乎只长绒毛，不长羽毛。在商店的冰柜底部，她发现几包硬邦邦的鸡腿和鸡翅。她说，它们化冻后看上去更糟。在这个盛产山药和椰子的岛上，没有可吃的绿色蔬菜。她辛苦了好几个小时，做出了鸡汤。出于感激，我拿自己开个玩笑，说吃不下去——想起我小时候看见一位移民母亲大声哭喊说："我的乔伊不能吃蛋卷冰激凌。他转过头不看它。他要是不舔一口的话，他就得丧命呀！"

　　或许是因为我觉得热带地区是个死亡威胁，所以不管遇到什么必须要考虑的问题，我都本能地从乐观角度去想。我在不停地思考一个问题，就是这儿的土壤非常疏松，不像北方的那么坚硬。要把一个人埋在这种腐烂的珊瑚土里，一定很不容易。我可不想和罗莎蒙德谈论这个令人抓狂的问题。罗莎蒙德在责备自己不该劝我来欢度这个愉快的假日——但我知道，我相信她这么做是对的。我感到很奇怪，但我告诉自己，这种浑身不适，自打我从北方来的时候就有了——一种不安或紊乱，犹如某种十分抽象的痛苦。多年前，我发现自己被困在波多黎各很长时间，感觉很不舒服，就跟眼下在这个热带环境里的感觉一样——犹如环礁湖里升起的滞留盐水和大海里腐烂物发出的气味——丛林植物和腐烂动物发出的奇怪臭味。波多黎各的猫鼬跟其他地方的狗一样，随处可见。你想不到，这么大的动物居然就生活在大路边、乡村的后街上。

　　夜晚，镇上传来一阵阵当地部落演奏的音乐声。公鸡报晓，叫得你睡不安宁。不过，我的睡眠本来就不多，能够吃的也只是一些玉米片而已。我抱怨自来水水质不好，罗莎蒙德现在十分担心我，就经常跑到店里购买沉甸甸的瓶装水拎回来。

很显然，我病了，但我又不能让人说我生病。我感觉现在思维都有些不正常。渐渐地，这些思想清晰起来，我发现我是在焦心劳思进化的问题。当然，我是相信进化论的——证据千千万，有谁还会拒绝接受呢？现在不甚明了的是，进化是通过随机变化发生的，大批真正信仰科学的人都深信如此。"**一切**都会发生，只要时间充足，几十亿年的时间足以让你面对所有的过错和绝境。"遗传学家沃森已经制定了这一规则。但是，正如我告诉罗莎蒙德的那样——同时我也是在同沃森争辩——如果你想到精细的人体资源，成千上万的资源，非常精细，不可能是偶然发生的，那么沃森谈论的便是粗糙的木匠活——男孩子的木工坊或是手工训练，而不是精细的木工活。

回想前面的日子，我很对不起罗莎蒙德——为她感到难过，她那时明知我病了。她设法在小厨房里做一些滋补品，做一些我之前常爱吃的饭菜。但是，市场上卖的肉都太恶心。她做的汤，我一口也喝不下。楼下的那家法国人一直在烧那狗屎晚饭，我一闻到那味道就恼火。

"那些心地善良、作风正派、和蔼可亲、彬彬有礼的人，怎么能自己烧锅做出——而且还吃！——这种乱七八糟的狗屎东西！"

罗莎蒙德说："我要是去叫他们把窗子关起来，他们会不开心的。可你不觉得你该去看医生吗？在这条路的南面有一个法国医生。我们已经多次看到过他的招牌了。"

我吃不下晚餐，所以在此之前我们就坐在门廊里喝杯酒。罗莎蒙德拿出带馅的橄榄，我吃了一点儿。我喜欢吃凤尾鱼馅的橄榄，西班牙式的那种，可这里只有甜椒馅的。我发现，观看加勒比夜晚的天空，无法不想起上帝。想起上帝时，又不能不想起那些升入天空的死去的亲朋好友。随后，你与他们重新建立联系，最后做出如实的、能够忍受的评价——反思一生的行为、感情、爱好。在这一点上我做得一点儿也不好。

我感谢罗莎蒙德，她想尽一切可能从科学上弄清事实。因此，第二天我便去看医生。美国人不大相信外国药品。他们常以为，法国医生只会对你说，你肝脏有问题，不能多喝酒。路南面的那个医生只字未提喝酒的事情。不过，他告诉我，我得了登革热。好了，还不算太糟。登革热是一种热带病，由蚊子传染的，吃点奎宁就可以了。于是，我把当地产的奎宁加到葡萄糖酸奎尼丁里一起服用。葡萄糖酸奎尼丁是美国医生——施莱，就是责备拉维尔斯坦一出重症监护室就抽烟的那个医生——给我开的处方药，防止心动过速。

罗莎蒙德又跑了一趟药店——来回可是有三英里路呢，而且是顶着烈日，无遮无挡的。她对法国医生的诊断似乎将信将疑。不过，不管登革热有多严重，还是可以治的。

那个做晚餐的臭味快要把我逼疯的邻居，主动跑上楼来帮忙。他们说，他们随时可以开车送我去四十公里开外的M镇医院。一路上，风光旖旎，但我清楚地意识到，车堵得厉害，都是些破破烂烂的农用车和呱呱车（巴士）。

法国医生态度温和，就像我们说的，诊断时"轻描淡写"，不喜欢危言耸听。因此，我决定承认患上登革热这个事实，没有大惊小怪，并服用他开的奎宁合剂。罗莎蒙德和我一起阅读《安东尼与克莉奥佩特拉》，共同回顾拉维尔斯坦说的格言：没有伟大的政治，激情就无法展现。安东尼说"我要死了，埃及，就要死了"，克莉奥佩特拉把小毒蛇放到她的胸口上。读到这里时，罗莎蒙德不禁潸然落泪。随后，我们上床睡觉，但是睡得时间不长。

在洗手间里，我晕倒在冰凉的瓷砖地上。我是在黑暗中一路摸着走出洗手间，却突然摔倒了。罗莎蒙德抱不动我，也无力把我滚到床上。她跑到楼下叫醒女房东，女房东立刻打电话叫救护车。她俩告诉我救护车在路上了，我对她们说我绝不同意去医院。那种鬼地方我已经见够了。殖民地的药，特别是在热带地区，让人不放心。

罗莎蒙德说："**你必须去。**"但是，看到我态度异常坚决时，她又跑到楼下女房东家，打电话请医生上门来。医生就在路的南面，过来只需五分钟。医生被叫醒后一点儿也没生气。他打开手电筒，查看我的喉咙和眼睛。两个身材魁梧的护理员抬着一副折起的担架，把门厅堵得严严实实。穿工作服的黑人已经开始把担架放到地板上打开，不想我突然说："我哪儿也不去。"

罗莎蒙德询问医生的意见。医生说："好吧，他要是坚决不肯去，那就不去吧，这也不是绝对的。"他让救护车开走了。对两个护理员来说，去不去都没多大区别，于是他俩一声不响地离开了。只剩救护车的发动机在怒吼。

我们想法儿度过了当晚剩下的时间。天亮后，我连提都没提早饭，只是坐在外面望着前面黑乎乎的礁石——大气和海水一如既往地运行。这个季节的景观之一，是大片、大片的淡颜色飞蛾，就是淡黄色的那一种，个头不大，花纹也不漂亮，在空中飞来飞去，一会儿飞向大海，一会儿又飞回到植被茂盛的陆地。

罗莎蒙德在楼下借用女房东家的电话，这个电话之前从未给我们用过。女房东不愿帮我们接电话传递消息，也不许房客打电话。可我现在病了，再说她也不想让我死在她家的房子里。我想，罗莎蒙德一定也很清楚这个事实。异常奇怪的是，我对此几乎没有任何感觉。太阳还没升起，光线只够辨别液体和固体——大海——外表单调，内里空虚，表里如一。罗莎蒙德一向随和温顺，优雅端庄，谦恭虚己，彬彬有礼。可女房东脾气那么坏，航空公司电话接线员又是满口官腔，冷酷无情，与他们打交道，她早已做好了充分的准备，现在则展现出（毫无疑问）一种内在的坚强和意志力。她从楼梯爬上来时，微笑着说："我们明天一早就回去。现在是感恩节，飞出圣胡安的机票很多，飞回圣胡安的却一票难求。不过，我说乘客有一个急诊病人。他们说会准备好轮椅恭候在那儿。"

轮椅！我压根儿也没想到我的病居然严重到了这种地步。结果表明，罗莎蒙德虽然经验不足，却比别人都清楚实际情况。我从未预想到病情这么危急。

一大清早能指望叫到出租车吗？没问题。首先是因为女房东，那位满脑子生意经、容貌标致可不开笑脸的加勒比中年黑人，昨天晚上就留心了救护车和医生。也可能她和那个年轻的法国医生简单地交流过了。那个医生做事谨慎，但不够真诚。不过，她不需要他的警告；只要瞧一眼站在外面楼梯上的我，我那张满目皱纹、满是晦气、灰暗的脸就全清楚了。

一直担惊受怕的罗莎蒙德，现在非常高兴，终于可以离开这里了。她的脸色不再暗淡无光，因为现在要飞回波士顿，那儿可是有成千上万的医生。她似乎已经得到这个信息：待在岛上，必死无疑。她问我："我们把什么书、什么论文给丢掉？"这个问题很好办。"重的全部丢掉，尤其是勃朗宁的《诗集》。"我以前一直讨厌勃朗宁，现在把他与烹饪和法国邻居归为一类。

我不愿扔掉的是我朋友德金的那本杂志——写食人族的那一期。我念念不忘烤人肉、食人者、被割下的人头。头颅面朝上，躺在长满兰花的悬崖边上，四周的草地上溅满了鲜血。吃人肉这一景象对我的意识——我毫不讳言——产生了很大影响。我因为病了，所以非常容易受到影响。我本来是不会为了任何原因而丢下这些文章的。我可以用生病作为借口。可在飞行途中，那些文章不见了。

容貌标致、表情严肃的女房东一副如释重负的神情，她的反应说明了一切。终于把我们给打发走了，她别提有多开心、多自豪。让他离开这里，到别处去死吧——坐出租车或是乘飞机。天还没亮，她就爬起来给我们送行；法国邻居也来了。前一天晚上，他们一定是被拉着警笛、闪着红灯的救护车给吵醒了。他们满怀善意和遗憾祝我们一切安好，挥手同我们告别。毕竟大家都是体面之人。女房东来告别，意味着"滚吧"。换成她，我也会这么想。凌晨五点钟，她站在灯光下向我们挥手告别——完全摆脱我们了！

谈起我们被搅乱的假期，罗莎蒙德说："真是一场噩梦！"在疾驶的"咣当咣当"响的出租车里，她如释重负，向这个岛屿告别。她至少是摆脱了那个戴防护面罩的摩托车手，这家伙每周都要占领大街一两次。他一身皮衣，头戴巴克·罗杰斯牌头盔，全副武装；他露着大牙齿，紧咬牙关。他在街上横冲直撞，却不见警察的影子。见他飞奔过来，行人四处躲闪。摩托车发着轰鸣声，来回飞奔，扬起阵阵灰尘，迟早会撞死行人。"镇上的疯子。"罗莎蒙德这样称他。"我再也不用担心来回药店路上碰上他了。"她说。

机场面积达好几千平方英尺。在金属材料建成的绿色机场大棚里，罗莎蒙德帮我这个病人坐进等候在那儿的轮椅里。我坐在里面，感到心余力拙，只好在大腿上签旅行支票，支付出境费。实际上，我觉得自己并不需要坐轮椅。我对罗莎蒙德说，我自己能走，并表演给她看，爬了许多级台阶走进飞机。到了圣胡安，我走下飞机，非常感激，又坐进了第二张等候在那儿的轮椅。大多数行李都堆在我双脚周围，放在我膝盖上。可接下来要检查护照，我必须得站起来。最糟糕的要数海关检查。罗莎蒙德只得把大箱子和装衣服的旅行塑胶袋从行李传送带上拎下来，放到检查台上检查——全部打开，回答问题，然后重新锁上，用力拖下来，重新装到飞往美国的航班上。她没有男人那种提重的力气和必要的肌肉。在这里，我发现自己永远不再是个身强力壮的旅客了。罗莎蒙德对检查人员说我身体不好，可他们听了无动于衷。

这一天是感恩节，飞机上一半座位都是空的。乘务员说我也许想把身子伸开来，于是领我到后排的位子上，把一排座位上的扶手全部收起来。我要了一杯水，紧接着又要了一杯。我从来没有这么口渴过。乘务长在第二次世界大战期间，在南太平洋上也得过登革热，他有许多经验之谈。他主动要给我送来氧气机。罗莎蒙德催我戴上吸氧面罩，可我只是要水喝。

与此同时，罗莎蒙德在设法电话联系我在波士顿的医生。他们中有两个医生——"初诊"医生和心脏科医生。心脏科医生在打高尔夫球，联系不上；"初诊"医生到新罕布什尔参加家庭晚宴去了。

我想起飞行途中又一次谈起了格利莱斯库的年轻朋友，他在一个男厕所的隔间里被人杀了。

"你跟我讲过他了。"

"什么时候讲的？"

"不久前。"

"我似乎无法把他从我脑子里赶出去。我不会再提他了。但我想，不知为何，我居然把他和拉维尔斯坦给联系到了一起。知道吗，我不喜欢格利莱斯库这个人，不过发现这家伙也确实是妙趣横生。拉维尔斯坦也觉得，这是一种逃避现实的方法，我也有这个特点。说他有趣，是没有追究他。可他是有嫌疑的——有人认为他和杀人犯沆瀣一气。我似乎就是无法牢记那些吊死在肉钩上的人。”

罗莎蒙德想方设法集中注意力。她鼓励我说话。她在担心我的病。

“他是在上厕所——解大便时被打死的，凶手是贴身开的枪。拉维尔斯坦认为，这是我犯的一个典型的错误……”

“他是说格利莱斯库和杀人犯勾结在一起？”

“千真万确。他说，我应该知道得更多。”

“可这桩谋杀是发生在拉维尔斯坦去世之后呀。”

“但他以前的判断是正确的。他说，格利莱斯库，这个书呆子，一个著名的学者，终究是个纳粹分子。”

我反反复复地谈论格利莱斯库，罗莎蒙德试图把我从这个话题中引开。她说：“你和他有什么共同之处？”

“他过去常引用我的话跟我说。”他翻出我之前说过的一句关于现代幻灭的话。在现代思想的废墟中，世界依然在那儿等待我们去探索。他是这样说的，一张抽象的灰网掩盖了整个世界，目的是要把世界变得简单一些，用符合我们文化目的的方法解读世界，这张抽象的灰网**编织**出来的便是我们眼中的世界。我们需要不同的观点，各种各样的看法——他是指摆脱思想控制的观点。他将其视之为措辞问题：“价值”“生活方式”“相对论”。我在一定程度上同意他的观点。我们要清楚——我们人的深层次需求，无论怎样，都是这些措辞难以表达的。我们无法爬出可能是表现这种需求的“思想”和“文化”陷阱。措辞用对了，会有很大的帮助。不过更大的帮助，是领会现实的本领——一种用你充满爱意的面颊面对它、用双手紧紧地贴着它的冲动。

"可后来，拉维尔斯坦从左外场，我的意思或许是从右外场，敦促每个人都去读塞利纳的作品。好吧，想方设法去读。塞利纳是一位极具天赋的人，也是一个疯子，很疯狂，第二次世界大战前发表了《屠杀琐事》。在这本小册子里，塞利纳大声讨伐、公开抨击占领和掠夺法国的那些犹太人。许多法国人都认为，他们的真正敌人是犹太人，而不是德国人。希特勒——那是一九三七年——要把法兰西从犹太人的占领中解放出来。英国人与犹太人结盟，计划摧毁**法兰西**。法国已经沦为犹太人的妓院。**犹太人妓院——上帝的妓院**。德雷福斯案[1]又重新回到大众视野中来。当局收到了千百万封反犹者写来的反对德雷福斯的诬告信。我赞同拉维尔斯坦的观点，塞利纳不要假装自己没有参与过希特勒的'最终解决方案'。我也不会用游击手格利莱斯库去交换右外场选手塞利纳——你要是用棒球术语来表达的话，你会发现这些事是多么的愚蠢。"

罗莎蒙德处处迁就我。我从来没有病成这个样子。我也没有想到自己会生病。感觉不舒服，就是呀。很显然，我身体功能出了毛病。不过，我如此高寿，完全可以说我不是要死了，只是生了个病而已。秘密反动团体有可能认定我死期已到——你的同胞组成的秘密奸党团投票决定，必须要暗杀你。所以研究处决你的计划。这被说成出于政治考虑，可事实上是邪恶的意愿使然。一个古怪的、花花公子式的学者，养成了一些日常习惯，要坐下来解决上厕所这个

1　1894年，法国陆军参谋部犹太籍上尉军官德雷福斯被诬陷犯有叛国罪，被革职并处终身流放，法国右翼势力乘机掀起反犹浪潮。此案不久即真相大白，法国政府坚持不愿承认错误，经过进步人士的反复斗争，直至1906年，德雷福斯才被判无罪。此案加速了法国内部的分裂，催生出众多文艺作品，也标志着现代意义上知识分子的诞生。

自然需要——每日必做的事情——然后被旁边隔间里的暗杀者开枪击中,当场毙命。

罗莎蒙德决定从机场直接去医院。

可我坚持要直接回家。一躺到床上,我就没事了。当然,我不清楚自己的病情,不知道我发烧的温度有多高,一心要表现出安然无恙的样子。罗莎蒙德让步了,把旅行包和箱子塞进出租车的后备厢中。到了目的地,付过小费,怎样把行李拖到楼上去,显然成了问题。司机明知我们有困难,可一拿到钱,立马就开走了。我们有难处,对司机而不是我,这是明摆着的。我爬上楼,钻进了床里。

"离开那个可恶的小岛真开心。"我对罗莎蒙德说,"还是同一天吧?现在大约是十二点了?我们是黎明时分起飞的。'时针正指向正午',就像茂丘西奥说的。这是拉维尔斯坦最喜欢的莎士比亚诗句之一。"

睡在自家的被子里,感觉既安全又舒服。我对罗莎蒙德说,我现在最需要的就是好好睡上一觉。可现在刚过十二点——还不是睡觉时间。睡一觉就能解决问题,罗莎蒙德不同意我这个看法。但是,通过某种我看不到的能力,她发现我情况危急。"你要是睡着了,就可能永远也醒不来了。"她后来这样说,同时还在继续努力联系医生。"感恩节是阖家团圆的日子——是玩乐、打高尔夫的时间。"

罗莎蒙德的身材保持得很好。她打坐沉思,上瑜伽课。她的脚指尖可以伸到太阳穴的位置。但是,将那些行李从圣马丁岛拖回来,可把她给累坏了。她不知用什么法子,居然把行李顺着楼梯拖进了三楼的公寓。你也许想不到,她竟然还有这身力气。

这比求助医院容易多了,她说。她打了那么多电话,没一个有人接。遇到假日,医生们不上班,住院实习医生应该代替他们上班。"好了，这不像你想的那么紧急。"我说，"你可以明天再找医生谈嘛。"但是，罗莎蒙德很清楚，我并不知道自己在说什么。我要是还待在圣马丁岛，今天早上就可能已经死了。如果我没有赶上从波多黎各飞来的中转飞机，我就可能死在了圣胡安。假如依我自己，在自己的床上睡上一夜好觉，那我便会一睡不起。罗莎蒙德说，没有氧气，我活不过今晚。

太阳落山了，乌鸦像汽车喇叭一样在尖叫。在这里，它们变成了城市的飞鸟。有位法国诗人称它们是**美味的乌鸦**[1]——可是，是哪位诗人？我怀疑，即便是拉维尔斯坦，也可能不知道。我的脑子已经不清楚了。但我确信自己的枕头和被子可以救我。

但是，罗莎蒙德打电话给住在纽约上城的父亲。"想想看您能联系上哪一位最有影响的人。"她问父亲，"请他帮帮忙。"

在我的通讯录中，罗莎蒙德幸运地发现了斯塔林医生家的电话号码，是这个医生带我们到波士顿来的。她把所发生的情况告诉斯塔林，他回答说："不消十分钟，你会接到安德拉斯医生的电话。他是医院院长。你电话不要占线。"安德拉斯医生已是耄耋之年。他很快就来了电话，询问罗莎蒙德，我有哪些症状。接着，他又说派一辆救护车过来接我去医院。罗莎蒙德告诉他，在加勒比海的时候，我就不肯乘救护车。年迈的院长问是否可以直接和我谈？可以的，没问题。我对他说我待在这儿挺舒服的，就躺在自己的床上。不过，为了让妻子开心，我可以答应让医生检查。但是，我不愿意让担架抬着出去。经过一番傻乎乎的讨价还价，我同意以一名乘客的身份坐救护车过去。

1　出自阿尔蒂尔·兰波的诗歌《乌鸦》。

"可以！"安德拉斯医生说，"我们需要你马上就过来。"

于是，我坐到驾驶员边上，救护车闪着旋转的警示灯，警报器嘶哑地哭泣着，一路将我送进急诊室。进去后，一张轮床将我推进一个角落，有几个医生给我做检查。接下去发生了什么，我只是星星点点地知道一些。我只记得自己立马被戴上了氧气罩。随后耽误了好一会儿，因为有的医生说我应该立即进入心脏重症监护室，而其他医生则认为我的呼吸有问题。护士把氧气罩套到我脸上时，我不停地挥手推开。罗莎蒙德守在一旁照顾我。她说："你必须要戴氧气罩，奇克。我不想让他们把你双手捆起来。"

"可我喘不过来气呀。"我说。

对于眼前发生的事情，我有自己的看法。一位负责医生没有穿白大褂，只是穿了一件衬衫。面色红润的他，话不少，却很专业，他在漫不经心地描述我的病情。在这种情况下，男男女女纷纷出现，露面，现身。这位健谈的医生好像是在谈一些技术问题，与我的病情毫不相干。但是，我完全误解了这一切。我被送进了心脏重症监护室。在那里，就在当天晚上，我出现了心脏衰竭。可我一点儿都不记得了，也不记得被推进了肺部重症监护室。罗莎蒙德告诉我，用医学术语讲，我得了肺炎，双肺全白了。一台机器在帮我呼吸——管子插进喉咙里，又从鼻孔里伸出来。

我不知道自己身在何处，也没意识到罗莎蒙德就睡在旁边的一把躺椅里。有些病人的亲戚在重症监护室里安营扎寨，照顾病情严重的儿子或姊妹，罗莎蒙德经常和他们一起在病房里过夜。在最初的十天里，罗莎蒙德一直没回家。餐盘里能找到什么残羹剩饭，她就吃什么。她不肯去自助餐厅，生怕去那儿吃饭时我离开了人世。护士们对此很理解，所以开始为她提供食品。

我是后来才知道这一切的。我一定没有意识到自己是在和死神搏斗。在那几周里，医生给我服用了大量安眠药。这种药有一个效果，就是能暂停一切心理活动。我到底是死了还是活着，我没有细想。全部的表象（外部世界）都消失了。我已故的两个兄弟一度出现在我的眼前，他们穿着常穿的衬衫、领带、鞋子以及裁缝给他们做的西装。我的父亲站在后面的背景里，他没有走上前来。两个兄弟表示，他们对自己目前的状况感到心满意足。我没有大声喊我的父亲。**他**了解这是规矩。我也不知道问问题有啥用。我感觉自己已经走了一大半路程，就快到他们那儿了，所以不是很着急、很好奇。我需要了解信息，可答案得要等。后来，两个兄弟退回去了，或者说被退出了。我并没有觉得自己是个将死之人。我满脑子是幻想、错觉、荒诞不经的因果关系。据说，安眠药会消除记忆。可我的记忆力一向都很顽强。我能记得，自己的身子不时地被翻来翻去。牢记自己职责的护士或护理员，在敲打我的后背，命令我咳嗽。

我去过各种各样的医院重症监护室，探望住院的拉维尔斯坦和其他亲朋好友。我虽然是个健康之人，可有时也会自然而然地冒出一个愚蠢的念头，心想或许有一天我也可能会被绑在那儿，身上插着那些救命的机器。

可现在，那个濒临死亡的人变成了我。我的肺功能已经衰竭，一台机器在帮助我呼吸。我已不省人事，同死人一样，对死亡也是一无所知。但我的大脑（我猜这是脑袋吧）充满了幻象、幻想、幻觉。这些都不是睡梦，也不是噩梦。要是噩梦的话，还有逃生口可以逃呢……

我能回想出来的，大多是自己四处游荡的情景和煎熬难过的时刻。其中有一个幻觉是，我在一个城市的大街上寻找可以过夜的地方。我终于找到了。很久以前，在二十世纪二十年代，那地方是个电影院，我走了进去。售票亭被木板围了起来。可就在亭子后面，在一块向上的瓷砖斜坡上，有几张折叠军用床。那里没在放电影，几百张座位上空无一人。但我获悉，这儿的空气都是经过特别处理的，吸进去对肺有好处。在这里过夜，从医疗角度讲，有助于你恢复健康。所以，我加入那儿的六七个人，睡了下来。到了早上，我妻子应该开车来接我。车子就停在附近的一个停车场上。这里没有人瞌睡，也没有人爱说话。起床后，他们不是在门厅里溜达，就是在床边坐着。地板有五十年没擦了，或许时间更长。没有暖气，睡觉的话，必须穿戴整齐，穿上大衣，扣上纽扣，穿上鞋子，戴上帽子，有檐无檐的，都不能脱。

我甚至还没有从重症监护室里被放出来，就从床上爬了下来，心想我是在新罕布什尔，我的一个孙女正在房前屋后滑雪。我很不高兴，她父母居然不把她带进来见见爷爷。这是一个冬天的早晨，或者说我以为是的。实际上，这时一定是午夜时分了，可阳光好像依旧明媚，照得雪地亮闪闪的。我爬过床边的铁栏杆，可没注意到身上还插着各种吊药水的管子和针头，这些药水瓶里装的是各式各样静脉注射的混合药水。我光着脚，踩在阳光明媚的地板上。我看着自己的双脚，就好像是别人的似的。它们似乎不肯承载我的重量，可我逼迫它们就犯，服从我的意志。紧接着，我就四脚朝天地摔倒了。起初我没有觉得痛。我恼火的是，我无法下床走到窗前。我躺在那儿，一脸无助。一个护理员跑过来，说："我听说你这个家伙就是不安分。"

有一个医生说，我的后背肿得通红，从空中看就像是森林着火似的。医生们给我做了个CAT造影扫描。我就像是坐在一辆挤满乘客的有轨电车上，觉得喘不过气来，像是有人在从后面推我。我恳求让我下车，可没人愿意帮我。

当时，医生给我服了大量血液稀释剂，摔跤是很危险的。我在内出血，护士给我套上约束背心。我的儿子们已经成年，我要他们叫一辆出租车。我跟他们说，我还是在家里比较好，在浴缸里泡泡澡。"不用五分钟我就可以到家了。"我说，"就在拐角那儿。"

我经常觉得自己好像就在波士顿的肯莫尔广场下面。虽然这些幻觉中的环境个个荒诞不经，却能给你一种获得解放的感觉。有时候我在想，站到死亡的门槛上，我是不是不会像其他常人那样轻松愉快，欣赏这些荒唐可笑的幻觉——无须虚构的小说。

我发现自己在一个很大的地下室，石墙早年刷了颜色。不过，有些地方依旧是白色的，白得像农家奶酪。可是，这些奶酪如今已是脏兮兮的。荧光灯将地下室照得通亮——一张张桌子上摆着旧货店里的商品，大多是女人的衣服，是捐给医院转卖的，如内衣、长筒袜、毛衣、围巾、裙子等。桌子多得不计其数。这个地方让我想起了法林地下折扣店，不久顾客就在那儿，你推我搡，相互争吵，讨价还价。不过，我这里倒没人打架。远处有一些年轻女人，像来做慈善活动的志愿者。我坐在那儿，千百个真皮躺椅把我困在中间。要想从这个脏兮兮的奶酪似的角落里逃走，简直是白日做梦。我身后是一根根粗大的管子，从天花板上伸下来，插到地下。

我心里老是想着被迫穿在身上的约束衣或者叫套头衫，痛苦不堪。这件闷热的卡其布约束衣把我束得结结实实——这不是要我的命，把我给捆死吗？我试着解开它，可白费力气。我想，注册的社会慈善机构里，要是有个志愿者给我送来一把刀或是一把剪子，该有多好啊！但是，那些志愿者离这儿有好几个街区，根本听不见我的声音。我在很远的一个角落里，四周全是苏丹式躺椅。

令人难忘的还有一段经历。

医院里的一个男护理员站在一个活动梯子上，往墙壁的支架上挂圣诞节金属纸箔、槲寄生和常青树树枝。这个护理员并不大关心我。他就是那个说我不安分的家伙。不过，这并没有阻止我把他给记录下来。记笔记是我工作内容的一部分。活着就是——或者以前是——工作。所以，我观察站在三级台阶梯子上的他——肩膀倾斜，后背很宽。然后，他爬下来，把梯子搬到下一个顶梁柱前，挂上更多的金属纸箔和带刺的常青树树枝。

在远处的边上还站着一个老头，身材矮小、神色紧张、烦躁不安，穿着一双绒毡拖鞋在走来走去。他是我的邻居，他家的房间窗户都大开着，直接对着我的房间尽头，可他却不肯搭理我。他胡须稀疏，鼻子就像是刮罐子的塑料刮子，头上戴着贝雷帽。他一定是个艺术家，可他那长相，我感觉他好像对艺术一点儿兴趣也没有。

不一会儿我想起来了，我在电视上见过这家伙。他**是**一个艺术家，很受人尊敬。他一边作画，一边讲课，讲授的主题都是很时髦的——环境主义、整体性的花精，等等。他的素描，画面朦胧，表现我们对自然环境的热爱和责任。他在黑板上首先画了一个烟波浩渺的海面，接着用粉笔的侧面，勾勒出一张不易察觉的面孔幻影——披着一头卷发的女人，头发就像煮熟的蛋黄，寥寥几笔就勾画出了大自然，暗示自然中的人——某种神话，同样可能是某种东西的投影，说不定还是一个水中女神或莱茵河畔的少女。其实，你不能怪这家伙的画神秘莫测，充满了迷信色彩。你要怪只能怪他自大自满——用法语说就是**自负**。我喜欢**自负**这个字眼儿，不大喜欢**沾沾自喜**，正如我喜欢英语的**呼吸不畅**，不大喜欢法语里的**令人窒息**——完全窒息、脸色苍白（是魏尔伦说的？）。你要是窒息了，那还去管脸色苍白干吗？

这个亚拿尼亚，或者说假冒的预言家（艺术家），定居在这里——他的公寓长长的，紧贴着医院大楼。他的住处在拐角那儿，所以我从床上是看不见的。我瞥见他家的书橱以及满地的绿色地毯。悬挂圣诞节金色纸箔的护理员，对艺术家毕恭毕敬，可对我连瞧都不瞧一眼。无用之辈！他不许我给他留下印象。我只是想说，我不是他思想中喜欢的那种人。

总之，这位电视上的**艺术家**摆出一副是这里老居民的样子，可很快就发现他那天就要搬走了。一个个纸箱子从他寓所——或是厢房——里搬出来。搬运工把东西堆在一起。书架上的书不见了，就连书架也被急匆匆地拆了。一辆厢式货车倒着开进来，一转眼就装满了。紧接着，艺术家的老婆，穿着一件金绿色的长袍从家里走出来，弯腰被扶进了车子的驾驶室。她戴着一顶丝绒帽。电视上的艺术家将自己的绒毡拖鞋塞进轻便外套的口袋里，换上一双懒汉鞋，爬上车，坐在妻子边上。

那个男护理员站在那儿同他道别，然后对我说："下一个就轮到你了。我们需要地方，我的命令是立刻让你出院。"话音刚落，一帮人就把架子给拆了，将所有东西都拆开。周围全部拆光了，就像是戏剧舞台上的景片[1]，什么也没剩。一辆厢式货车倒着开进来，我的便服、博尔萨利诺帽、电动剃须刀、洗漱用品、音乐唱片等，全被塞进了一个个超市购物袋。我被搀着坐进轮椅，抬进了一辆铰接式卡车。我发现里面有一个办公室——不，是护士台，台子不大，但样样俱全，上面还装着电灯。卡车后挡板打开了，上面的门还没关上，

1　舞台上布景的构件，上面绘有表示墙壁、门窗、山坡、田野等的图案和景物。

车子就咆哮着直接开向地下，开进了一条隧道。车子继续全速行驶了一会儿。后来，我们停下来，引擎没有关，轰隆隆地响个不停。

只有一个护士在护理。看见我烦躁不安，她主动要给我刮胡子。我告诉她可以刮。于是，她给我涂上肥皂沫，用一次性的舒适牌或吉列牌剃须刀帮我刮。知道怎样给男人刮脸的护士寥寥无几。他们给你涂上肥皂沫后，不是像过去的理发师那样，先用热毛巾敷一下，将胡子变软。你要是不涂上肥皂沫，让胡子浸泡一会儿，刮刀片就会扯到胡楂，扯得脸像针扎似的痛。

我对护士说，我在等我妻子罗莎蒙德四点钟过来，可大圆钟早过了四点。"你觉得我们是在什么地方？"护士说不上来。我猜是在波士顿的肯莫尔广场下面，要是他们把空转的发动机关掉，我们可以听到绿线地铁行驶的声音。现在快六点了，是早上还是下午，谁说得清呢？我们现在慢慢地停在一条人行道边上，行人——不是很多——不是穿过人行道走到街上，就是从街上走过来。

"你看上去有点儿像印第安勇士。"护士说，"而且，你瘦了很多，皱纹也多了不少，胡子都长到了皱纹里，很难刮。你以前胖吗？"

"不胖。但我的体形变过多次。我坐着总比站着好看一些。"我说，尽管心情不爽，可还是哈哈大笑。

她不理解这些话是什么意思。

没有搬运货车了。我必须把房间腾出来，因为有人急等着用。深更半夜的，我被搬到医院的另一地方。"你跑到哪里去了？"罗莎蒙德来时，我责问她。我对她很生气。可她解释说，她从床上突然坐起来，睡意全无，全是在担心我。她打电话给重症监护室，得知我被搬走了，她跳上出租车就奔了过来。

"现在是傍晚？"我说。

"不，是黎明。"

"我在哪儿？"

护理的护士动作麻利，富有同情心。她拉起帘子，将我的床围起来，并对我妻子说："鞋子脱了，和他一起睡吧。你需要睡上几个小时。你俩都需要。"

为了把情况介绍清楚，还有一段短暂的幻觉要说一下。

这里有薇拉的身影。

因此，我们两个在这里向世人展示，供大家评判。她张开优雅的手，示意大家注意我局促不安的姿势。

在这个场景中，她和我发现我们在一家银行里——一家投资银行——站在抛光的石墙前。这一次，我们又闹得很不愉快。可我是薇拉请过来见她的。她是由一个二十四五岁、不到三十岁的男子护送过来的。这家伙长得像西班牙人，举止非常优雅。在场的还有一个男人，是个银行家，会说法语。我们眼前是漂亮的大理石墙面，上面嵌着两枚硬币，一枚是十美分，另一枚是一美元银币，银币的直径有十至十二英尺。

薇拉把我介绍给她的西班牙同伴。也算不上是介绍，因为他压根儿就没搭理我。接着，她简单地解释说："以前我从未体验过什么叫美妙绝伦的性生活，你总宣称性革命，我想我也应该尝试一下——尝一次，以便搞清楚和你在一起，我到底被剥夺了什么。"

我说："这就像一只巨大的兔笼子，里面装着千百万只兔子，用雌兔子来抽样检验所有的雄兔。"

但是，这次见面的第一阶段就这样，很快过去了。见面的目的很清楚，就是要让我充满内疚，给我精神上注射溶解剂或软化剂。

"你能告诉我，我们这是在哪儿？"我问道，"我们为什么要在这儿，在这些硬币前见面？它们代表——什么？"

银行家随之走上来说，多年后，右边的这枚十美分硬币可以变成直径达十英尺的一美元。

"那要多久以后呀？"

"一个世纪吧，或许更长一点儿。"

"好吧，你算的是对的，我不怀疑——可这么做是为了谁呀？"

"为了你自己。"薇拉说。

"我？亏你想得出。"

"通过人体冷冻法，"她说，"一个人将自己冷冻储藏。一个世纪后，人们把他或是她解冻，重新复活。我们读过一篇通俗小报，报道说霍华德·休斯得了不治之症，他将自己冷冻起来，等人们发现了治疗方法时，再把他解冻、复活。难道你不记得了？这叫冷冻法。"

"让我们听听你想要我做什么。猜测没用。你脑子里是怎么想的——当你要我冷冻的时候？"

"你现在就冻上，我随后跟上。这样的话，我们可以在二十一世纪一起醒来。"

大理石面板的灰色光泽和高度抛光都是精心设计的，目的是劝告大家相信，美元永远都是安全的。但是，这同时也是冷冻车间——或地窖的门面。这样做或许很蠢。你把自己的身体放在这张大理石门面的后面，和其他投资者堆在一起。你可能会躺在实验室里，一代又一代的技术人员兼牧师们守护着你，调节温度和湿度，观察你的状况。

"你会重生。"薇拉说，"算一算每百万美元产生的复合利息吧。我们俩都会复活。"

"老来伴？……"

银行家实际上穿的是一件圆角下摆礼服。他用老到的口吻说："到那时，寿命会延长到两百岁。"

"这是我俩婚姻的唯一机会。"薇拉对我说。

"婚姻"这个伟大的字眼里，一定带有塞尔维亚语的装饰音（降B调A，降B调C）。

"喂，看在上帝的分儿上，薇拉！这样讨论死亡话题是不对的，即便推迟一个世纪再死，也解决不了任何问题。"

我必须提醒你，我已经死过一次了，又重新活了回来。在我脑子里，观察问题的新（奇怪却能解放思想）老（错误）方法之间存在距离，令人惊奇。

英语不是薇拉的母语。她无法对事物重新进行解释，因为她费了九牛二虎之力，才把要表达的意思表述出来。她所能做的只是重复别人的话，然后按照自己的理解，再把那些事实陈述出来。这样，讨论就无法进行下去了。

我告诉她："这个我做不了。"

"你为何做不了？"

"你这是在要我自杀。自杀是禁止的。"

"是谁禁止的？"

"这有悖于我的宗教信仰。犹太人是不自杀的，除非他们像在马萨达围攻[1]中遭遇失败，或者像在十字军东征中要被砍成碎片。那

1　曾是犹太人抵抗罗马统治的最后一处据点。公元七十年开始，罗马军队对驻守马萨达的犹太人进行长达三年的围攻。在马萨达即将被攻陷之前，坚守其中的犹太人决定集体自尽。

样的话，他们先把孩子杀掉，然后再自杀。"

"你从来不依赖宗教，除非想要赢得辩论。"薇拉说。

"假设我一冷冻，你就变卦了，跑去状告银行。"我说，"接着，你要求领取我的财产，因为我人死了。他们无法证明我是不是能够解冻、复活。或者说，你认为他们让我复活下来，就是为了打赢这场官司？整个案件在法官面前辩来辩去，可那个法官蠢得连自己的屁股都找不到。"

提到诉讼，银行方代表面色苍白，我有些同情他，尽管我自己感觉也不太好，心脏严重衰竭。

"这是你欠我的。"薇拉说。

她是什么意思？但是，不与不可理喻的人争论，是我的原则。我只是摇头，重复道："不能这样做，不能，我不会做的。"

"不会做？"

"你不明白自己提出的都是什么要求。"我说。

"不明白？"

"照你这么说，意思是我不清楚自己在做什么？说得一点儿也不错。"我们俩一起站在法官办公室里登记结婚，我从来没做过比这更离谱的事。我邀请来参加婚礼的一位学校老朋友，非常喜欢薇拉。法官在书中寻找婚礼服务内容时，他对我耳语说："即使这段婚姻不超过六个月，哪怕只有一个月，那也是很值的——真是丰乳肥臀、貌若天仙啊。"

我又接着和薇拉在银行里进行对话。我可以听到自己在说什么，而且相信自己满脸严肃。"很久之前我就进行自我调整，以求像大家那样自然地死去。一生中，我见过大量死亡，我已做好准备。而且关于坟墓——又冷又湿——我也许想得太多了。我想得太仔细，对死人的感觉或许过多了——这种感觉不正常。但是，你千万别幻想说服我，让我把自己交给科学做实验。你的提议令我感到羞辱。但是，如果你能够诱使我娶你，你大概觉得自己会说服我，让我冷冻一个世纪。"

"是的，我确实认为你亏欠了我。"薇拉说，声音压过了我。

我们俩遇到的困难，大多数是误解造成的，是她难以理解我的世界观。狗懂笑话，猫却不懂，所以她从来就没有机会笑。其他人笑，薇拉也会跟着笑。可要是没有笑料的话（这很好笑），她则笑不出来。而且，我在餐桌上说笑时，她总怀疑我是在取笑她。

我确信自己还在银行里，抛光的墙壁上嵌着一枚十美分硬币和一枚大大的美元。这时，我也许还没意识到，在现实世界里，人们正在抢救我的生命。医生给我用药，护士给我护理，技师给我用技术，都在忙着帮我。我获救后，或者说假如获救，我就要继续活下去。

而且，要不是那篇关于霍华德·休斯的文章，薇拉可能不会建议说冷冻一个世纪是个绝妙的想法——我躺在那儿，冷冻起来，成为一块冰，等待复苏或复活。与此同时，她和那个西班牙男朋友便可以寻欢作乐（顺便提一下，除了"早上好"，他从来没跟我说过一句话）。

对于这家银行、这些硬币、这些同伴——还有薇拉、薇拉的那头西班牙种马、投资顾问、薇拉关于性革命的评论等，对这一切的真实性，我都毫不怀疑。

"你对那次银行会面信以为真。"我描述完当时的情况，罗莎蒙德，我的妻子，我真正的妻子，问我，"为什么在你看来如此真实的事情，总是糟糕透顶？我有时纳闷，不知道能不能劝住你不要这样自虐。"

"是呀，"我赞许说，"它给人一种具体的满足感，这种快感虽然不好，但可以保障经历像真的一样。这就是我们的经历，也是我们生活的样子。大脑是一面镜子，反射着整个世界。当然，我们看见的只是画面，不是现实，可这些画面对我们很珍贵，我们渐渐地爱上了它们，即使我们意识到，大脑这面镜子是个多么扭曲的器官。但是，现在不是故弄玄虚的时候。"

我是那种重症监护病人，医护人员要在我身上赌一把，如果他们是赌徒的话。可是，这些人办事都很认真，不会赌你是否能活下来。后来，我在医院其他科室里碰到过他们中的一些人。他们说："嘿，你活过来了嘛——真是个奇迹！我还以为你不行了。啊……那可是一场生死搏斗呀。如果赌你能活过来，我连两分钱的赌注都不会下的。"

那好吧……**回头见**。我们来生再相见吧。

如果这些碰面时间更长一点儿（尽管我更喜欢越短越好），我就该提起我的妻子，给予她应有的赞美。到处都有实实在在的专家在关注她："好一个国色天香！""她多专情啊！"病人临终，亲戚们往往都像头晕目眩的小鸟，被棒球场中场上空的灯光照得不知所措，乱飞乱窜。但是，罗莎蒙德可不是这样。为了救我，只要需要，她什么都会去做。这也是为什么重症监护室专门为她而修改了规章制度。他们对兄弟、姐妹、母亲、丈夫、妻子等，了解都很广泛、很全面。我这种情况，活下来是个不可能的选项，可她似乎仍在全力抢救这样一个输家。在其他人——主要是女人们——看来，我之所以还一直待在死亡线这一边，就好像是罗莎蒙德的缘故。

这些女人是因为爱情才去拯救生命的吗？要是民意测验专家向她们调查这些问题，她们会矢口否认。正如拉维尔斯坦曾经说过的一句名言，美国的虚无主义深如无底洞。爱情，按理说——或者按照现代人的看法——这种情感，在今天都不足为信。不过，在死亡前线工作的重症监护室的护士们，比那些在安静的走廊里工作的人，更乐于接受纯洁的感情。罗莎蒙德，一个身材苗条、一头黑发、鼻梁挺拔的大美女，人们似是而非地认为，她天生如此。她受过高等教育——一个博士，非常聪明，不会受骗上当——但依然深爱自己的丈夫。爱情在这些护士中获得了隐秘的支持。她们工作在临终地带，其中百分之八十的病人最终都会走向太平间。病房里的医护人员为她——也是为了我们——更改了规章制度。她获准到病房里，睡在我的病榻前。

我从重症监护室"毕业"时，他们让罗莎蒙德准备了一个小型晚餐会。贝托鲁奇医生从家里带来葱酱味意大利面。我坐起来，吃了几叉子面，然后就新几内亚食人问题发表演讲。我说，被屠杀的敌人在山崖边烧烤着，悬崖上长满了热带鲜花，绵延峭壁数百英尺，恰似瀑布。

我从重症监护室被送出来时，罗莎蒙德获得允许，依旧可以自由出入病房，不受任何限制。晚餐后，她开着福特维多利亚皇冠牌轿车回家。为了不让我担心，她说："这个车挺稳的，很可靠。它被挑选出来做警车专用车，开着它，在交通信号灯前停下，我感觉很安全。那些坏蛋都知道，我是一个便衣警察，身上带着枪呢。"

即便如此，有一天深夜，在我们家大楼后面的停车场上，车门玻璃还是被砸得粉碎。她也不喜欢夜晚看见老鼠，这些家伙成群结队地出现在灯塔街上，在那儿，可以看见和闻到街上那家餐馆的味道。"它们坐成一排一排的,就像陪审团坐在陪审席上。"她会说,"它们的眼睛聚集着那儿所有的灯光。"

当她一瘸一拐地爬上三楼时,一只猫在那儿恭候她,也可能是在责怪她把它给忘了。这是一只乡下的猫,以前靠捕食耗子、金花鼠和小鸟为生。可如今,它整天瞅着白头翁、冠蓝鸟和硕大的乌鸦消磨时光。这些鸟要比林中看到的乌鸦大多了——这大概是因为城里家养的植物比较小。快到傍晚时,它们吵吵嚷嚷地从我们家的屋顶上飞走了,就跟钢锯发出的声音一样。

我猜想,这是在满足某种生物需要吧,可我对这个不感兴趣。当时,我对理论根本就不予理会——就像我根本不去思考为了活命在如何挣扎一样。假如我停下来去考虑这些问题,那么我就会意识到,我这是在徒手把自己从地下挖掘出来。有人可能会夸我对生活执着或忠诚。可在我看来,绝不是那回事——就像土豆似的,索然无趣。

罗莎蒙德打开冰箱,发现里面什么吃的也没有(没时间去购物),只好嚼几块干酪皮,然后用一条土耳其毛巾,把头发裹成高高的圆锥形保护起来,站到淋浴下冲热水澡。到了床上,她给父母打电话聊了起来。她将闹钟定在七点,因为明天一大早她就要赶到医院。医生给我开的药的药名,她全能背出来。医生发现,每一种药我吃了有什么反应,我对什么过敏,或者我前天的血压是多少,她全能说得出来。这个漂亮女人的大脑像是装了一台仪器,具有很强的分类能力。她信心满满地对我说,我们会高寿的,可以活到下一个世纪。她说,我是个奇才。可我宁可把自己看成一个怪人。

任何问题,只要一提出来,她立刻就能理解。拉维尔斯坦很是喜欢她。当然,他从来没有我这个优势,也没有我接近她的便利。

这次危机过后，罗莎蒙德说，她从未怀疑过我能活过来。我也似乎相信自己不会死，因为我还有未尽事宜。拉维尔斯坦还在指望我履行诺言，认真撰写他委托我写的回忆录呢。就是为了这份诺言，我也得活下去。当然，很明显，这会产生一个必然的结果：回忆录一旦写出来，我就失去了保护，便会像其他人一样，成了无用之辈。

"可你的情况跟这个不一样。"罗莎蒙德说，"一旦你摸准了道路，那什么也阻挡不住你。而且，为了我，你也要活下去呀。"

我经常回想自己问拉维尔斯坦，他朋友中谁有可能不久便会随他而去。"去给你做伴。"我这样对他说。他将我的肤色、皱纹和面色全面打量了一番，然后说我最有可能。他就是这样的人。你如果要他直截了当的话，他是不会给你留面子的。他这个人可谓清澈见底，就像是速冻液。他的意思是，我将是他朋友中第一个去找他在来生相聚的人？这是我们俩谈话的语气透露出来的。可他后来又不相信什么来生。遇到这些事情，他总是听从柏拉图的教导。柏拉图常常谈及来生，可很难说他在多大程度上严肃认真地接受了这个观点。我不打算和代表柏拉图形而上学思想的相扑冠军一起跨进滑溜溜的相扑赛场。他那个大肚子只要一撞，就会把我撞出灯光璀璨的赛场，重新回到嘈杂的黑暗中。

然而，他问我在我的想象中死亡是什么样子——我回答说，画面会静止，他认真地思考我的回答，完全停下来，思忖我的回答可能是什么意思。没人会放弃这些画面——这些画面可能，是的，**可能会**存在下去。我不知道是否有人相信，坟墓就是存在的一切。没人能够放弃这些画面。它们必须，也应该继续存在下去。假如拉维尔斯坦，这位无神论和唯物主义者，委婉地告诉我说他迟早会见到我，那么他的意思就是，他不接受坟墓就是终点这个说法。没人能够接受这一点，也没人真的要去接受。我们只是嘴硬而已。

因此，我对这次画面进行评论时，拉维尔斯坦突然冲我哈哈大笑，都笑成了结巴："哈哈。"尽管如此，他对我这个回答还是有些尊重，有些敬意。

可接下来他又进一步说："你看上去像是不久就会来和我做伴似的。"

这是一个有血有肉之人对我的信任，既不情愿，又很正常，同时又秘而不宣，令人费解。肉体会萎缩、消失，血液也会干涸，但是没人会在脑海里，在内心深处，相信那些画面**真的会**停止不动。

大约百分之四十的重症监护病人会死在重症监护室里。没有死的，大约有百分之二十也会终身残疾。这些残废之人被送到健康产业称作的"慢性病护理院"。从此，他们再也别想过上正常人的生活。剩下的，那些幸运者，据说是躺在"普通病房"里。

躺在普通病房里，我再也不用重症监护室里的医生们照顾了。他们在那里工作了数百个小时，累得筋疲力尽，其中有两个现在顺便过来看我，对我说他们要去度假。由于我是他们取得的一个巨大成功的病例，所以他们到普通病房来看我，同我道个别。阿尔巴医生带来自家厨房里炖的鸡汤，而贝托鲁奇医生送来的礼物，则是家里做的意大利卤汁面条，外加番茄酱肉丸，就像我在重症监护室里吃的那种。我依然不能自己进食，只是拿着调羹，手直发抖，碰得餐盘直响，怎么也送不进嘴里。贝托鲁奇医生过来同罗莎蒙德和我共进晚餐。我很不正常，总是把话题带回到食人这个问题上。不过，贝托鲁奇医生对我非常满意，说："你差不多脱离危险了。"是他救了我的命。我坐起来，一边吃着他亲自做的晚餐，一边东拉西扯地闲聊。罗莎蒙德也很开心，很激动。这是我住在普通病房的第一个晚上。我不用去慢性病护理院，去过残疾人的生活了。

我转到普通病房时，那个神经科住院实习医生对我进行了一次预检。我的病历夹在一个厚厚的装订夹里，放在护士台，可供查阅。我病危那几周，罗莎蒙德每天都记日记，那个实习医生还向她了解情况。

当天晚上，神经科主治医生巴克斯特博士大半夜跑过来，也向她了解情况。她已经在我床边的扶手椅里睡着了。

我之前按照肺炎和心脏衰竭在治疗。我虽然到了普通病房，可并没有脱离危险。还没有，还没有完全脱离。我以前的那些问题，在这里只有一部分有关联。简单说吧，我的情况远没有恢复正常，病情的发展依旧不明朗。

巴克斯特医生带来一包扎针。他给我做检查——将针扎进我的面孔——他发现，我的上嘴唇（用我自己的话说）僵硬了。很奇怪的是，即便是说话或大笑，它也僵着不动，局部麻木了。他对我进行了一些简单的测试——我都没能过关。他不时地要我画钟面，可一开始我怎么也画不出来。双手不听使唤，根本控制不住。喝汤也好，签名也罢，都不行。我拿不住笔。他说："给我画一个钟。"可我能画出来的只是一个歪歪斜斜的圆圈。对巴克斯特医生来说，我的症状像是中毒。在圣马丁岛，贝迪耶给我吃的是一条有毒的鱼。那个神经科医生说，我是中了雪卡毒素。我现在愿意相信，加勒比海那个地方真是糟糕透顶。我在那儿看的那位法国医生，诊断我是患了登革热。他可能，只是可能，知道得更多一些。专门研究雪卡毒素的一位澳大利亚专家，通过电话向在波士顿的巴克斯特医生描述了这种疾病的种种症状。巴克斯特的一些波士顿同事并不认同这个诊断。不过，我还是非常喜欢巴克斯特。严格来讲，这种喜欢与药没什么关系。

简言之，我必须做出决定，要不要努力去康复。我一连好几周不省人事，身体机能都荒废了——无法辨认东西。我的括约肌功能紊乱了，走起路来跌跌撞撞的，要紧紧抓着一个铁架子。我曾是一个大家庭中年纪最小的，如今我也有了自己的孩子，并已成人。他们遗传了我的长相，来看我时，使我感觉像是我在看自己——我们关系依然很密切，但很快就被后来的相处模式取代了。如果拉维尔斯坦在的话，他会劝我保持冷静。我感觉自己已经疲惫不堪，遭受了很大伤害，我对这一切深感厌倦，但他们还在抓着我治疗。

罗莎蒙德决心已定，我应该继续活下去。毫无疑问，是她救了我——带我从加勒比海及时地飞回来，重症监护期间一路陪伴着我，睡在我病榻边的椅子上。我呼吸困难，她就抬起氧气罩，擦擦我的口腔。直到人们拿来了呼吸机，她才回家待个半小时，换一身干净的衣服。

常来看我的医生是巴克斯特。不过，他来的时间不定，有空就会来。他会说："给我画一张钟面，十点四十七分。"或者说："今天几号？现在，别告诉我你生活在一块高原上，不必知道具体的日期。我需要从你这儿得到具体答案。"或者说："九十三乘以七十二等于多少——现在……用五千三百二十二除以四十六。"

谢天谢地，乘法口诀我还一直记得清清楚楚。

他无意同我讨论"更深入的"问题，或者说与我康复程度有关的问题。

八岁时，我患过一次肺炎，引起腹膜炎，不久便康复。出院后，我需要做出决定，是否要和两个哥哥一样，终身残疾。他们非常恨我，因为我独霸了父母的爱和关心。我还是个孩子，怎么会做出这样的决定，实在是不可思议。然而，我现在明白了，我选择不做弱者。在一家旧货店里，我发现一本沃尔特·P.坎普写的关于健身的书。于是，我效仿这位著名的橄榄球教练——伸直双臂，将装满煤炭的桶从地下室拎上来。我还做引体向上训练，对着拳击沙袋和体育协会里的瓶状体操棒进行锻炼。我研究了一本题为《如何强身健体、保持强壮》的小册子，很受启发。我对每一个人说，我在锻炼身体。这不是吹牛，但事实证明，我没有体育天赋。尽管如此，我八岁时做出的决定，至今依然有效，大约七十年后的今天，我准备再进行锻炼。

非常巧合的是，巴克斯特医生在楼上又接收了一名雪卡毒素患者。她是在去佛罗里达的途中感染上病毒的。毒素严重破坏了她的神经系统，但不久毒素就被排泄掉了，一连好几天都没有症状。幸运的是，她刚感染就被发现了。鱼携带的毒素从她体内的血液里过滤之后，她便康复，可以回家了。

我仍推着助行铁架在弯弯曲曲的走廊里走路，决心恢复双腿的功能。亲切和蔼的护士托着我笔直地站在淋浴下，将我身上擦满肥皂，进行冲洗，我感到很丢脸。护士什么都见过，看到我的身体毫不吃惊。

我猜想，我的高级神经科专家和善良的天使，对我这样的病例十分熟悉，非常清楚"我目前的状况"。假如任由小肌肉萎缩，我本已受到损伤的手脚就可能会跟着萎缩，也会失去平衡感。我要是甘愿如此，就不会决定做这般努力了。要些小杂技、揉搓油灰球、做拼图游戏，这些确实会让人疲惫不堪，但当你查看身上时，会看见自己干瘪的手臂内侧，长长的皱褶还是一道一道的。

只是到了现在我才渐渐理解，医生的治疗技术是多么的精湛；我才明白，他也非常清楚地知道，我要是不按照他的规定去做那些训练，那我整个人就垮掉了。我虽然讨厌那些训练，可我不能让自己的身子垮掉呀。再说了，罗莎蒙德不辞辛劳地帮助我恢复，我也不能愧对她呀。不错，我是想放弃，可她将全部的心血都扑在了我的身上，帮我活下来。我要是放弃，那无疑是在侮辱她。而且，最重要的一点是，活着一定意味着可以去做我一直想做的事情，只有身体强壮了，我才能独立去做我生活中必须要做的那些事情。

　　我想，巴克斯特医生是一位医术高明的诊断专家，但是在我的病例中，他的诊断遭到了挑战。雪卡毒素是一种热带疾病。毒素是由寄生于珊瑚礁的鱼携带来的——医生称作"食鱼动物"。贝迪耶端到我面前的那条红鲷鱼，不论怎么烧、烤，都无法杀死它携带的毒素。贝迪耶，这个魁梧的家伙，当时还装出一副法国老板中最像法国人的样子。他来到热带赚钱，供他年幼的女儿们读书——她们获得的不再是嫁妆，而是教育（拉维尔斯坦的灵魂经常出现在这些人身上和场合，他倒是宁愿我说嫁妆，而不是天赋）。除了摆出一副老板的架势，贝迪耶对他的顾客不负任何责任。对于那些珊瑚礁食鱼动物，顾客们只有靠碰运气了，就像贝迪耶对自己的投资一样。贝迪耶和那个告诉我得了登革热的医生，都没有答复波士顿方面的询问。

　　我这样年纪的人，如何把握问题的来龙去脉，怎样左躲右闪以保护自身的利益，经验都是相当的丰富。这类需要考虑的问题，个个都是盘根错节、异常复杂。

　　巴克斯特医生将病因诊断为雪卡毒素，遭到了其他医生的挑战。因此，他对证明自己的正确性尤为感兴趣。于是，他把我送到医院的每一个角落，做各种各样的CAT造影扫描、核磁共振以及其他几十项专业检查。在这些检查中，整个宇宙的力量都压在你身上。我能分出哪些是出于他的职业关注，哪些是因为别的动机，但也只能够稍加区别而已。实际上，他知道我需要他"亲自"来看我，天天出现在我面前——我对他很依赖。

我突然想起来，到了一个破碎而又绝望的日子，我可能会变成像那些狡猾的病人一样，一心想着要把医生的注意力全部吸引过来。病人明白，医生必须得把注意力分给所有病人。可他们还是怀抱一种特别的需求，想比其他生病的和快死的病人获得更多的关注。医生自然得保护自己，不受这种专宠冲动——也许我该说本能——所影响。这种病人一心想要康复，一旦决定不放弃生命，病人的那种巨大而又特别的贪婪便会油然而生。

巴克斯特医生健壮瓷实，可他有个怪习惯，就是头总喜欢摆出拳击手的那个样子。他在想什么，自然是无从知晓。他想来就来，想走就走。他眼镜对着你，眼睛却看着别处。我由此意识到，想和他聊聊我众多的奇怪经历，那可是找错人了。他给我出的那些算术题，就像那位恶毒的、暴君般的继父刁难大卫·科波菲尔一样——"九打奶酪，每打两磅八先令四便士，三分钟之内算出答案"。我读书时算术很好。这让我回想起了童年时做这些算术题的情景。这对我的手指也是一个很好的理疗，不久我就能签支票、付账了。

现在，医生对待我的方法宽松一些了。

"今天是星期几呀？"

"星期二。"

"不是星期二。每一个成年人都知道今天是星期几。"

"那就肯定是星期三。"

"对的。今天几号？"

"这个不知道。"

"嗯，那你就准备试试吧——赌赌看。但从现在起，你要像正常人一样，知道日期。每天早上你都要查一查，从现在开始就要做好准备，说出每天是星期几，还有日历上的准确日期。"接着，他在墙上为我钉了一张日历。医生已经发现，我的日子过得一团糟，自暴自弃，由于精神懈怠，身体不适，整个人都没精打采的，过一天是一天，灰心丧气。

巴克斯特医生可能救了我的命。我确信，我能保住性命，多亏了他，当然还有罗莎蒙德。巴克斯特并不认为，将我放进"普通病房"是个错误的决定，也不认为我应该去慢性病护理院。他相信，我能够——因而也**应该**——恢复正常。不知为何，他上下打量着我，认为我能够康复。要是医生们都抛开直觉，我不知道行医看病会怎么样。巴克斯特医生犹如上个世纪一名熟练的印第安侦察兵，耳朵贴着铁轨，就能听见火车开过来了。生活很快就要恢复了，我在生命的火车上还占着一席之座。死亡退缩到原处，回到那个场景的边缘。病人希望爬行也好，跛行也罢，要想方设法回到生病前的生活状态中，让自己在以前的位置上坐得更牢靠，变得更健壮。

多年前，我许下诺言，要为拉维尔斯坦撰写一部小传，追述他的生平。假如我死了，这个诺言自然也就解除了。今天，我自己快要死了，不必像健在的人那样，对已经逝去的人——父母、妻子、丈夫、兄弟、朋友——经常产生内疚感而感到担心。

二十世纪三十年代后期，我大学刚毕业，就成为一名助理研究员，协助编辑一本地理指南。我从中了解到，美国几乎每一个州都有一个雅典。同时还了解到一个事实，A. N. 怀特海逗留芝加哥时曾预言，这个城市注定要引领现代世界。在这里，每个人都可以自由发挥聪明才智。所以，这个城市很有可能成为新的雅典。

我把这个告诉拉维尔斯坦时，我记得他笑得很夸张，说："这个情况即便发生在这里，那也不会是怀特海的缘故。他脑子里没有足够的哲学思想，来填充这个生日气球。罗素也好不到哪里去。"

我对这类观点感兴趣，并非因为我有什么哲学抱负，而是因为我在准备，并且已经同意，给拉维尔斯坦——一个政治哲学家——写回忆录，可我对政治哲学知之甚少。怀特海和罗素是不是已经形成了值得检验的思想，我也说不清楚。拉维尔斯坦尖锐地告诉我，不要去读他们的研究、文章和观点来摧残自己的脑细胞。可他们写的书，我已经读了五六本。既然人生短暂，就不能冒险浪费时间——比方说用整整一个月的时间去读罗素的《西方哲学史》——那么在这类问题上，别人提出忠告，我们就应该心怀感激。很明显，《西方哲学史》就是一本畸形怪异、胡言乱语之书。它很现代，因为它设法帮你不要再费周折，去研读好几位德国和法国哲学家的著作。

拉维尔斯坦用他特有的方式，试图保护我，不要去仔细阅读他最为崇拜的这些思想家的作品。他命令我去写这本回忆录，这个没错。但是，他认为我不必埋头苦读西方思想的经典著作。由于要写那本简短的传记，我对他已经了如指掌。我同意他的观点，传记应该由我这样的人来写。而且，我非常坚信，事业没有完成，就有一种力量不让你死。但是，你没死，不能就用这种一对一的简单而又抽象的对等来进行解释。是罗莎蒙德救了我，我才免于一死。我描写这种情况时不可能不正面提到它，而正面提到它时，我又不可能把自己的兴趣依然集中在拉维尔斯坦身上。罗莎蒙德对爱情进行过研究——是在拉维尔斯坦的指导下，对卢梭式的浪漫爱情和柏拉图式的厄洛斯进行研究——可是，她对爱情的了解，要远远胜过自己的老师和丈夫。

但是，我宁愿再看到拉维尔斯坦，也不愿意去解释这些事情，因为这样做，无济于事。

拉维尔斯坦一边穿衣服准备出门，一边跟我说话。我来来回回地跟着他，竭力想听清他在说什么。他的高保真音响传出震耳欲聋的音乐——在他的起居室和巨大的主卧室之间的走廊里，他顶着光秃秃的脑袋，没戴帽子，在我前面走来晃去，展现出头部许多不同的平面。他在穿衣镜前——这里的墙上没有任何镜子——停下来，戴上沉甸甸的金袖扣，扣上在杰明街上"亲亲嘴儿&舔舔屁股服装店"里定做的条纹衬衫的衣扣——这些衬衫都是美国信托洗衣公司用包装纸包好，派专人送来的。他将领带卷起来，打了个花里胡哨的领结，又将上了浆的衣领直立起来，发出轻微的啪啪声。他将领带绕了两圈，可长长的手指还在发抖，协调性很差，紧张兮兮的，颇感沮丧。拉维尔斯坦喜欢大的领结——毕竟他人高马大。随后，他来到床边，坐到做工精美的羊毛被上，穿上波尔森和斯科恩的棕黄色韦灵顿皮靴。他左脚鞋子比右脚的要小好几码，可走起路来并没有一瘸一拐的。他抽着烟，当然，他抽了一辈子烟。他一边打结，将领结拉正位置，一边歪着头，避开烟雾。演员和乐队在倾情演唱《意大利女郎在阿尔及尔》，这是他穿衣打扮时的背景音乐，起辅助或助兴作用。但是，拉维尔斯坦受尼采观点的影响，较为喜欢喜剧和室外音乐台演奏的音乐。比才的《卡门》要比瓦格纳的《尼伯龙根的指环》更胜一筹。他喜欢把那台大功率音响的音量放到最大。要是电话响了，就让电话留言机去回答。他穿上五千美元一套的西装，面料是意大利真丝羊毛。他用手指尖向下拉了拉上衣的袖口，把头顶抹得油光发亮。有这么多的乐器为他演奏小夜曲，还有这么多的音乐家候在一旁，或许让他感到很享受。他和铁幕后面的激光唱片公司进行通信，还有人替他到邮局帮他支付海关关税。

"你觉得这个录音怎么样，奇克？"他问道，"这些都是用原始的古老乐器演奏出来的。"

拉维尔斯坦沉浸在优美的音乐之中，思想也融了进去，音乐随之又用感情的形式将思想表现出来。他带着这些思想走到大街上。高高的灌木丛上落满了初雪，一大群鹦鹉——从鸟笼中逃出来，现在在后巷里搭起一座座长长的鸟巢，像袋子似的——之前它们也是落在这上面。它们在吃红色的浆果。拉维尔斯坦看着我，笑了，既开心，又惊讶。他向我打了个手势，因为鸟的叫声太响，说话根本听不见。

像拉维尔斯坦这样的人，居然离开了人世，实在是让人难以接受。

索尔·贝娄诺贝尔文学奖获奖演说[1]

（1976年12月12日）

　　四十多年前，我是一个极为自相矛盾的本科生。我的习惯做法是注册一门课程，然后花大部分时间阅读另一学习门类的书籍。于是，应该花时间钻研"货币和银行"专业的我，却专注于阅读约瑟夫·康拉德的小说。我从来没有理由为此后悔。康拉德吸引我也许是因为他像个美国人——他曾是个背井离乡航行于异国海域的波兰人，说法语，但用英语写作，作品展现出非凡的美感和魅力。这对我，一个芝加哥移民区长大的移民的孩子来说，一个熟知马赛航线、当上英国海船船长的斯拉夫人，一个用东方风味的英语写作的人的吸引力当然是再自然不过的事了。但康拉德的真实生活并未在小说中表现出太多怪异之处。他的主题直截了当——忠诚、统帅、航海惯例、等级，以及遭遇台风袭击时水手们遵从的脆弱的守则。他信仰这些看似脆弱的规则的力量，也相信艺术的力量。他在

1　© The Nobel Foundation 1926，虞建华译。

《白水仙号上的黑家伙》序言中，对自己的艺术观作了简明扼要的陈述。他说，艺术是为赋予可见宇宙之最高正义所作的努力：试图在这个宇宙的物质和生活现实中，找到基本的、恒久的、本质的东西。康拉德说，作家们触及本质的方法与思想家和科学家们不同，后者通过系统的考查认知世界。而艺术家，首先只有他自己；他自我生成于孤独的领地，发现了"吁请的语言"。康拉德讲到他吁请的对象："向着我们生命中先天赋予而非后天获得的成分，向着内在的愉悦和惊异的感觉能力……我们的同情心和痛苦感，向着潜在的与天下万灵为伍的情感——也向着微妙但不可战胜的对共同责任的信仰，这样的信仰将无以计数的孤独心灵聚合起来……让全人类联结成一体——死去的与活着的，活着的与未出生的。"

这一则热情洋溢的声明写于80年前，我们在接受之前可能需要对其略加修饰。我那一代读者熟知一长列华丽或高调的辞藻，那些被海明威等作家抛弃的诸如"不可战胜的信仰"或"全人类"之类。海明威替那些受到伍德罗·威尔逊和其他政客们巧言令色的宏大词汇激励而参加第一次世界大战的士兵们说话。他的语言必须与杂陈战壕的年轻结冰尸体形成呼应。海明威的青年读者相信，20世纪的恐怖以其致命的辐射已经伤害并杀死了人文主义的信仰。因此我告诉自己说，必须抵制康拉德式的修辞。但我从不认为他有任何过错。他直接向我诉说。感受个体总显得弱小——除了自己的弱小他无所感觉。但是如果他接受自己的弱小地位和分离状态，沉入自己的内心，强化这种孤独，他就能发现自己与其他所有孤独生灵的合一。

我觉得现在没有必要对康拉德的话提出质疑。但对有些作家而言，康拉德式的小说——所有那一类小说——都一去不复返了。寿终正寝。比如说，法国文学中有领军人物阿兰·罗布-格里耶，也是法语"choseisme"即"物本主义"的代言人。他写道，当代的伟大作品，如萨特的《恶心》，加缪的《局外人》或卡夫卡的《城堡》，其中都没有"人物"；你在这些书中看到的不是个人，而是个体。他说："人物小说完全属于过去的时代。它描述了一个阶段：标志了个人的峰值。"这并不一定是一种进步，罗布-格里耶承认这一点。但这是真实现状。个人已被消灭。"当前阶段更是一种行政数字。对我们而言，这个世界天数已尽，代由某些家族的某些个人的起起落落而定义。"他进而说，在巴尔扎克的中产阶级时代，有个名字，有个"人物"十分重要；"人物"是生存竞争和成功的工具。在那个时期，"如果任何探索中个性既代表手段也代表目的，那么在这样的世界中有一张脸是必不可少的。"但他总结道，我们的世界更加谦卑。它不认可全能的个人。但它同时又更加雄心勃勃，"因为它看得更远。排他性的'人类'崇拜让位于一种更广阔的意识，人类中心论逐渐被淡化。"不管怎样，他安慰我们说，新的进程和新发现的预示，已经出现在我们的面前。

在今天这样的场合我无意发起论战。我们都明白对"人物"的厌倦意味着什么。将人类型化已遭到质疑，令人厌烦。D. H. 劳伦斯在本世纪初就指出，我们，我们人类，被清教主义损坏了本能，在根本上互相排斥而不是互相关怀。"同情心已经破损，"他说。他进一步指出，"各自鼻孔里闻到的是对方的臭味。"另外在欧洲，几世纪以来经典的力量如此之强大，以至于每个国家都有各自"可辨认的个性"，来自莫里哀、拉辛、狄更斯或巴尔扎克。这是一个令人惊叹的现象。也许这与精妙的法国谚语有所关联："个性凸显，事情难办。"这就让人产生联想，一个非独创的种族往往寻找便捷的资源，为其所用，就好像在旧城的废墟上建起新城。而且，心理分析概念的"人物"也同样，是一个丑陋死板的程式——是我们必须屈尊下从，而不是乐于拥抱的东西。威权主义意识形态也攻击中产阶级个人主义，有时将"人物"等同于财产。罗布-格里耶的论点中有同样的意味。对个性的排斥，污名标签，虚假的存在都有政治后果。

但在此我对艺术家的首要事项问题饶有兴趣。他应始于历史分析，持有观点或纳入系统，这样做有否必要，是否明智？普鲁斯特在《重现的时光》[1]中说道，青年知识分子读者中呈现越来越偏好道德和社会的严肃分析性作品的倾向。他说他们更喜欢贝戈特（《追忆似水年华》中的小说家）类的作家，在他们看来这样的作家更加深沉。"但是，"普鲁斯特说，"一旦艺术作品被理性检视，那么一切都不再稳固和确定，可以拿来证明任何想要证明的东西。"

罗布-格里耶的观点并不新颖。它告诉我们必须把中产阶级的人类中心主义从我们身上清除出去，做我们的先进文化所要求的时髦事情。人物？"五十年的疾病，严肃的论文作者已经多次签过死亡通知书，"罗布-格里耶说，"但是没有任何力量能把它从19世纪筑起的基座上推倒。现在它成了木乃伊，仍然安放在同样虚假奢华的宝座上，为传统文学批评尊崇的价值观所簇拥。"

罗布-格里耶那篇文章的标题是《几个陈旧观念的思考》。我本人已对所有种类的陈旧观念和木乃伊感到厌烦，但阅读杰作我永远乐此不疲。那么对他们书中的"人物"该怎么看待呢？是不是有必要中止对"人物"的探究？书本中如此生动的东西现在难道就一命呜呼了？是不是因为人类走进了死胡同？难道个性真的与历史和文化环境息息相关？我们能否接受被如此"权威地"描述的环境？依

---

1 原文为 *Time Regained*，《追忆似水年华》的最后一卷。

我之见，这无关乎人类的基本利益，但问题存在于这些观念和描述中。僵死教条、闭锁不全的描述令人反感。要寻找问题的根源，我们必须首先检视自己的头脑。

"人物"的死亡通知由"最严肃的论文作者们签署"这一事实，只意味着另一群木乃伊——最受尊崇的知识界领袖们——设定了条规。让我感到好笑的是，这些严肃的论文作者被允许为文学作品签发死亡通知。艺术应该追随文化？一定是什么地方出了错。

如果创作规划需要，小说家就没有理由放弃"人物"。但从理论上划定以个人为最高核准的时代的终结，便是无稽之谈。我们不能把学界人士看作自己的老板。由他们操控艺术对他们亦无好处。难道他们阅读小说时，除了在其中发现对自己观点的认同外，其他一无所获？难道我们在此玩的是这样的游戏？

伊丽莎白·鲍恩曾说，人物不是作家创造的。他们是先在的，需要被发现。如果我们没能发现他们，如果我们无法对他们再现，问题在于我们。然而必须承认，发现"人物"绝非易事。人类的状况也许从未如此难以定义。那些告诉我们说我们仍然处在宇宙历史早期的人一定是正确的。我们被大量倾倒在一起，似乎经历着新意识层面的痛苦。在美国，成百万、上千万的人在近四十年中接受了"高等教育"——但很多情况忧喜难定。在六十年代多事之秋，我们第一次感受到前沿的教诲、概念、悟性以及无处不在的心理、教育和政治观念。

我们每年都能看到几十本著作和数十篇文章，其作者告诉美国人他们生活在一个怎样的国家，并对现状作出明智的，或幼稚的，或过激的，或骇人听闻的，或丧失理智的判断。所有这些书文都反映我们陷于其中的危机，同时告诉我们如何应对。这些分析家正是由他们试图开出药方医治的混乱所生成的。我是作为一名作家对他们的一切进行思考的：他们极端的道德敏锐性，他们追求完美的欲望，他们对社会缺陷疾恶如仇的态度，他们动人且滑稽的漫无边际的要求，他们的焦虑，他们的暴躁，他们的敏感，他们的慈悲，他们的善德，他们骚动，以及他们试验毒品、触摸理疗和炸弹时的那种鲁莽。前耶稣会神父玛拉基·马丁在他那本关于教会的书中，将现代美国人与米开朗琪罗的雕塑《囚徒》做了比较。他从一大块石料中看到了"一场为完美登场而进行的尚未结束的争斗"。美国"囚徒"在争斗中被"来自自封的先哲、教士、判官以及自身痛苦制造者的阐释、告诫、警示和自我描述所包围。"马丁说。

　　且允许我略花些时间更仔细地对这样的痛苦作一番探查。在个人生活中是失序或近似恐慌状态；在家庭——对丈夫、妻子、父母、孩子而言——是混乱；在公民行为，在个人忠诚，在性实践中（我不想背诵整条清单，我们已经听厌了）——是进一步的混乱。个人的失序伴随着公众的疯狂。我们在报纸上读到曾在科幻小说中逗人发笑的东西——《纽约时报》的文章谈美国和俄罗斯卫星太空战发射的死亡射线。在11月的《遭遇》杂志中，我的同事米尔顿·弗里德曼，一位清醒负责任的经济学家，宣称英国的公共支出很快将走上像智利这样穷国的道路。他为自己的预测感到吃惊。什么——始于《自由大宪章》崇高传统和民主权利的源泉将枯竭于独裁？"任何成长于这一传统的人作出英国正面临失去民主危险的预言都几乎是难以想象的，然而这又是事实！"

　　我们被这样的事实打趴在地，挣扎着生存。如果我同弗里德曼教授进行辩论，我可能会建议他把机构的抵制、英国和智利的文化差异以及民族个性和传统的差异诸多因素考虑在内，但是我的目的不是卷入一场我无法胜出的争论，而是将你们的注意力引向我们不得不与之共存的可怕预言、混乱无序的现实的根源和毁灭的想象。

你可能以为偶然在杂志某一期上见睹一篇此类文章不足为奇，但在《遭遇》的另一页上，休·西顿-沃森教授讨论了乔治·凯南对美国堕落及对世界的负面意义的近期调研。在描述美国的失败时，凯南谈到犯罪、城市衰败、毒品和色情泛滥、轻浮、教育标准下滑等，并得出结论，我们的巨大能量没起任何作用。我们无法领导世界，我们被罪孽所蛀蚀，很可能没有能力保卫自己。西顿-沃森教授写道，"如果最上层的十万男女，即决策者和帮助决策者形成思想的智囊人物，甘愿就范的话，那么这个社会就无药可救。"

资本主义超级大国就说这些。那么它的意识形态的对手情况如何？我翻动《遭遇》的书页到剑桥大学讲师乔治·沃森先生的一篇短文，关于左翼人士中的种族主义。他告诉我们，社会民主联盟创始人海因德曼把南非的战争称为犹太人战争；韦布斯时常发表种族主义的观点（在他之前还有拉斯金、卡莱尔和托马斯·亨利·赫胥黎）；他还提到恩格斯曾谴责东欧的小民族斯拉夫人，称他们为反革命种族垃圾；沃森先生在结论中引用了西德"红军纵队"的欧莱克·梅因霍夫1972年一次法庭听证会上的公开申明，表示认同"革命的灭杀"。在她看来，希特勒时代的德国反犹主义，基本上是反对资本主义。文章引述她的话说："奥斯维辛意味着600万犹太人被杀并被扔进了欧洲的垃圾堆，正是因为他们是犹太敛财奴。"

我提及这些左派中的种族主义者，为的是说明没有光明的子孙或黑暗的子孙那种简单的二分法。善与恶不是沿着政治划分匀称地分配的。但我已陈述了我的观点，我们面临着所有的焦虑。一切都每况愈下，这是我们的日常担忧。在私人生活中我们心神不定，在公共问题上我们备受折磨。

至于艺术与文学——它们情况如何？四周一片狂暴喧嚣，但我们并未完全被冲昏头脑。我们仍然能够思考，能够区分，能够感受。更纯洁、更微妙、更崇高的活动没有屈从于愤怒和胡言。暂且没有。书仍然有人写，有人读。为快速流变的现代读者的头脑提供阅读可能更加困难，但仍然有可能冲破噪音抵达宁静之地。在那片宁静之地，我们也许会发现他正在虔诚地等候着我们。当复杂性增加，寻求本质的欲望也随之增加。始于第一次世界大战的无休无止的危机塑造了一种人，他经历了可怕、怪异的事情，明显减少了偏见，抛弃了令人失望的观念，增长了与各种类型的疯狂共处的能力，抱有追逐持久的人类之善的强烈愿望——比如真理，或自由，或智慧。我并不认为自己夸夸其谈，这方面有许多例证。分崩离析？好吧，是的，有不少分崩离析的现象，但是我们也在经历着一种非同一般的精炼过程。这个过程已经持续了很长时间。阅读普鲁斯特的《重现的时光》，我发现他明显意识到这一点。他描写伟大战争时期法国社会的小说，验证了他艺术的力量。他坚持认为，没有艺术直面个人和集体的恐怖，我们就无法了解我们自己和其他任何人。唯有艺术能冲破荣耀、激情、理智和习惯在四面竖起的貌似世界现实的高墙。还有另一个现实，更加真实但我们视而不见的现实。这个另外的现实不断向我们发送暗示，没有艺术我们就无法接收。普鲁斯特将这些暗示称为我们"真实印象"。若无艺术，这个真实印象，即我们延绵不绝的直觉感受，将隐秘难见，结果是，我们只剩"现实目的之类的词汇，却误以为它是生活"。托尔斯泰对此的阐述几乎如出一辙。他的《伊凡·伊里奇之死》也描述了同类的遮蔽生与死的"现实目的"。在最后的苦难中，伊凡·伊里奇通过撕开遮蔽，看穿"现实目的"而变成了一个真正的人，一个"人物"。

普鲁斯特仍能够在艺术与毁灭之间找到平衡，坚持认为艺术是生活所必需，是一个独立的伟大现实，是一种神奇的力量。但很长一段时间里，艺术不像过去那样与主要生活领域紧密相连。史学家埃德加·温德在《艺术与混乱》一书中告诉我们，很久以前黑格尔就已观察到艺术不再处于人类的中心考量之内。这些中心考量现为科学所占据——一种"无情的理性追问精神"。艺术让位到了边缘，在那里开辟了"一个博大、壮美、多彩的天地"。在科学时代，人们仍然绘画作诗，但是黑格尔说，不管上帝看到现代艺术作品有多精彩，也不管我们"在圣父和圣母玛利亚的形象中"发现何种尊严和完美，这些全无用处：我们不再屈膝于天神，我们久已不再虔诚地跪服在上帝面前。创造力、大胆的探索和新的发明取代了"直接关联"的艺术。根据黑格尔的观点，纯艺术最伟大的成就是摆脱了先前的责任性，不再是"严肃"的东西，而是"以形式的从容"让灵魂从"陷入现实牢笼的痛苦"中得到升华。我不知道今天还有谁还能发出这样的声音，宣称艺术可以让"陷入现实牢笼痛苦"的灵魂得到升华。我也难以确定，此刻纯科学的理性探究精神占据着人的中心考量。这个中心（也许是暂时的）似乎被我所描述的危机占领着。

19世纪的欧洲作家中有许多不甘放弃文学与主要人类活动之间的关联。这种想法会让托尔斯泰和陀思妥耶夫斯基感到震惊。但在西方，伟大的艺术与广大民众渐行渐远，形成了对普通读者和中产阶级的明显蔑视。他们中的精英看清了欧洲产生的是何种文明：炫丽但动荡而脆弱，面临被大灾难吞噬。这是历史学家埃里克·奥尔巴克告诉我们的。他说，这些作家中有些创作了"奇怪但朦胧中让人感到害怕的作品，或以悖论的和极端的观点让公众震惊。或是出于对公众的不屑，或出于他们自己小圈子的灵感，或存在致使其无法简单而真实地书写的某些不幸缺陷，他们中的许多人不在乎所写的作品是否便于读者的理解。"

在20世纪，他们的作品仍然产生着主要影响，因为尽管展示了激进和创新，我们的同代人其实仍然十分保守。他们跟随着19世纪的引领，维持着昔日的标准，以一种与上世纪大同小异的方法阐释历史和社会。如果他们感觉到文学可能再一次卷入"中心考量"之中，如果他们认识到存在着一种从边缘返回的渴望——回归简单真实的强烈愿望已经呈现，他们今天会怎么做？

当然我们无法仅仅因为想要回归中心而能够回归，但是人们需要作家，这点对我们具有重要性，而且危机的力量如此之大，呼唤着我们重返中心。开药方必将无济于事。没有人能告诉作家该做什么。想象力必须找到自己的路径。但我们可以热切地期望，他们——我们——可以从边缘返回中心。我们作家无法充分地代表人类。美国人如何看待他们自己，心理学家、社会学家、历史学家、新闻记者，还有作家又如何描述他们？在一种契约精神的光照之下，他们看到的是再熟悉不过的自身行为。这种在罗布-格里耶和我看来如此乏味的契约精神光照之下的形象，产生于当代世界观：我们把消费者、公务员、足球迷、情侣、看电视人写进书中。契约精神光照之下他们的生存徒具形骸。还有另一种人生，来自持续的自我意识，拒绝那种光照塑型的虚假生活——即为我们定制的活着的死亡。它是虚假的，我们心知肚明，我们从未放弃对它进行支离破碎的秘密抵制，因为那种抵制产生于持续的直觉感受。也许人类无法承受太多现实，但也无法容忍太多的非现实，太多对真实的滥用。

我们没把自己想象得太好；我们没有足够思考我们是什么。我们的集体成就已经如此大步地"超越"了我们，以至于我们指向那些成就为自己开脱。我们普通人乘坐喷气式飞机四小时内可以横跨大西洋，这就充分代表了我们所能申言的价值。然后我们又听说，现在是西方花园的关门时刻，我们的资本主义文明行将就木。几年前西里尔·康诺利写道，我们将要经历"完全的蜕变，不单单被定义为资本主义系统的崩溃，而是一种马克思或西格蒙德·弗洛伊德未能预见的关于现实本质的大潮变"。这意味着我们内缩还不够，必须准备继续缩小。我不敢确定这应该被称为理智的分析，还是知识分子作的分析。灾难就是灾难。把它们称作成功，就如某些政客所为，实在愚不可及。但我提请大家注意这样的事实：知识分子群体中有很大一批抱有越来越受人尊重的态度——关于社会、人性、阶级、政治和性的观念，关于思想和物质宇宙以及生命演化的认识。甚至在最优秀的作家群体中，很少有人花精力去重新审视这些态度或正统观念。这样的态度在乔伊斯或D. H. 劳伦斯笔下要比一般作家的书中更为强烈地闪现。它们比比皆是，但很少有人提出严肃的回应。自二十年代以来，有多少小说家回看过D. H. 劳伦斯，或者对性活力、对工业文明、对本能产生的影响提出过不同的观点？在接近一个世纪的时间里，文学固守着老一套的理念、神话和策略。可以看看罗布-格里耶所说的"近五十年最严肃的论文作者"。是的，确实如此。论文接论文，著作接著作，对最严肃的思想作出确认——波德莱尔的，尼采的，马克思的，心理分析的，等等——产出于这些最严肃的论文作者。罗布-格里耶关于"人物"的见解，也可以用于这些观念，维持大众社会的日常，包括非人性化及其他。对此我们已神倦心疲。他们对我们的呈现画虎类犬，对我们的塑造并不比古生物博物馆重建的爬行动物或其他巨兽更像我们。我们远远柔软得多，更加多才多艺，更加能说会道。我们更加丰富，我们都这么感觉。

那么，是什么占据着当代生活的中心呢？在此刻，不是艺术也不是科学，而是人类在混乱和迷蒙中的决定：是忍受还是沉沦。整个物种——每一个人——都必须行动起来。在这样的时刻，我们都必须轻装上阵，卸下重负，包括教育的累赘和所有机构化的陈词滥调，作出自己的判断，干自己要干的事。康拉德所言极是，要唤醒我们心灵中天赐的成分。我们必须在许多系统的残骸底下进行搜索。系统的失败可以带出有益的、必要的变化，使心灵能够从程式化中，从一个过分限定并误导的意识中得以释放。我越来越经常将得体的观念弃之一边。长期以来我认可——或者说我以为我认可——这些观念，试图借以辨别哪些是我生活的原则，哪些是别人的。对于黑格尔所说的艺术不受"严肃性"限制，在边缘闪光，以形式的从容让灵魂在陷入现实牢笼的痛苦中升华之类，在这场生存斗争中现已不合时宜。然而，这不是说卷入生存斗争的人们只有初步的人性而没有文化，完全不懂艺术。我们的堕落和我们的残暴显示，我们的思想和文化是多么的丰富。我们知道多少。我们感觉到多少。让我们惊厥的斗争迫使我们简化、反思，消除那些阻扰作家——以及读者——达到既简又真的不幸弱点。

作家们受到了很大的尊重。知识界对他们报以极大的耐心，继续阅读他们的作品，忍受着一个接一个的失望，等待着从艺术中听到神学、哲学、社会理论以及纯科学中听不到的声音。从中心的斗争中，传出一个巨大、痛苦的渴望，希望能获得更广博、更柔韧、更丰富、更连贯、更明晰的描述：我们是什么，我们是谁，我们为何而生存。在中心，人类为了自由与集体权力进行斗争，个人为灵魂的归属与非人性作斗争。如果作家不能再一次进入中心，那不是因为中心已被占领。绝对不是。如果他们希望进入的话，随时可以自由踏入。

我们所处环境的本质——其复杂性、混乱和痛苦，是以掠影闪现的形式让我们瞥见的，是以普鲁斯特和托尔斯泰所感觉的"真实印象"传递的。这种本质时而显现，时而又将自己隐藏起来。它退离时，我们又一次陷入疑惑。但我们似乎从未与发出短暂信息的深邃之处断绝联系。我们真正的强悍感，似乎来自宇宙本身的我们的力量，同样时隐时现。对此我们避而不谈，因为我们无从证明，因为我们的语言难胜其任，还因为很少有人甘冒发表此论的风险。他们不得不说"有一种精神"，而那是禁忌。因此，几乎所有人都保持沉默，尽管几乎所有人心里都有这样的意识。

文学的价值在于这些断断续续出现的"真实印象"。小说在物质、行为、现象组成的世界和另一个世界之间来回穿梭，后者产生"真实印象"，感动我们并让我们相信，尽管面对着恶，我们依然紧紧攀附的善却并非幻觉。

年复一年创作小说的人，无一不意识到善的存在。小说难比史诗，亦仰望诗剧的丰碑。但那是我们的最佳选择。它是当代的一舍棚屋，一个遮风挡雨的精神庇护所。一部小说在少量真实印象和构成我们称之为生活主体部分的众多虚假印象之间谋求平衡。它告诉我们，每一个人都有各种不同的存在；单一的存在本身也部分是幻觉；而多重的存在表述着某些东西，偏重于某些东西，又将某些东西付诸实现，提供企及意义、和谐甚至正义的希望。康拉德说得有理，艺术试图在这个宇宙的物质和生活现实中，找到基本的、恒久的、本质的东西。

致　谢

　　我要感谢我的编辑比娜·卡莫拉尼，谢谢她出众的才华和超常的洞察力。

——索尔·贝娄

读客®

彩条文库

外国文学读彩条，大师经典任你挑。

扫一扫，立即查看彩条文库全书目，
收集下一本文学好书！